A wizard of dragon

5

드래곤의 마법사 5

김종휘 판타지 장편 소설

초판 1쇄 찍은 날 § 2002년 1월 12일
초판 1쇄 펴낸 날 § 2002년 1월 21일

지은이 § 김종휘
펴낸이 § 서경석

편집장 § 문혜영
편집책임 § 박영주
편집 § 장상수 · 김희정 · 권민정
마케팅 § 정필 · 강양원 · 김규진

펴낸곳 § 도서출판 청어람
등록번호 § 제1081-1-89호
등록일자 § 1999. 5. 31
어람번호 § 제1-0198호

주소 § 경기도 부천시 원미구 심곡1동 350-1 남성B/D 3F (우) 420-011
전화 § 032-656-4452   팩스 § 032-656-4453
E-mail § eoram99@chollian.net

ⓒ 김종휘, 2001

값 7,500원

ISBN 89-5505-151-4 (SET)
ISBN 89-5505-269-3 04810

김종휘 판타지 장편 소설

드래곤의

A wizard of dragon

마법사

제2부 **5** 성기사 대회

도서출판

청어람

CONTENTS

15장 성기사 대회 · 7

16장 알 수 없는 운명의 소용돌이 · 27

17장 성기사 대회를 노려라 · 44

18장 루드니아와 실레이드의 싸움 · 51

19장 데프콘 3 · 64

20장 치열한 격전의 시간 · 81

21장 피를 부르는 폭풍의 등장 · 103

22장 사랑의 바람 · 121

23장 레그르토의 격전(1) · 143

24장 살부의 원수를 인연으로 · 159

25장 조금씩 깨어나는 기억 · 177

26장 레그르토의 격전(2) · 190

27장 성기사 대회의 스타들의 결전 · 207

28장 기억을 되찾은 로노와르 · 230

29장 앞을 알 수 없는 성기사 대회 · 251

30장 성기사 대회의 준결승 · 261

15장 성기사 대회

성기사 대회의 예선 시험은 모두 열 개로 이루어져 있다. 잠시 그것을 설명해 보면······.

첫째, 힘의 관. 100킬로그램의 쇳덩어리를 10초 동안 들고 있어야 한다.

둘째, 대련의 관. 지정된 성기사를 일 분 이상 상대할 수 있는 실력이 있어야 한다.

셋째, 믿음의 관. 태양신 아리시아님에 관한 질문은 통과해야 한다.

넷째, 바람의 관. 8미터 정도의 넓은 장애물을 뛰어넘을 수 있어야 한다.

다섯째, 마술의 관. 지정된 코스에서 말을 타고 장애물을 넘어야 한다.

여섯째, 검술의 관. 시험 감독원이 던져 주는 물체를 모두 베어야 한다. 보통 한 번에 던지는 물체의 수는 다섯 개 정도라고 한다.

일곱째, 학문의 관. 지정된 시험지에 나와 있는 열 개의 문제 중 여덟 개를 풀어야 한다.

여덟째, 고난의 관. 일정 이상의 고통을 견디어내야 한다.

아홉째, 권술의 관. 신전 소속의 몽크와 권술로써 대련하여 일 분 이상을 견디어야 한다.

열째, 고통의 관. 신성력을 사용하여 가장 괴로운 기억을 일 분 이상 견디어내야 한다.

성기사 대회의 예선은 처음 시작이 성기사들을 선출하기 위함에 있었기 때문에 예선의 열 개의 관문은 싸우는 능력과는 상관없는 관문이 존재한다. 이런 이유로 어느 정도의 학문에 관련된 관문도 겪어야 하기에 평생 검을 잡은 자들이 쉽게 이 관문을 통과하지 못하고 떨어지는 것이다.

준호 일행과 루드니아는 이 열 개의 관문을 선택해서 다섯 개의 통과 자격을 얻어야 하기 때문에 자신이 가야 할 것을 고르고 있었다.

실레이드와 콜리드의 경우에는 대충 골라도 별문제가 없었지만, 그리드 왕자와 준호의 경우에는 열 개 중 다섯을 고르는 것은 고민되지 않을 수 없었다.

드미트리와 함께 관문의 설명을 들은 루드니아는 한참을 생각에 잠겼지만 좀처럼 어떤 관부터 선택해야 할지 결정이 되지 않았다.

"으응… 어떤 걸 선택하지?"

루드니아가 고민에 빠져 있자 게르하인은 미소를 지으며 말했다.

"일단은 힘의 관에 도전해 보시지요. 멀티엘레멘트 소드를 들고 다닐 정도면 힘의 관은 충분히 통과하실 겁니다."

"그래야겠군요."

루드니아는 결정을 도와준 게르하인에게 고맙다는 듯 윙크를 해주고는 힘의 관으로 향했다. 드미트리로선 루드니아가 과연 잘해낼 수 있을까 걱정이 되어 그의 뒤를 따라갈 수밖에 없었고, 준호와 그리드들 역시 어떤 관문을 먼저 갈까 결정하지 못하고 있다가 루드니아가 힘의 관으로 향하자 아무 생각 없이 뒤를 따라갔다.

일행들이 도착한 힘의 관에선 덩치가 커다란 검사들이 시험을 치르고 있었다. 추처럼 생긴 쇳덩어리는 잡을 수 있는 곳이 없는 데다가 무게도 100킬로그램이나 나가기 때문에 거의 대부분의 사람들이 들어 올리지도 못하고 있었다.

"저게 그렇게 무거운 거예요?"

루드니아는 덩치가 산만한 사람들도 들지 못하고 떨어지는 것을 보고는 게르하인을 보며 물었다.

"예. 말이 100킬로그램이지, 마나를 사용하여 힘을 늘리지 못하는 사람은 들기조차 힘들다고 들었습니다."

"그래? 게르하인이 한번 들어볼래요?"

"제가요?"

"예."

조금 귀찮기는 했지만 루드니아에게 자신감을 심어줄 필요가 있었기에 게르하인은 시험관에게 잠시 양해를 구하고는 근처에 놓여 있는 쇳덩어리 앞에 섰다.

네모난 모양의 쇳덩어리는 잡을 곳이 만만치 않았지만 게르하인은 양 손바닥으로 쇳덩어리의 옆을 누르고는 심호흡을 했다.

"후웁… 합!!"

게르하인은 힘을 주는 소리와 함께 천천히 쇳덩어리를 들어 올렸는데, 루드니아는 그런 게르하인을 보며 놀라지 않을 수 없었다.

게르하인이라면 충분히 마나를 사용하여 근력을 강하게 해 쉽게 들어 올릴 수 있을 테지만 그렇게 하지 않고 순수한 자신의 근력으로만 쇳덩어리를 들어 올렸다. 그것을 보며 루드니아는 그의 신력에 혀를 내두르지 않을 수 없었다.

쇳덩어리를 머리 위까지 들어 올린 게르하인은 어느 정도 시간이 지나자 쇳덩어리를 땅에 떨어뜨렸다.

"와! 게르하인, 굉장해요!!"

"하하하."

루드니아가 박수를 치며 칭찬하자 게르하인은 조금 쑥스러운 듯이 뒷머리를 긁적이고는 시험장에서 내려오며 말했다.

"일단은 마나를 사용하지 않고 들어 올렸습니다. 루드니아님께서 마나를 사용하신다면 아마 저보다 더 쉽게 들어 올리실 겁니다."

"알았어요."

루드니아는 게르하인에게 고개를 끄덕이고는 힘의 관 시험장에 올라 쇳덩어리 앞에 섰다. 조금 무거워 보이기는 하지만 게르하인이 마나를 사용하지 않고 들어 올릴 정도라면 충분히 들 수 있으리라 생각했기에 루드니아는 게르하인이 잡았던 것처럼 양 손바닥으로 쇳덩어리의 양쪽을 누르고는 마나를 집중했는데, 그 순간 놀라운 일이 벌어졌다.

쇳덩어리를 누르고 있던 양손이 순식간에 쇳덩어리를 부서뜨려 버린 것이다.

"엥!"

갑작스러운 사태에 놀란 루드니아는 황당하다는 듯이 부서진 쇳덩어리를 쳐다보고 있었고, 시험관 역시 이 사태에 당황하기는 마찬가지였다.

"아… 죄송합니다. 쇳덩어리가 부서져 있던 모양이군요. 다른 것을 들도록 하십시오."

시험관은 설마 루드니아가 그 쇳덩어리를 힘으로 부서뜨렸다는 생각은 하지 못하고 다른 쇳덩어리를 권장했지만, 역시나 결과는 똑같았다. 세 개의 쇳덩어리를 더 부숴 버린 후에야 현재의 사태가 루드니아의 마나를 사용해서 늘어난 근력에 의한 것이란 것을 깨달은 시험관은 그녀가 쇳덩이리를 더 부수기 전에 통과증을 건네주었다.

"드미트리, 게르하인, 나 합격했어요!"

첫 번째 도전한 관을 통과하자 루드니아는 환한 미소를 지으며 시험장에서 내려와 두 사람을 향해 소리쳤다. 조금 황당하게 넘어가기는 했지만 일단은 통과한지라 두 사람은 루드니아를 칭찬해 주었다.

"잘했어."

"이제 네 개의 관문만 통과하면 본선으로 갈 수 있겠군요. 힘내십시오."

한편 루드니아가 힘의 관을 통과하자 준호의 일행도 차례로 힘의 관에 도전하기 시작했다. 실레이드와 콜리드는 가볍게 쇳덩어리를 부수고는 관문을 통과했다. 물론 이것은 각 관의 설명을 제대로 듣지 않은 두 사람의 실수로 루드니아가 쇳덩어리를 네 개 정도 부수는 것을 보고 네 개만 부수면 관문을 통과하는 것인 줄 착각한 것이다.

둘이 함께 8개의 쇳덩어리를 부수자 시험관은 황당한 표정을 지으며 두 사람을 통과시켰는데, 그 때문에 나머지 사람들의 시험은 상당히 밀려 버리는 어처구니없는 결과가 나오고 말았다.

그리드 왕자는 호위 기사 레몬트에게 꾸준히 마나를 사용하는 방법을 배웠기에 상당히 어렵기는 했지만 빠듯하게 쇳덩어리를 십 초 동안 들고 있을 수 있었다.

마지막 도전자 준호의 경우에는 조금 다른 방법을 사용하여 쇳덩어리를 들어 올렸다. 다른 사람들과는 달리 마나를 사용할 줄 모르는 보통 인간인 준호는 자신의 팔에 차 있는 슈퍼컴에게 명령을 내렸다.

"내가 들려고 하는 쇳덩어리에 반중력장을 덮을 수 있을까?"

[물론입니다. 마스터께서 말씀하실 때 쇳덩어리에 부분 반중력장을 가동시키겠습니다.]

"응, 부탁해."

준호가 말하고 있는 반중력장은 지상의 중력을 없애게 하여 물체를 들어 올리는 것으로, 보통 우주선에 많이 적용되는 기술이다. 부분 반중력장은 한 부분에 한정시키는 것으로 외부에 떨어져 있는 물체에도 적용이 가능했다.

반중력장에 의해 떠오르는 쇳덩어리를 준호는 힘주어 드는 연기를 하고는 내려놓음으로써 힘의 관을 쉽게 통과할 수 있었다.

하지만 이것은 게르하인에게 이상한 오해를 가져다 주었는데, 마나를 사용하지 않는 작은 몸집의 준호가 100킬로그램의 쇳덩어리를 들어 올리자 상당한 신력의 소유자라고 판단한 것이다.

"자네, 굉장한 힘이군. 어떤가, 우리 레드 나이트에 들어올 생각은 없는가? 자네 정도의 힘에 기술을 더한다면 충분히 레드 나이트의 부단장까지도 오를 수 있다고 보는데 말이야."

"예……."

그의 스카우트에 식은땀을 흘릴 수밖에 없는 준호였다.

일행들이 두 번째로 도전하게 되는 관은 대련의 관이었다. 대련의 관에서 상대하는 기사는 아라시아 성교회에서 기사들이 직접 파견 나와 대련을 하게 되는데, 그들 모두가 성기사 대회를 통해 32강 이상에 오른 자들이기 때문에 상대하기에 상당히 어려운 자들이라 할 수 있었다.

하지만 대련이라면 그들보다 더 실력이 뛰어난 게르하인과 지겹게 해본 루드니아였기에 이번에는 자신있게 시험대에 올랐다.

"아라시아 성교회의 태양의 기사 넘버 45 율리스라고 합니다."

굉장한 미모의 여성이 시험대에 오르자 평소 바람둥이라고 소문이 난 율리스는 친구 엘리코를 졸라 대신해서 루드니아를 상대하는 시험관으로 올라섰다.

"전 루드니아라고 해요."

"당신의 아름다운 미모에 걸맞는 아름다운 이름입니다."

율리스는 자신의 앞에 있는 미녀가 드미트리 황제의 여자라는 것을 모르고 있었기 때문에 느끼한 말을 계속 내뱉었고, 그것을 지켜보고 있던 드미트리 황제의 얼굴은 노기로 가득 차버렸다.

"게르하인, 저자의 이름이 뭐라 했지?"

"태양의 기사 넘버 45 율리스라고 들었어."

"음… 성기사가 겁도 없이 성스러운 장소에서, 그것도 루드니아에게 추근거리다니……. 게르하인, 어떻게 생각해?"

"원하시는 대로 구족을 몰살시킬까요?"

"……."

"그렇지 않을 거면 보고나 있어. 어차피 저 정도의 녀석이라면 아직 힘 조절이 능숙하지 못한 루드니아에게 개박살날 테니까."

친구라는 게르하인의 말이 조금 야속하긴 했지만 힘 조절이 미숙한 루드니아에게 개박살이 난다는 말에 조금 참기로 했다.

한편 시험관인 율리스는 앞에 있는 미인을 대충 상대하여 통과시켜 그 보답으로 데이트나 신청해 볼까 생각했는데, 그것은 그녀가 들고 온 거대한 검에 의해 생각이 조금 수정되어 갔다.

'뭐야, 저 거대한 검은?'

생전 저렇게 거대한 검을 쓰는 사람이 있다는 이야기는 들어본 적이 없었기 때문에 잠시 당황한 율리스였지만 아쉽게도 그런 검을 사용하는 자가 거구의 전사라면 조금 겁을 먹었겠지만, 상대가 여린 몸의 루드니아였기 때문에 그다지 두려움은 생기지 않았다.

만약 그가 겉보기에 신경 쓰지 않았다면 잠시 후에 있을 큰 재난에서 어느 정도 벗어날 수 있었을 것이다.

"자, 레이디 루드니아, 시험을 시작해 볼까요?"

"네."

율리스는 오른손에 든 롱 소드를 가볍게 쥔 후 루드니아를 향해 내밀며 말했다.

"자, 공격해 보십시오. 일 분 동안만 저와 대련하실 수 있다면 통과하시는 겁니다."

"그래요? 그럼 조심해요!"

루드니아는 손에 들고 있던 검을 오른쪽으로 크게 들어 올렸다. 검을 휘두를 자세를 취한 것인데, 율리스는 나무로 만든 가벼운 검이라

마음대로 생각해 보고는 겁도 없이 루드니아에게 막아볼 테니 휘둘러 보라는 식으로 손짓을 했다.

"간다!"

"하하하… 굉… 끄악!!"

율리스는 루드니아가 검을 휘두르자 웃으며 가볍게 롱 소드를 들어 그 검을 막아서려고 했는데 그 순간 엄청난 압력을 느끼며 손이 부러지듯 꺾이는 것을 느낄 수 있었고, 얼마 지나지 않아 엄청난 충격이 자신의 가슴 쪽으로 밀려오는 것을 볼 수 있었다.

다행히 루드니아로서도 시험관을 죽이면 안 된다는 것을 알았는지 검등으로 후려쳐 버린지라 두 동강이 나는 불상사는 면했지만, 율리스라는 시험관은 차라리 두 동강이 나서 죽는 것이 나을 뻔했다.

땅으로 쓰러진 율리스의 가슴은 보기 흉할 정도로 함몰됐고, 손목은 뼈가 뚫고 나와 평생 검을 잡지 못할 정도가 되어버린 것이다.

그가 쓰러지는 것을 본 성기사들은 놀란 얼굴로 뛰어 내려와 신성력으로 그의 상처를 치료하기 시작했지만, 성기사의 신성력으론 엄청난 상처를 복구시킬 수 없었다.

율리스는 급하게 연락을 받고 온 신관의 지시로 몇 명의 성기사들에게 들려 어디론가 사라져 버렸고, 루드니아는 다른 성기사에게 통과증을 받을 수 있었다.

한편 드미트리는 루드니아를 꼬실려고 했던 율리스라는 성기사가 재기 불능의 상처를 입고 사라지자 조금 불쌍하다는 생각이 들었다.

"재기할 수 있을려나?"

"글쎄, 들리는 소문에 의하면 반위(反胃)로 고생하던 기사 한 명도 병을 떨쳐 내고 재기했다는 감동적인 스토리도 있으니 그가 굳은 마음을 먹는다면 재기할 수도 있겠지. 하지만 저 친구의 경우에는 정신적인 충격이 워낙 커서 재기는 힘들다고 봐."

"그렇군. 나도 저 입장에서 저렇게 당했다면 아마 미인이라는 여자만 봐도 경을 칠 것 같아."

"세상은 다 그런 것 아니겠어. 얼굴만 보고 판단하다가는 패가망신하는 거지 뭐."

자신들의 옆에 있는 루드니아를 보며 잠시 주제에서 벗어나는 이야기를 하고 있던 드미트리와 게르하인이었다.

루드니아의 시험이 끝나자 시험대에 오른 실레이드와 콜리드는 역시 힘의 관과 똑같은 일을 벌이고 말았다.

천천히 놀면서 일 분만 견디면 되는 것을 루드니아가 한 것처럼 검등으로 후려갈겨 날려 버리는 것이 통과인 것으로 인식한 두 사람은 또다시 두 명의 시험관을 재기 불능으로 만들어놓고는 대련의 관을 통과한 것이다.

이 사고로 부상당한 세 사람의 성기사들을 치료하기 위해 많은 수의 시험관들이 자리를 비웠는지라 그 뒤로 시험 보는 이들은 상당한 시간을 소비해야 했고, 또 몇몇 실력있는 성기사들을 날려 버린 덕에 남아 있는 성기사들은 약한 축에 속한 시험관인 고로, 일 분을 간신히 넘긴 그리드는 대련의 관을 통과할 수 있었다.

남은 것은 준호, 그는 허리에 차고 있던 광선검을 꺼내 들었다. 우주선의 주 동력인 에테르 에너지의 가속화 분자를 이용한 광선검은 세상에 존재하는 거의 모든 광석을 두부 자르듯이 잘라 버릴 수 있었기에 성기사들이 애지중지하는 검으로 열 개 정도를 잘라 버린 후에야 통과증을 받을 수 있었다. 하지만 이번 역시 준호는 게르하인에게서 엄청난 오해를 받고야 말았다.

"자네, 굉장하구만. 어떻게 마나력을 그렇게 분출할 수 있는 건지 놀랍기만 하구만. 어떤가, 레드 나이트에 오면 당장 십인장을 시켜주지."

"헤헤……."

등에서 식은땀이 흐르고 있는 준호였다.

한편 그로인 왕국의 왕권을 빼앗고 스스로 왕의 자리에 오른 루드웨어는 왕국으로 모여든 마족들과 제국에 반감을 가지고 있는 여러 소국들의 왕을 거느리고 회의를 하고 있었다.

레드 드래곤 시크라에 의해 그의 등장에 강하게 반발하고 있던 중소 국들은 정벌된 후이기 때문에, 루드웨어는 120개 중소 국가 중 30개 이상을 속국화시키거나 그로인 왕국의 영토로 흡수할 수 있었다.

세력이 이렇게까지 확장되자 루드웨어의 군대는 이제 제국을 제외하고는 상대할 나라가 없을 정도로 강성해져 있었다.

칠인회에서 파견된 세 명의 마법사들은 이 사태에서 벗어날 생각을 하지 못하고 당황하고 있다가 루드웨어의 명령에 의해 흡수한 나라들의 마법사들을 모아 마법병단을 조직하는 말도 안 되는 일을 하게 되었으니 루드웨어의 또 다른 힘이 되고 있었고, 일은 처음에 계획하고 있었던 연극의 범위를 벗어나 수습하지 못할 정도로 커져 가고 있었다.

그로인 왕국의 정무실에는 루드웨어를 중심으로 14명의 소국의 왕과 5명의 고위 마족, 10명의 장군들이 모여 앞으로 있을 정국의 방향을 논의하고 있었다.

"우리 대마도 연합국은 현재 34개의 작은 힘을 가진 국가들이 모여, 이제는 대륙의 영원한 적인 제국을 벌할 수 있을 정도의 세력이 되었소. 하지만 아직도 우리의 진정한 뜻을 알지 못하는 소국들이 연합에 가입하지 않고 대항하고 있다는 것은 상당히 슬픈 일이 아닐 수 없소이다. 이런 이유로 여러 왕들과 장군들의 의견을 듣고 싶어 이렇게 회의를 진행하게 되었소이다. 기탄없는 말씀들을 해주시길 바라오."

루드웨어는 이제 왕의 자리에 조금 익숙해졌는지, 엄숙한 목소리로 자신의 뜻을 나타내었다. 그의 말을 듣고 있던 그로인 왕국의 서부에 있는 페로인 왕국의 왕, 샤브레 3세는 긴 수염을 쓰다듬으며 말했다.

"들리는 소문에 의하면 제국의 황제라는 자는 한 여인에게 빠져 국정에 소홀히 하고 있다 합니다. 이런 일들을 미루어보아, 제국에서 대마도 연합에 군대를 보내는 것은 상당한 기일이 소모되리라 생각됩니다. 저의 짧은 생각으로는 이때에 제국을 치는 것보다는 연합에 반하는 소국들을 먼저 흡수하여, 힘을 더 기르는 것이 나을 것이라 생각합니다."

샤브레 3세의 의견은 좌중의 많은 사람들의 머리를 끄덕이게 했지만, 그의 의견에 반대하는 사람도 없지 않았다. 과거부터 페로인 왕국과 앙숙으로 많은 전쟁을 치러왔던, 멘트라 공국의 왕 히브라도 멘트라 공왕은 말도 안 된다는 듯이 탁자를 치며 말했다.

"무슨 소립니까!! 주변의 소국들이야 우리 마도 연합이 제국을 무너뜨린다면 개 꼬리 내리듯 항복할 것이 뻔한데 말입니다. 제국의 황제가 여인에게 빠져 국정을 소홀히 하는 지금이야말로 제국을 칠 절호의 기회입니다. 우리가 힘을 모은다고 시간을 지체한다면 제국의 군대가 정비되는 시간을 주게 되는 걸 왜 모르십니까!'

"하지만 아직 제국의 군사력은 우리보다 월등합니다. 전쟁 중에 제국의 군대가 모두 정비된다면 마도 연합이 패할 수도 있습니다. 지금은 신중하게 힘을 모을 때입니다.”

“벌써부터 패배를 걱정하시다니. 페로인의 왕께선 언제부터 그렇게 겁쟁이가 되셨습니까?”

“말이면 단줄 아는가, 멘트라 공왕!!”

수십 개의 왕국이 모여 만들어진 연합인만큼 루드웨어에 의해 굴복, 합쳐지기는 했지만 서로 간의 앙금 같은 것은 많이 남아 있었다.

대대로 120개 소국은 수많은 전쟁으로 사라지며 강성해지기도 하는 전쟁의 역사를 가지고 있었기에 주변의 왕국과의 동맹 같은 것은 언제 무너질지 모르는 것이었다.

그렇기에 연합이라 해도 그만큼 결속력은 없다고 할 수 있는 것이다.

루드웨어로서는 서로 언쟁을 하며 의견을 좁히지 못하는 이들을 보면서 한숨을 쉴 수밖에 없었지만 언쟁을 하는 이들이 각국의 왕뿐이라는 것이 조금은 다행스러웠다.

왕을 제외한 다른 자들, 즉 고위 마족의 경우에는 자신에게 이득이 되는 일이라면 적과도 타협을 하는 자들이지만, 장군들의 경우에는 제대로 된 주군을 만났다는 생각에 충성을 맹세하고 있었다. 이런 이유로 왕들만 잘 처리하면 별 무리 없이 회의는 진행될 듯이 보였다.

그로인 왕국의 명장이었다가 왕자가 항복을 하는 바람에 루드웨어의 휘하에 들어온 유리스 장군은 어쩔 수 없다는 듯이 고개를 젓고는 말했다.

“폐하께 저의 짧은 생각을 말씀드리겠습니다. 저의 생각으론 일단은 페로인 왕국의 샤브레 3세께서 말씀하신 의견을 따라야 한다고 생각합니다. 지금 정국이 어지럽다고는 하나 로아나드 제국은 전통의 군사

강국, 저희 연합이 제국을 공격한다면 제국은 빠른 시간 안에 군대를 정비할 것이라 생각합니다. 만약 전쟁 중에 그들의 군대가 완전히 정비된다면 저희 측의 군사로는 열세를 면하기 어렵기 때문에 일단은 주변의 소국들을 정비하여 힘을 더 길러야 한다고 생각합니다."

유리스 장군의 의견을 들은 루드웨어도 고개를 끄덕였다. 과거 마령을 침공할 때에도 제국은 내전으로 시끄러웠음에도 불구하고 예상하지도 못할 속도로 군대를 정비하여 마령 측을 당황하게 만든 적이 있었기 때문이다.

"짐의 의견도 같소이다. 유리스 장군."

"예, 폐하."

"그대에게 연합의 10만 군사를 줄 터이니 하렌트 백작과 고위 마족이신 페브리안과 함께 서부의 치렌, 프라스, 스벤 왕국을 나에게 가져다 주시오."

"예, 폐하!"

다행히 루드웨어의 주변에는 썩어 빠진 왕들과는 달리 제대로 된 장군이 있었기에 어지럽던 회의를 끝낼 수 있었다. 하지만 멘트라 공왕은 자신의 의견이 채택된 것에 회심의 미소를 짓고 있는 샤브레 3세에게 질 수 없다는 듯이 하나의 의견을 내놓았다.

"폐하, 저에게 하나의 청이 있어 말씀드릴까 합니다."

"멘트라 공왕, 말씀해 보시지요."

"저희 연합은 지금 34개의 나라들이 모여 있는 만큼, 이 회의장에 있는 이들은 모두 각기 왕국에서 왕의 직위에 있거나 그에 버금가는 인물들입니다. 그런 만큼 쉽게 의견이 좁혀지지 않으며 구심점을 찾지 못하고 있다 생각합니다."

멘트라 공왕의 말이 맞는지라 루드웨어는 고개를 끄덕이며 말했다.

"공왕의 말씀이 옳소이다. 공왕께서 이 문제를 해결할 방법이 있는 것 같은데……."

"그렇습니다. 지금의 혼란은 하나의 집단에 여러 개의 머리가 있어 생기는 일이라 사료되옵니다. 그렇기 때문에 연합의 머리를 하나로 할 필요가 있습니다."

"무슨 말씀이시오. 연합의 장은 여기 계신 루드웨어 폐하가 아니십니까?"

샤브레 3세는 멘트라 공왕이 무슨 말을 할지 몰라 말꼬리를 잡고 늘어지려고 했는데, 공왕은 그런 그에게 회심의 미소를 지으며 계속 말을 이었다.

"페로인 왕의 말씀은 옳습니다. 하지만 현재 루드웨어 폐하의 공식 직위는 저희와 같은 왕의 자리입니다. 그렇다는 것은 겉으로는 저희들과 같은 직위에 있다는 것인데, 어찌 이 연합의 지도자인 루드웨어 폐하가 저희와 같은 직위에 있을 수 있겠습니까?"

"흥! 그럼 우리들 모두가 왕의 자리에서 물러나란 말인가?"

"허허허, 그럴 필요가 있겠습니까? 제가 말씀드리는 것은 저희들이 왕의 자리에서 물러나는 것이 아닌 루드웨어 폐하의 직위를 한 단계 높여야 한다는 것입니다."

"음……."

샤브레 3세는 그제야 멘트라 공왕이 무슨 말을 하려는지 알 수 있었다. 공왕은 샤브레 3세의 신음 소리를 들으며 승리의 미소를 짓고는 루드웨어를 보며 말했다.

"저 멘트라 공국의 공왕 멘트라는 루드웨어 폐하께서 황제의 보위에 오르셔야 한다고 생각합니다."

멘트라 공왕의 말이 끝나자 루드웨어는 조금 당황하지 않을 수 없다. 왕좌에 오른 것도 일이 조금 꼬인 탓이었는데, 거기다가 황제의 좌에까지 앉는다는 것은 조금 꺼려지는 일이기 때문이다. 하지만 이 의견을 들은 다른 왕들은 달랐다.

연합의 장인 루드웨어를 황제의 좌로 올리는 의견은 반대할 수가 없는 일이었기에 그에게 관심을 사기 위해 서로 먼저 지지하고 있는 것이다.

"저 아크로스의 왕 프렌드도 폐하께서 황제의 좌에 오르심이 마땅하다 생각되옵니다."

"황제의 좌에 오르소서."

오랜만에 여러 왕들의 의견이 하나로 통합되었고, 그곳에 있는 고위 마족이나 장군들 역시 반대할 필요가 없다고 생각했기에 그들의 의견에 동참하였다.

모든 의견이 모아지자 루드웨어는 한참을 고민에 빠져 있다가 어쩔 수 없었는지 한숨을 쉬며 좌중에 있는 사람들을 보며 말했다.

"능력도 없고 힘도 없는 사람이지만 각국의 왕들과 경들의 의견을 받아들여 황제의 좌에 오르도록 하겠소."

"폐하, 옳으신 결정입니다."

"황제 폐하 만세!!"

"황제 폐하 만세!!"

루드웨어가 황제의 좌에 오르는 것을 허락하자 좌중에 있던 왕들은 황제 폐하 만세를 외치며 소리치기 시작했고, 회의장은 새로운 황제의 등극에 어수선하게 변하게 되었다.

새 황제 루드웨어는 손을 들어 회의장에 있는 사람들을 조용히 시킨 후 말했다.

"짐의 즉위식은 삼 일 후로 할 것이며, 나라의 이름은 짐이 황제의 좌에 오른 후 로노와르 제국이라 불릴 것이오. 각국의 왕들은 짐과 로노와르 제국을 도와 대륙의 영원한 적인 로아냐드 제국을 몰아내도록 합시다."

"황제 폐하 만세!!"

"황제 폐하 만세!!"

이제 모든 일은 시작되었다. 루드웨어 황제가 이끄는 로노와르 제국은 드디어 대륙의 역사에 그 이름을 드러내게 된 것이다.

한편 이 모습을 회의장의 구석에서 멍하니 바라보고 있던 레드 드래곤 시크라는 자신의 마누라의 이름을 나라의 국명으로 만들어 버린 그의 극악한 작명 센스를 생각하며 혀를 내두르면서도 지금부터 있을 루드웨어의 미친 짓에 조금은 관심이 가는 것을 느꼈다.

'흐흐흐, 이렇게 된 바에야 신생 로노와르 제국의 이인자가 되어 권력이나 휘둘러 봐야겠다.'

*   *   *

루드웨어가 신제국의 황제로 등극하게 되는 시기에 성기사 대회의 예선장은 아수라장이 되어 있었다. 오랜 역사를 가진 성기사 대회는 한 여자와 두 명의 이종족에 의해 엉망이 되어버린 것이다.

그것을 잠시 간략하게 설명하면, 힘의 관과 대련의 관을 지나 일행들이 간 곳은 믿음의 관으로 시험관인 신관의 물음에 엉뚱한 것을 말하고는 잘했다는 듯이 우긴 루드니아는 절대로 지지 않겠다는 옹고집을 세워 시험관을 세 시간이나 붙들고 있음으로 해서 피로, 골절과 함께 빈혈로 쓰러지게 했고, 같이 시험 본 두 사람 실레이드와 콜리드를 맡았던 시험관 역시 과민성 대장 증상으로 인해 화장실로 도망가게 만들었다.

물론 세 사람 다 믿음의 관 실패.

그리드 왕자는 지금까지 받아온 왕자 수업이 있기 때문에 쉽게 통과했고, 준호는 시험을 보지 않았다.

네 번째 바람의 관에선 마나 조절을 하지 못하는 루드니아가 뛰면서 주변에 무수한 바람의 날을 만듦으로 해서 장애물이 모두 박살, 이어서 뛰는 두 사람에 의해 재고 분까지 박살났기에 시험은 땅에 선을 그어 놓는 것으로 대체되는 불행한 사건이 생겼다.

세 사람 모두 우여곡절 끝에 바람의 관은 통과하고 준호 역시 반중력의 힘을 사용함으로써 쉽게 통과했지만 그리드 왕자는 실패했다.

다섯 번째 마술의 관. 루드니아는 결정적으로 말을 타본 적이 없었다. 말 안 듣는 말에게 괜히 주먹질하다가 말 다섯 마리를 불구로 만들고는 쫓겨났고, 이어진 두 사람 역시 말을 불구로 만듦으로써 똑같이 쫓겨났다.

그리드 왕자는 그간의 마술 수업을 생각하며 쉽게 통과했고, 준호는 시험을 포기했다.

여섯 번째 검술의 관. 검풍을 조절 못한 루드니아는 베어야 할 물건을 던져 주던 시험관마저 베어버림으로써 대대로 단 한 명의 부상자도 없었던 검술의 관에 첫 번째 부상자를 안겨주면서 시험 실패, 나머지 두 사람 역시 예상했던 대로 한 사람씩 벰으로써 시험은 실패했다. 이런 이유로 검술의 관 소속 시험관 세 명을 모두 부상시킴으로써 검술의 관은 시험관 부족으로 인해 20분 간 지체되었다.

그리드 왕자는 실력이 부족해서 실패했으며, 준호는 이번에도 시험을 보지 않았다.

일곱 번째 학문의 관. 다행히 이곳에서는 아무 일도 벌어지지 않았지만 대회 최저 타이 점수를 받는 네 명이 탄생하게 되었다. 명단은 준호, 루드니아, 콜리드, 실레이드였다. 준호와 루드니아의 경우에는 원래 모르는 것이라 어쩔 수 없었다지만, 콜리드와 실레이드의 경우에는 학문의 관의 모든 문제의 정답을 알고 있으면서도 성적은 저조하였다. 준호가 이상하게 여겨 그 이유를 물어보았는데, 둘 다 현재 나와 있는 학설보다 한 단계 위의 학설을 적음으로써 고지식한 시험관에 의해 오답 처리가 되었던 것이다.

그리드 왕자는 역시 왕자 수업의 결과에 힘입어 통과함으로써 다섯 개의 통과증을 받아 예상외로 제일 처음 예선을 통과 본선에 진출하게 되었다.

여덟 번째 고난의 관. 루드니아는 자신을 아프게 하는 시험관을 늘씬하게 두들겨 패고는 드미트리 황제의 품에 안겨 눈물을 좍좍… 실패, 콜리드와 실레이드는 위대한 종족에게 고통을 주려 하는 시험관을 사전에 암살 모의하던 것이 들켜 역시 실패, 준호는 슈퍼콤의 생명 안전 장치에 의해 통증이 느껴져 올 때 통감을 제어해 아무렇지도 않게 통과했다.

아홉 번째 권술의 관. 말할 것도 없이 시험관 3명이 재기 불능이 되었지만 권술 자체는 인정되어 시험은 통과했다.

준호는 권술을 모르기 때문에 시험을 보지 않았다.

열 번째 믿음의 관. 루드니아는 믿음의 관은 통과했지만 그로부터 오 일 간 밥을 못 먹었다고 하는데, 게르하인만이 그 이유를 알고 있었다. 루드니아가 받은 고통스러운 기억은 레그르토의 충격 요법이었기 때문이다.

실레이드는 고통스러운 기억 자체가 없는 사람이었기에 무난히 통과했고, 콜리드는 가장 무서웠던 기억인 헤즐링이었던 아들에게 잡아먹히는 환각을 겪었는데, 자신을 잡아먹으려는 아들의 이빨을 환각 속에서 부러뜨림으로써 시험관으로 하여금 평생 고기를 못 먹게 만들어 버렸다.

준호의 경우에는 슈퍼콤의 생명 안전 장치에 의해서 안정제를 주사받으며 여유롭게 통과하여 네 사람 모두 믿음의 관을 통과하게 되었고, 모두 다섯 개의 시험 통과증을 얻어 본선에 진출할 수 있었다.

마지막에 조금 힘들었기는 했지만 어쨌든 본선으로 진출할 수 있게 된 사람들은 안도의 한숨을 쉬었는데, 드미트리는 마지막 믿음의 관에서 사방으로 구토를 하는 루드니아를 안쓰럽게 바라보고 있었다.

도대체 루드니아에게서 가장 무서웠던 기억이 무엇이기에 이렇게 구토를 하게 만든단 말인가 하는 의문을 가지면서 말이다.

16장 알 수 없는 운명의 소용돌이

　드미트리 황제는 본선을 통과한 준호와 일행들을 황궁으로 초대했다. 물론 이것은 루드니아가 드미트리의 멱살을 잡고 조른 덕에 가능한 것이었다.

　예선을 힘겹게 통과한 루드니아는 자신과 정신 연령이 비슷한 짓을 하고 돌아다닌 실레이드와 콜리드가 마음에 들었고, 게르하인 역시 준호의 뛰어난 실력에 감동하여 그를 영입하고 싶은 마음에 드미트리의 옆구리를 암암리에 수백 번을 찔렀다.

　어쨌든 이런 이유로 일행은 황성에서 머물 수 있게 되었고, 예선 경기장 근처의 여관에 머물러 있던 리안나와 멜드리나, 레몬트 역시 합류했다.

　지구 대변동의 시기 이후 과거의 유물은 모두 사라진 후였기에 준호로선 사람의 힘을 사용하여 만든 성은 언제 보아도 상당히 이채로운 장면이라고 할 수 있었다.

하지만 지금까지 보아온 성들은 지금에 와서는 장난감 성이 아니었을까 착각이 들 정도였다.

신성제국 로아냐드의 황성, 그것은 보는 사람으로 하여금 그 웅장함에 뒤로 자빠지게 하기에도 충분할 정도로 엄청났기 때문이다.

"우와!!"

오랜 역사의 시간 동안 대륙의 중심이 되어왔던 제국의 황성은 수백 년이 지났건만 어디 한 군데 부서진 흔적이 없었다.

이는 영구 마법을 걸어놓은 탓도 있지만, 제국의 역사상 황도로 적이 침범해 온 적은 단 한 차례도 없었기에 수백 년 역사의 성을 고스란히 유지해 올 수 있었던 것이다.

준호의 일행이 마차를 타고 안으로 들어서자 성의 근위병 수십 명이 양쪽으로 도열하여 예를 취했다. 흐트러진 모습이라곤 전혀 찾아볼 수 없는 그들의 모습을 보며, 성의 근위병이 상당한 훈련을 받은 정예병이란 것을 알 수 있었다.

영상 자료에서 보았던 절도있는 영국 근위병의 모습도 이들에 비하면 초라하다고 할 정도였다.

준호는 황성에 있는 병사들은 모두 철저한 훈련과 예절을 배워야 하는구나 생각하며 마차를 타고 안으로 들어섰는데, 그 생각은 루드니아가 머무르는 궁에 와서는 완전히 뒤바뀌고 말았다.

루드니아는 제국 황성의 구석에 위치한 작은 성에서 머물고 있는데, 황제의 마차를 타고 궁의 입구로 들어서자마자 군데군데 붉은 갑옷을 입고 뒹굴고 있는 기사들의 모습이 보였기 때문이다.

"저건……."

"응, 저들이 바로 나를 호위하는 레드 나이트야."

충격이었다. 엄청난 무게의 검을 휘두르는 루드니아에게 검술을 가르친 사람이 현 레드 나이트의 단장 게르하인이라는 것을 듣고 준호는 조금 레드 나이트들이란 존재가 궁금해졌다.

일개 성의 근위병들의 모습을 보며 막연하게 레드 나이트들은 이들보다 더 멋지겠지라고 생각했는데, 지금 보는 그들의 모습은… 뭐랄까, 한마디로 동네 날건달 같았다.

수십 종류의 꽃이 만발한 정원의 한편에선 두 명의 기사가 낮잠을 자고 있고, 성문의 입구에선 낮술 먹고 토하는 기사가 있는가 하면, 한쪽에선 주먹다짐에, 또 한쪽에선 응원을 하고 있으니, 이것이 어찌 오랜 역사를 가진 로아냐드 제국의 기사단이라 할 수 있겠는가? 눈물이 앞을 가리고 있었다.

게르하인 역시 이 장면에 조금 얼굴이 벌게지는 모습을 하고 있었기에 조금 찔리는 것이 있는 것 같았다.

평범한 축에 속하는 준호가 이런 생각을 하고 있을 때 절대로 평범하지 않은 인물들은 전혀 다른 생각을 하고 있었다.

루드니아는 본선에 통과했다는 것을 자랑하고 싶었던지 마차 창문 밖으로 고개를 내밀며 보이는 기사나 시종, 시녀에게 자랑을 해대기 시작했다.

실레이드는 시녀들의 모습을 보며 침을 뚝뚝 흘리고 있었으며, 콜리드는 멀리서 주먹다짐을 하는 기사들의 승부에 돈이라도 걸려는 듯이 옆구리에서 금화를 꺼내 들고 있었다.

"휴……."

그런 그들의 모습에 한숨밖에 나오지 않는 준호였다. 어느새 궁의 입구에 마차가 도착하자 루드니아는 여염집 규수는 절대로 흉내 내면 안 되는 마차에서 펄쩍 뛰어내리기를 감행하며 문을 열어주던 시종을 난감하게 만들었고, 드미트리는 급하게 루드니아가 다치지 않을까 뛰어 내려갔다.

"루드니아, 그런 장난은 하지 말았으면 좋겠군요."

"왜요?"

이렇게 되물으니 할 말이 없는 드미트리였다. 처음에는 조금 얌전한 듯했지만, 요즘 들어서 점점 이상해지는 루드니아였다. 도대체 레그르토와의 사이에서 무슨 일이 있었던 것일까? 여신과 같은 미모를 지닌 루드니아의 방정맞은 행동을 보며 새삼 가정교육의 중요함을 깨닫는 드미트리였다.

옆에 있는 시종장의 얼굴을 확인한 드미트리는 한숨을 내쉬며 말했다.

"짐은 오늘 저녁을 루드니와 함께할 예정이니 준비하도록."

"예, 폐하."

황제의 말을 들으며 오늘 저녁은 거나하게 먹을 수 있다는 데에 감동받는 준호였다.

시종들의 안내를 받고 궁 안으로 들어간 일행은 각자 방을 안내받았다.

루드니아가 거처하고 있는 성의 방은 남아돌고 있었기에 일행들이 각자 개인 룸을 써도 부족하지 않았는데, 이상하게 리안나는 자신의 방으로 들어가지 않고 준호의 방에 와서는 침대에 앉아 심통을 부리고 있었다.

"리안나, 도대체 뭐에 그렇게 화난 건데?"

리안나를 좋아하는 준호로서는 심통을 부리는 그녀를 달래기 위해서 온갖 짓을 다 해보았지만, 그 이유를 알 수 없는지라 힘없는 목소리가 될 수밖에 없었다.

그렇게 이십 분쯤을 준호가 구슬리자 그제야 조금 마음이 풀리는지 리안나는 준호의 품에 안겨서는 조용히 말했다.

"준호가 루드니아란 여자만 보고 나는 안 봐주니까 그렇잖아."

"거참, 그것 가지고 삐친 거야?"

"……."

자신의 말에 리안나가 더 삐친 것처럼 자신을 밀쳐 버리고는 밖으로 나가려 하자 다급해진 준호는 급하게 리안나의 손목을 잡으며 또다시 빌 수밖에 없었다.

"리안나, 내가 잘못했어. 한 번만 용서해 달라구."

"왜 그래, 난 안 삐쳤어."

하지만 그녀는 확실히 삐쳤다. 자신의 손목을 뿌리치며 나가려고 하는 리안나를 끌어당겨 자신의 품에 안은 준호는 조용히 말했다.

"세상의 모든 여자가 눈이 부실 정도로 아름답다고 해도 내가 사랑하는 사람은 리안나뿐이야."

신관 주제에 시집도 못 가면서 뭇 남자를 희롱하는 리안나는 신의 벌을 받을 것이 분명했지만 지금은 준호의 사랑한다는 소리에 아무 말도 할 수가 없었다.

'나 어떡해. 아무래도 사랑에 빠진 것 같아……'

속으로 이렇게 중얼거리는 리안나였다. 아버지인 실레이드에 의해 의도적으로 접근하긴 했지만, 자신에게 잘 대해주는 준호에게 빠져 버린 리안나.

드래고니안으로 태어나 헤즐링 같은 사랑을 받지 못한 리안나는 신전으로 들어간 후 바람둥이 아버지를 욕하며 꿋꿋이 살아왔기에 지금까지 연인의 사랑이란 것은 한 번도 접해본 적이 없었던 것이다.

준호는 조용히 자신의 품에 안겨 있는 리안나의 얼굴을 보며 조용히 입을 맞추려 했다. 하지만 원래 이런 류의 이야기에선 쉽게 이루어지는 것은 없었으니…….

"준호야, 밥 먹자! 응? 얼씨구!"

실레이드였다. 어느새 휘황찬란한 옷으로 갈아입은 실레이드는 준호와 함께 돌아다니며 시녀를 꼬시려고 찾아온 건데, 예상치도 않은 장면을 보게 된 것이다.

"헉!"

"어머……."

키스 장면을 들킨 두 연인은 얼굴이 벌게지며 고개가 숙여졌는데, 실레이드는 잠시 이 두 사람을 지그시 쳐다본 후 한숨을 쉬고는 조용히 문을 닫으며 말했다.

"떡두꺼비 같은 아들 하나 부탁하네, 사위."

"……."

뭐라 할 말이 없는 준호였다. 준호의 방문을 닫고 나간 실레이드는 이제 지참금으로 우주선이라도 받아야겠다는 생각을 하며 즐겁게 성의 복도를 투 스텝의 경쾌한 걸음걸이로 걸어갔다. 하지만 한참을 생각하자 조금 억울한 생각이 들었다.

자신은 이렇게 외롭게 살고 있는데 둘은 희희낙락하고 있으니 어찌 실레이드의 성격으로 배가 아프지 않겠는가?

실레이드가 복도에서 이렇게 배 아파하며 쪼그려 앉아 있을 때, 그의 친구이자 영원한 적인 콜리드는 복도를 막고 있는 실레이드의 뒤통수를 밟으며 말했다.

"뒤통수 조심해라."

콜리드는 그의 뒤통수를 밟으며 희열을 느끼면서 이어질 실레이드의 공세에 대비하고 있었는데, 실레이드가 그 자세에서 전혀 움직일 생각을 안 하자 조금 이상한 생각이 들었다.

쪼그려 앉아 있는 그의 앞에 가서 똑같은 자세를 취한 콜리드는 그의 얼굴을 볼 수 있었는데, 무슨 생각인지 혼자 열불내고 있었기에 검지손가락을 들어 그의 이마를 눌러 고개를 들어 올렸다.

"뭐야."

"어라? 이제 정신이 드나 보네. 도대체 뭔 생각을 그렇게 하는 거야?"

"몰라도 돼. 너 같은 멍청한 오크가 이 지성체 드래곤의 마음을 알 수 있다고 생각하냐?"

"등신!"

그 말에 도와주고 싶은 마음이 다 사라진 콜리드는 러시안 민속춤으로 그의 이마를 발로 삼아 연타하고는 자리에서 일어나며 말했다.

"네 녀석을 보아하니 누가 좋은 걸 가져서 배가 아픈 표정이라서 이 몸이 상담 좀 해주려고 했는데. 거참, 계속 고민하고 있어라."

콜리드는 못 볼 것 봤다는 식으로 말하며 가던 길을 계속 갔다.

한소리 들은 후에야 조금 아쉬운 마음이 들었는지 실레이드가 급하게 뛰어가 그의 팔을 잡으며 말했다.

"그게 말이지… 중얼중얼중얼……."

예상치도 않게 모든 이야기를 쏟아놓는 실레이드를 보며 조금 황당할 수밖에 없는 콜리드였지만, 그래도 셀 수 없는 시간을 같이 보낸 처지라 카운슬링해 주기로 결심했다. 하지만 모든 이야기를 들었을 때 콜리드는 황당하기 그지없었다.

"그래서 갑자기 이상해지더라고. 둘이 사랑에 빠진 것 같아서 배 아파서 그런가?"

"휴……."

콜리드는 실레이드가 왜 배 아파하고 있는지 어느 정도 알 수 있었다.

"실레이드, 그건 말이야… 모든 세상의 아버지가 다 그렇다고."

"엥? 그건 또 무슨 소리?"

"아무리 막 키운 자식이라고 해도 수십 년을 키운 딸인데 어떤 남정네가 와서는 턱하니 집어가는 것을 좋아할 아버지가 어디 있겠냐? 네 녀석은 그 딸을 빼앗겼다는 생각에 지금 화가 난 거라고."

그의 말을 들으며 실레이드는 다시 생각에 잠길 수밖에 없었다.

자신도 아버지였던가? 사실 드래고니안으로 태어난 딸을 키운 것은 자신이었다. 신의 검으로 폴리모프하며 틈틈이 바람을 피우던 실레이드는 어느 날 드래고니안인 자신의 딸이 태어나자 황당함을 느꼈다.

드래고니안으로 태어나 두 살 때부터 이지가 있었던 리안나는 인간인 어머니에게서 버림을 받고는 얼마나 울었던가?

그녀를 다독여 주며 일곱 살까지 키우다가 신전에 맡긴 그는 걱정을 감추지 못하고 일 년에 한 번씩은 꼭 리안나를 만나러 갔었다.

물론 리안나는 그 일 년에 한 번인 만남이 상당한 고역인 것처럼 느껴졌지만 말이다.

게을러 터진 것으로 유명한 드래곤이 일 년에 한 번씩이나(?) 찾아가며 애지중지한 딸 리안나. 그녀가 준호에게 넘어가니 부정이 터져 나온 것이다.

하지만 도저히 어떻게 해야 할 방법이 떠오르지 않는 실레이드는 그래도 친구인 콜리드에게 물어볼 수밖에 없었다.

"어떡하지?"

"어떡하긴 뭘 어떡해. 세상 아버지가 딸이 아깝다고 시집 안 보내는 것 봤냐? 담담히 지켜보라고, 담담히. 참나, 세상 살다 보니 별 꼴을 다 보는군."

콜리드는 전혀 그럴 것 같지 않은 실레이드의 부정을 보며 황당하지 않을 수 없었지만, 천하의 바람둥이인 그에게도 이제 철이 들 기회가 왔다는 생각에 조금은 도와주어야겠다는 결심도 할 수 있었다.

루드니아의 궁에 머무르게 된 일행들은 그날 저녁 제국의 황제 드미트리와 함께 저녁 식사에 참석하게 되었다.

실레이드는 아무 말 없이 자신의 자리에 앉아 곰곰이 생각해 보았다.

리안나를 생각하는 자신의 마음이 콜리드가 말했던 이유 때문일까란 생각을 하면서 고민하고 있었기에 눈앞에 있는 진수성찬에도 눈이 돌아가지 않았다.

콜리드는 그런 실레이드를 보며 손으로 입을 막고 웃음을 참지 못하고 있었다.

뭐, 천하태평인 루드니아는 자신의 눈앞에 있는 음식을 보며 이것저것 골라 먹고 있었고, 드리트리는 식성 좋은 그녀가 살이라도 찌지 않을까 걱정하고 있었다.

하지만 평상시에도 먹성이 좋은 그녀라는 것을 알았기 때문에 살찌지 않겠지라는 생각을 굳히고는 그리드를 보며 물었다.

"듣자 하니 자네가 그로인 왕국의 왕세자였다고 하던데, 사실인가?"

"예, 황제 폐하."

"음… 그로인 왕국은 자네의 동생들이 벌이는 왕위 쟁투 때문에 내전이 한창이라 들었는데 정작 왕세자인 자네는 성기사 대회를 참석하고 있다니 이해할 수 없구만."

그리드는 황제의 말을 들으며 기회가 왔음을 알 수 있었다.

황제가 말하고 있는 내용을 듣고 나니 아직 루드웨어가 그로인 왕국을 빼앗고 주변에 있는 다른 국가를 점령하고 있는 것을 모르는 듯했다.

"제가 이곳 제국의 황도로 온 것도 그 일과 상관이 있습니다."

"그 일? 내전을 종식시키기 위해 중재의 군대를 보내달라는 말인가? 그것은 걱정 말게. 얼마 후면 중재의 군대가 출발할 예정이니 말이야."

하지만 그리드가 바라는 것은 그런 것이 아니었다. 루드웨어가 하고 있는 일을 모르는 제국이 보낼 중재의 군대라면 그 수는 그리 많지 않을 것이 확실했기 때문이다.

"말씀드리기 송구스럽습니다만, 단순히 내전을 막기 위해 소수의 중재의 군대가 그곳으로 간다라는 것은 소용없을 것이라 사료되옵니다."

"소용없다니, 그게 무슨 말인가?"

드미트리는 그리드가 말하는 것을 들으며 의아해하지 않을 수 없었다. 제국의 중재의 군대가 가도 그로인 왕국의 내전을 종식시킬 수 없다는 것으로 들렸기 때문이다.

"제가 말하는 것은 그로인 왕국의 내전이 아닙니다. 현재 그로인 왕국과 그 주변의 여러 왕국은 한 마법사의 손에 들어가 있는 형편입니다."

"그게 무슨 말인가?"

드미트리는 그리드 왕자에게서 예상치도 못한 말이 나오자 되물을 수밖에 없었다.

"저희 그로인 왕국은 현재 루드웨어라는 한 사악한 마법사의 손에 들어가 있습니다. 그는 내전 중인 그로인 왕국에 사악한 스켈레톤 군대를 앞세우고 왕의 자리를 찬탈해 갔을 뿐 아니라, 현재는 그 주변에 있는 수십 개의 국가를 정복하고 있다 하옵니다."

"대체 무슨 말인지 모르겠군. 여봐라!"

"예, 폐하!"

그리드 왕자의 말을 이해하지 못한 드미트리는 근처에 있던 시종을 불렀다.

"당장 재상 레이아드 공작과 베르도 남작, 벨크 공작을 내전으로 출두하라 명하라."

"예, 폐하."

드미트리로서는 황당하지 않을 수 없었다. 한 달여 전만 해도 제국 동부의 중소 국가들의 내전 상황을 보고받았는데, 그 한 달 사이에 동부의 상황이 변해 사악한 마법사가 중소 국가들을 병합하고 있다는 것을 이해할 수 없었던 것이다.

일이 이렇게 되자 드미트리로서는 한가롭게 저녁을 즐길 수가 없었다.

"그리드는 나와 함께 가서 현재 제국의 동부 중소 국가 사이에서 일어나는 일들을 신하들에게 말해 주게."

"예, 폐하."

드미트리의 말을 들으며 그리드는 드디어 사악한 마법사 루드웨어를 칠 수 있는 힘을 얻게 되었다는 것을 예감할 수 있었다.

"그리드, 서두름은 느림만 못하다."

"도사님?"

일행들 사이에서 있는지 없는지도 모를 정도로 조용히 자리를 채우고 있던 차원도사 천우는 기회가 왔음을 기뻐하고 있는 그리드를 보며 말했다.

"사악한 마도사를 치기 위해 힘을 모으는 것은 좋으나 내가 보기에는 너무 서두르는 것 같구나. 지나치게 서두름은 느린 것만 못하다. 너는 차분하게 마음을 가라앉혀 현실에 임하도록 하여라."

그 말에 그리드는 자신이 아르키아네스를 빨리 구해야 한다는 생각에 서두르고 있었다는 걸 느꼈다.

"예, 명심하겠습니다."

그리드는 자신에게 조언을 해준 차원도사에게 고개를 숙여 인사를 한 후 드미트리 황제를 따라 궁의 식당을 벗어났다.

루드니아가 방금 일어난 사태에도 아랑곳하지 않고 먹는 데 열중하고 있자 게르하인은 아무 말 없이 그녀의 뒤통수를 때렸다.

"끄악! 무슨 짓이에요!"

한창 즐겁게 먹고 있는데 게르하인이 자신의 뒤통수를 치자 루드니아는 열받아 소리쳤고, 게르하인은 살짝 미소를 지으며 말했다.

"분위기 좀 맞추는 게 어떻습니까?"

"분위기?"

"아무래도 큰일이 생긴 것 같습니다. 잘못하면 아가씨도 이 사태에 휘말릴 수 있으니 몸조심하십시오."

뭔지는 모르지만 대답 안 하면 게르하인이 또 때릴 것이라 생각한 루드니아는 인상을 찌푸리며 고개를 끄덕였다.

준호는 그리드가 드디어 황제를 만나 일을 진행시키고 있다는 것을 깨닫고는 콜리드를 보며 말했다.

"콜리드, 일이 이상하게 꼬이고 있잖아요."

"그건 나도 인정한다. 어쩌다가 일이 이렇게 됐는지. 쯧쯧."

"이제부터 어떻게 해야 하죠? 그냥 연극이라고 다 말하면 안 될까요?"

"너라면 지금까지 다 연극이었다고 하면 그것을 믿겠느냐?"

콜리드의 말에 곰곰이 생각을 해본 준호는 역시나 고개를 젓고 말았다. 중소 국가 수십 개를 합병하여 제국에 대항하려는 세력이 한 마법사가 꾸민 연극이라는 것을 누가 믿겠는가?

"휴… 엎질러진 물은 주워 담을 수 없단 말이군요."

"그렇지. 지금 상태에선 또 다른 해결책을 찾아야 하겠구나."

"음……."

준호는 또 다른 해결책이 무엇이 있을까 생각하며 고민하지 않을 수 없었지만, 도저히 방법이 떠오르지 않았다. 자신은 단지 이 세계를 벗어나 고향으로 돌아가고 싶은 생각뿐이었는데, 일이 이렇게 되다니 하는 한탄만을 할 수밖에 없었다.

제국의 황제가 정무를 집행하는 내전에선 다급하게 뛰어온 세 사람이 드미트리 앞에 서 있었다. 그들은 제국 재상 레이아드 공작과 베르도 남작, 제국 총사령관 벨크 공작으로 제국의 정치를 움직이는 세 명의 세력가들이었다.

"그게 무슨 말씀이십니까?"

베르도 남작은 황제의 입에서 나온 말이 도저히 믿어지지가 않았다. 제국 동부의 중소 국가를 한 마법사가 병합하고 있다는 말은 들어보지 못했기 때문이다.

"짐 역시 믿어지지가 않네. 그리드 왕자, 현재의 제국 동부의 상태를 자네가 설명하게."

"예, 폐하."

그리드는 드미트리에게 예를 표하고는 앞으로 나가 정중하게 세 명의 세력가에게 인사를 하며 현재의 사태를 설명해 나가기 시작했다.

물론 자신의 아내 아르키아네스가 납치되었던 이야기는 하지 않고, 처음 스켈레톤 군대를 끌고 두 왕자의 내전을 막은 것부터 시작하여, 주변의 중소 국가들을 점령하고, 연합을 만드는 이야기를 했다.

그리드 왕자의 말을 모두 들은 세 사람은 크게 놀라는 듯했지만, 이미 사정을 어느 정도 알고 있던 레이아드 공작은 금세 안정을 되찾는 듯이 보였다.

"그렇다면 큰일이군요. 요즘 들어와 제국에 대해 중소 국가들의 반항이 두드러지고 있는데, 그 세력을 병합할 인물이 나타났으니 말입니다."

"짐도 그렇게 생각하네. 일이 이렇게 되기까지 아무것도 몰랐다는 것이 이상할 따름이네. 아무래도 철저한 정보 통제를 하고 있는 모양인 것 같군."

"그렇습니다. 그렇지 않으면 삼십 개가 넘는 중소 국가들이 합병이

된 것이 제국에 알려지지 않았을 리가 없을 테니 말입니다.

"이렇게 된 바에야 하루빨리 제국의 군대를 동부로 파견해야 한다 생각합니다."

제국에서 강경파에 속하는 벨크 공작은 드디어 자신이 활약할 때가 왔다고 생각하며 황제에게 군대의 출병을 요청하는데, 옆에 있던 베르도 남작이 고개를 저으며 말했다.

"아직은 너무 성급한 듯합니다. 아직 루드웨어란 마법사의 세력에 대해서 잘 알지도 못하는 상황에서 군대를 보낸다는 것은 다소 위험한 듯하니, 일단은 첩자를 보내 그들의 내정 상황을 파악하는 것이 중요하다 생각되옵니다."

베르도 남작의 말에 드미트리는 고개를 끄덕이며 말했다.

"짐도 같은 생각이네. 한 달도 안 되는 시간에 30개가 넘는 중소 국가들을 병합했다는 것은 그쪽의 세가 약하지 않다는 것을 말하고 있으니 정확한 적의 정보를 아는 것이 급선무라 생각하네."

"지당하십니다. 명만 내리신다면 저의 휘하에 있는 사람들을 보내도록 하겠습니다."

"오, 베르도 남작의 사람들이라면 그들을 말하는 것이겠구려. 짐에게조차 비밀인 조직인만큼 그들이 움직이는 것이 낫겠구려. 부탁하네, 베르도 남작."

"예, 폐하."

베르도 휘하에 있는 비밀의 집단. 그들은 이름도 소속도 없는 자들이다. 황제조차 알지 못하게 황제를 호위하는 이 집단의 전부를 알고 있는 사람은 베르도 남작뿐이었다. 제국 재상인 레이아드 공작이 베르도 남작을 상대함에 조심을 기하는 것도 바로 이들 때문이었다.

[카트로, 들리는가?]

[예, 공작님.]

레이아드 공작은 텔레파시를 통해 내전의 창문에서 대기하고 있던 자신의 부하 카트로에게 말했다.

[베르도 남작의 그림자들이 움직일 것 같으니 준비하도록 하게.]

[예, 공작님.]

"재상의 생각은 어떤지 듣고 싶소."

드미트리의 말에 레이아드 공작은 고개를 끄덕이며 자신의 생각을 피력했다.

"예, 폐하. 제 생각으론 루드웨어란 자에게 군대를 보내는 것은 성기사 대회 후가 좋을 것이라 생각되옵니다."

"성기사 대회의 후?"

"예, 폐하. 성기사 대회에 참석하고 있는 무인들을 모두 제국에서 끌어들인다면 상당수의 무장을 얻을 수 있을 터이니 전력에 도움이 될 것이며, 동부의 중소 국가에서 많은 세력가들이 성기사 대회를 관전하기 위해 모일 것이니 대회를 통해 그들에게서 협조를 받는다면 제국의 피해 없이도 많은 군대를 조직할 수 있다 사료되옵니다."

"좋은 의견이다. 베르도 남작은 그들에게 성기사 대회가 끝나기 전까지 최대한 많은 정보를 수집해 오라 지시하시오."

"예, 폐하."

그리드는 드미트리의 말을 들으며 성기사 대회 후에 드디어 사악한 마도사 루드웨어를 칠 수 있다는 생각을 하며 주먹을 불끈 쥐었다.

"그리드 왕자."

"예, 폐하."

"자네를 중재의 군대의 고문으로 전장에 보내려 하는데 어떤가?"

"황공하옵니다, 폐하. 온 힘을 다해 폐하의 군대를 돕도록 하겠습니다."

17장 성기사 대회를 노려라

그로인 왕국을 중심으로 한 주변의 수십 개의 중소 국가들은 드디어 새로운 역사의 시작을 전 대륙에 선포하기 시작했다.

지금까지는 극도로 비밀을 유지하던 그들이 왜 갑자기 그것을 대륙에 선포하게 됐는지는 모르겠지만, 아무튼 그들이 알리는 소식은 전 대륙의 모든 이들을 놀랍게 하기에 충분했다.

마도제국 로노와르 제국의 건국. 그것은 지금까지 로아냐드 제국의 속국이라고 일컬어지던 중소 국가들에게는 엄청난 파장을 일으켰다.

수백 년의 역사를 제국의 치하에서 보낸 수많은 제국 동부의 국가들로서는 상상치도 못한 일이었기 때문이다.

더욱이 그것이 신성제국이라 일컬어지는 로아냐드와 정반대되는 성질을 가졌다고 할 수 있는 마도제국이란 이름을 기치에 걸었다는 것은 다분히 로아냐드 제국과의 전쟁을 불사하겠다는 그들의 의지가 서려 있기에 더 더욱 놀라운 일이었다.

이러한 마도제국의 탄생은 대륙을 두 부류로 나뉘게 만들었다. 하나는 바로 신성제국을 위시한 5대 신전들의 세력으로, 고대의 마도제국의 멸망에 대한 역사를 성서에 담고 있는 오대 성신의 신전에선 모두이 사태를 있을 수 없는 일이라 들고일어났다. 또 하나는 마도제국이라 칭해지는 알렌하비스트와 그 속국인 마법 왕국으로, 대대적인 지지를 보냈고 대륙에 있는 모든 마법사들은 마도의 뜻을 펼 수 있는 땅이 도래했다 여기며 한 사람 한 사람 마도제국으로 몰려들기 시작했다.

거기에 마도제국의 초대 황제 루드그레인 크리오드 아시오스가 전설의 대마법사 라지베헤루 본 아시오스의 자손이란 소문이 퍼지면서 그 기세를 눈덩이 불어나듯 커지고 있었으니 놀라운 일이 아닐 수 없었다.

"이 아저씨가 노망이 들었나, 도대체 무슨 짓이야!"

루드웨어가 총회주로 있는 칠인회는 마도제국이 건국했다는 소식으로 난리가 난 상태였다. 평소에도 바쁘기로 소문난 극악 업무소 칠인회 사무처는 마도제국의 건국으로 불어난 서류로 인해 평상시 업무 량의 무려 다섯 배가 넘어섰기에 긴급으로 두 배의 인원을 더 투입했지만, 업무 과다로 의료실로 실려 가는 사람이 속출했고, 정보부에서는 연구 자료의 도난을 추적하던 마법사 중 반이 갑작스런 정보의 홍수를 감당하지 못하고 손을 놓는 바람에 거의 모든 마법 전산 시스템이 무너져 버리는 악재에 시달리게 되었다.

거의 모든 회주들이 연구 자료를 찾기 위해 대륙에 흩어져 있는 이때에 칠인회에 남아 있는 것은 2회주 라디안 혼자였기에 넘쳐 나는 결재 서류에 묻혀 세상을 하직할 지경이었다.

"당장 대륙에 있는 전 회주에게 연락해서 모든 활동을 중단하고 칠인회로 들어오라 연락해라!"

"예!"

난리도 이런 난리가 없었다.

칠인회는 대륙의 중요 사건에 암암리에 힘을 넣어 사건 해결을 어느 정도 도와주고 있었지만, 총회주의 엉뚱함으로 만들어진 마도제국 사건에 관해서는 해결책이 보이지 않았다.

총회주의 얼굴을 보아 마도제국을 지지한다는 것은 그의 괴행을 알기에 역시 어렵겠고, 그렇다고 제국을 도와주는 것조차 총회주 때문에 불가능했다.

'일단은 두고 봐야 한다는 말이군. 젠장… 그나저나 이놈의 쓸모없는 것들은 일이 이렇게 진행될 동안 뭐 하고 있었던 거야!'

라디안은 괜히 총회주에게 보낸 자신의 제자들을 욕하고 있었다. 물론 자신이 갔다고 해도 총회주를 말릴 수 없다는 것은 알고 있긴 하지만, 웬지 욕이 나오는 것은 어쩔 수 없는 라디안이었다.

마도 로노와르 제국의 황성이 있는 전 그로인 왕국의 왕성에는 수십 명의 왕들과 공작급의 귀족, 그리고 장군들이 긴 회의 탁자에 앉아 앞으로의 제국의 방향에 대해 토의를 하고 있었다.

"고로 제국의 중재의 군대의 파견은 성기사 대회의 후가 될 것이라 예상됩니다. 저희 마도제국으로선 그 시간 안에 최대한 많은 세력을 병합해서 제국과 대등한 군사력을 만들어야 한다 사료되옵니다."

제국의 여러 정황을 보고한 보고가 끝나자 황제 루드웨어는 좌중을 훑어보며 보며 말했다.

"본 제국의 군대는 이미 우리의 뜻에 반대하고 있는 십여 개의 중소 국가들에 군대를 파견했소. 예상컨대 십여 일 정도 후면 우리 연합의 세력의 중소 국가는 50개가 넘을 것이며, 계속 들어오는 마법사들과 사람들을 보아 총군사의 수는 칠십만을 상회할 것이라 여겨지오. 이 정도면 충분히 신성 로아냐드와 맞설 만한 힘은 가질 수 있다 생각하지만, 방금 들어온 보고에 의하면 제국은 성기사 대회에서 그곳에 모여든 수많은 귀족들을 자신들의 힘으로 끌어들이려 하고 있으니, 그대로 내버려 둔다면 우리의 힘은 로아냐드 제국보다 떨어질 것이 당연하오. 이 일에 대해 각 왕들과 제후들은 의견을 말해 보시오."

"신 파블스의 왕 샤프트의 소견으론 저희 측 사람을 보내어 성기사 대회를 우승하게 한다면 그들은 자연히 지희들 쪽으로 올 것이라 생각되옵니다."

"성기사 대회의 우승?"

"예. 예로부터 성기사 대회에는 많은 무장들이 탄생하였습니다. 필시 그곳에 있는 자들은 무장들을 자신의 휘하에 끌려들이기 위함이니 저희 측에 뛰어난 무장들이 있다는 것을 안다면 그들은 대세의 흐름에 따라 연합에 들어오리라 생각되옵니다."

샤프트의 의견이 틀리지 않는지라 좌중의 많은 왕과 귀족, 그리고 장군들은 고개를 끄덕이며 그의 의견에 수긍했다.

"그렇다면 본 연합에 누구를 보내는 것이 좋겠는가?"

하지만 이 말을 들은 이들은 어느 누구도 선뜻 대답하는 이가 없었다. 역사와 전통을 자랑하는 성기사 대회에 참가하는 전사들은 하나같이 뛰어난 자들이기에 내로라하는 실력을 가진 장수들도 이 대회에서는 32강에도 못 드는 형편이기 때문이다.

사람들의 천거가 나오지 않자 루드웨어로서는 답답하기 그지없었다.

많은 국가들이 모여들게는 했지만 뛰어난 무장의 경우에는 그 수가 제국보다 훨씬 뒤지고 있었기 때문이다.

"어쩔 수 없구려. 회의는 이것으로 마치도록 하겠소만, 각 왕들과 귀족, 장군들은 내일까지 성기사 대회에서 우승할 수 있는 전사가 있으면 천거하도록 하시오."

"예, 폐하."

자신의 방으로 돌아온 루드웨어는 시녀들의 시중을 받으며 널찍한 왕국 개인 목욕실에서 목욕을 하며 성기사 대회에 나갈 무장을 생각해 보았지만, 좀처럼 그만한 인재가 떠오르지 않았다.

"젠장."

"뭐가 그리 고민이냐?"

언제 들어왔는지 시크라가 그의 옆에서 다리의 때를 밀며 신경질적인 모습을 보이는 루드웨어를 보며 물었다.

"생각 외로 인재가 없는 것이 짜증나서 그런다."

"난 또 뭐라고. 당연한 거 아니야? 급조된 연합인데다 겉만 멀쩡한 스켈레톤 군대에게 싸우지도 않고 나라만 내준 곳에서 인재가 있을 리가 없잖아."

"그로인 왕국의 두 장군이 그나마 뛰어난 인재지. 검술 실력이 모자라긴 하지만 무장으로선 꽤 실력이 있으니까."

"아마 멍청한 두 왕자가 아니었으면 그로인 왕국을 쉽게 점령하지는 못했겠지."

루드웨어로서는 두 장군의 검술 실력이 조금만 뛰어나도 성기사 대회에 보내고 싶었지만, 역시 우승은 불가능하기에 다시 고민에 잠길 수밖에 없었다. 그런데 그런 루드웨어의 고민을 시크라는 정말 쉽게 해소시켜 버렸다.

"그렇게 고민되면 차라리 니가 나가지 그래?"

"내가?"

"그래, 니 비도술은 왕년에 마령의 주인인 루덴스도 인정하던 비도술이었잖아."

"음……."

시크라의 말에 한참을 생각하던 루드웨어는 욕탕에서 벌떡 일어서더니 말했다.

"좋아, 결정이다. 내기 니기지. 시크라!"

"왜?"

"네 녀석에게 제국을 잠시 맡기도록 하마."

"후회 안 할 자신 있냐?"

"후회는 지금도 된다. 몇 가지 필수 사항을 지금부터 말해 주지."

"……."

"첫째, 절대로 제국과의 전쟁을 서두르지 마라. 성기사 대회가 끝난 후 3일 정도는 시간이 있을 테니 내가 나가기 전까진 절대 나서면 안돼. 둘째, 나라 말아먹지 마라."

"잠깐! 나라 말아먹지 말라니?"

"나라의 정치는 대충 신하들이 말하는 걸 따르라고. 네 녀석이 독단적으로 처리하지 말고. 또 허무맹랑한 요구는 절대 안 돼. 제후들의 딸을 데리고 오라든가, 천 명의 첩을 만들겠다든가 하는 거 말이야."

그 말에 시크라는 아쉽다는 듯이 손을 쳤다. 사실 황제가 되면 제일 처음 하려고 했던 일이었기 때문이다.

"셋째부터는 마법 구슬로 전할 거니까 절대 마법 구슬 꺼놓지 말아라. 안 그럼 바로 와서 너부터 처리할 테니까."

"흥! 알았다고. 안심하고 가라고."

"너 같으면 안심이 되겠냐?"

"물론… 안 되는군."

모든 것이 결정된 루드웨어는 다음날 신하들이 천거한 세 명의 전사들과 함께 제국의 성기사 대회장으로 향했고, 레드 드래곤 시크라는 루드웨어로 폴리모프하여 황제의 생활을 영위하게 되었다.

18장 루드니아와 실레이드의 싸움

성기사 대회의 예선 시험에서 5개의 관문 이상을 통과하여 본선에 진출한 전사의 수는 모두 243명이며, 거기서 월등한 기록을 내긴 했지만 학문이 떨어지는 전사들 10명을 시험관이 추천하여 총 253명이 본선에 진출하게 되었다. 루드니아로서는 운이 좋으면 7명, 나쁘면 8명의 상대와 싸워서 승리해야만이 우승의 영광을 차지할 수 있는 것이다.

예선은 모두 4개의 조로 나뉘어져 있으며, 각 조의 토너먼트에서 8강에 진출한 실력자들만이 황제와 교황은 물론 수많은 귀족들과 백성들이 관전하는 시합장에서 자신의 실력을 뽐낼 수 있었다.

루드니아의 준호의 일행이 나뉘어진 조를 살펴보면, 먼저 루드니아는 A조 19번, 준호의 경우에는 D조 4번, 그리드는 C조 21번, 콜리드는 D조이긴 하지만 45번으로 준호와 1차 본선에서 싸울 일은 없었다. 하지만 문제는 이들이 아니었다. 실레이드 조는 A조 20번으로 루드니아로서는 상대하기 어려운 자를 1차 본선 처음에 만나게 되는 불행을 겪게 된 것이다.

"어이구~ 이런, 이거 아름다운 아가씨와 대적하게 생겼구만."

"재밌는 아저씨와 한판 붙겠네요."

실레이드는 대전표를 보며 미소를 지었고, 루드니아 역시 마음에 드는 상대와 싸우게 된 것을 기쁘게 생각하고 있었다.

하지만 곁에서 지켜보고 있던 게르하인이나 드미트리의 경우에는 환장할 노릇이었다.

다른 사람들이 안 보는 곳으로 숨어든 두 사람은 이 어긋난 사태에 어이가 없을 지경이었다.

"환장하겠군. 예선에서 보여준 신위만 해도 엄청난 자가 아닌가?"

"응. 적어도 4강에 들 정도의 실력자인 것 같은데… 잘못하면 1차전에서 패할 수도 있겠어."

"재수없는 소리! 1차전에서 패하면 말할 건덕지도 없이 루드니아의 목을 베어야 한단 말이야! 어떻게 좀 해봐!"

드미트리로서는 답답하기 그지없었다. 성기사 대회의 모든 사항은 교황의 지시로 이루어지는 것이기에 황제의 힘으로도 어쩔 수 없는 상황이었기 때문이다.

"음… 방법…… 있을 리가 없지……."

"이기라고 응원이나 해야 한단 말인가……."

아침부터 시작된 1차 본선 선수의 대결은 4곳에서 나누어져 진행되었다.

"준호 씨, 파이팅!"

"예, 열심히 할게요."

D조의 4번인 준호가 가장 먼저 경기장에 올라 싸우게 되었다. 리안나는 준호에게 아이네스의 축복을 내리며 승리를 빌었고, 그녀의 응원에 원기 왕성한 모습으로 시합장에 오르긴 했는데 상대를 보는 순간 주눅이 들어버렸다.

상대는 멀리 북쪽의 소비에르 제국에서 온 전사로, 보통의 키인 준호에 비해 2미터가 넘는 거구를 지닌 전사로 양손에 배틀엑스를 두 개나 들고 있는 험악한 상대였기 때문이다.

물론 무기의 경우에는 준호의 광선검이 거의 모든 것을 잘라 버리는 신기였기에 문제는 없었지만, 자칫 실수를 할 경우에는 상대가 들고 있는 배틀엑스에 두 동강이 날 수도 있어 긴장하지 않을 수 없었다.

준호의 우주선은 만약의 경우를 위해 시합장 만 미터 상공에서 대기하여 여차하면 수를 쓸 준비를 하고 있었기에 조금은 안심할 수 있었지만 방심은 할 수가 없었다.

이곳으로 오기 전에 생활 체육으로 잠시 검도를 배운 적이 있던 준호는 검을 중단 자세를 취하며 겨누었지만, 워낙 체육에는 소질이 없던 준호였기에 그 폼은 어정쩡하지 않을 수 없었다.

"쿠헤헤헤헤, 운이 좋군. 이런 꼬맹이 자식과 싸우다니 말이야. 거기다가 검날도 없는 검이라니. 꼬마야, 가서 엄마 젖이나 더 빨고 오너라. 쿠헤헤헤."

거구의 야만전사는 자신의 첫 번째 본선 상대가 첫눈에 봐도 실력이 없을 것같이 어정쩡한 자세를 취하고 있는 젊은 애송이라고 판단되자 야만스러운 웃음을 웃으며 소리쳤고, 준호의 인상은 구겨지고 말았다.

실력이 없는 것은 자신도 알고 있지만 이렇게 대놓고 무시할 줄은 몰랐기 때문이다.

"다시 한 번 말해 보시지……."

준호는 약간 노기를 띠며 그에게 말했고 야만전사는 꼴에 화도 낼 줄 아느냐는 눈으로 보더니 말했다.

"꼬맹이 자식이라 했다. 그래, 어쩔 테냐?"

"이것만은 죽어도 쓰지 않으려 했다만……."

준호는 손에 들고 있던 광선검의 스위치를 바꾸고는 비웃음을 흘리며 그를 도발하기 시작했다.

"후후후, 덩치 큰 곰탱이 같은 녀석. 네 녀석의 냄새나는 얼굴을 보자니 구역질이 나서 더 이상 못 견디겠다."

"뭐! 이 자식이!!"

야만전사는 준호가 긴장하던 모습을 지우고 자신을 희롱하기 시작하자 놀라면서도 노기가 치솟아올랐다.

"네 녀석! 두 동강을 내주마!!"

엄청난 목소리로 소리를 지른 야만전사는 두 개의 배틀엑스를 들고 준호를 향해 뛰어 들어왔는데, 준호는 우습다는 듯이 광선검을 그에게 겨누고는 조용히 읊조렸다.

"개체 분자 이동! 위치 시합장 상공 20미터!"

그 순간 광선검의 검날이 나오는 부분에 푸른색의 전기 스파크가 강하게 일며 야만전사를 향해 날아갔다.

"끄아악!"

야만전사는 푸른색의 전기 스파크에 강타당하자 고통에 소리를 질렀는데, 소리를 지른 순간 그의 몸은 산산이 부서져 나가며 빛이 되어 사라져 버렸다.

"저게 뭐야!"

"마, 마법이다!'

사람들은 이 어이없는 사태에 놀라 소리치기 시작했고 시합장은 순식간에 아수라장이 되어버렸다. 그때 갑자기 상공에서 큰 소리의 비명이 들리기 시작했다.

"끄아악!!'

비명의 주인은 방금 전 준호의 상대였던 야만전사. 그는 언제 하늘로 치솟아올랐는지 모르게 하늘에서 나타나서는 20미터 정도의 높이에서 떨어져 땅에 곤두박질친 것이다.

다행히 우악스럽게 튼튼한 몸 덕분에 죽은 것 같지는 않았지만, 다리 뼈와 갈비뼈가 부러지는 것은 면치 못할 것 같았다.

이 일전은 일종의 마법을 사용했다고 판단되었기 때문에 준호는 실격패를 하고 말았지만, 정작 올라간 야만전사의 경우에는 다음 시합 출전이 불가능한 상처를 입었기에 이번에 싸운 두 사람 다 떨어지고 만 것이다.

자신을 우습게 본 야만전사에게 복수한 준호는 만족한 웃음을 지으며 내려왔고, 리안나는 그런 준호에게 미소를 지어 보이며 말했다.

"잘했어요, 준호 씨. 준호 씨를 우습게 보는 그런 남자는 혼찌검을 내야 한다고요."

"아! 리안나에게 혼날까 봐 고심했는데 그렇게 말을 해주니 조금 안심이 된다."

"호호호, 준호 씨가 검술을 못하는 건 저도 잘 알고 있었는데요 뭘. 우리 남은 시간 데이트나 하며 보낼까요?"

"그거 좋겠군. 콜리드 씨, 우린 그만 나가볼게요."

"잘 놀다 오게나."

이계에서 온 사람인 준호가 과연 어떻게 싸울까 궁금해하며 지켜본 콜리드는 어이없는 결과가 나온 시합에 혀를 내두르고 있었지만, 마법 발동어도 없이 커다란 덩치의 야만전사를 이십 미터 상공으로 날려 보낸 이계의 마법에 놀라지 않을 수 없었다.

준호의 시합은 이렇게 어이없이 끝나고 그리드는 예상보다 쉬운 상대를 만나 2차전에 진출했는데, 문제는 바로 지금부터였다.

루드니아와 실레이드의 싸움. 3미터가 넘는 거대한 검을 들고 시합장에 오르는 미모의 여성과 엘프의 아름다움을 가지고 있는 청년의 모습으로 폴리모프한 실레이드의 대결은 그곳에 있는 많은 사람들의 시선을 끌기에 충분했다.

45억 년을 살아온 최고령의 드래곤 실레이드는 그동안 틈틈이 콜리드의 강한 검술을 보아왔기에 자신의 실력도 상당한 수준에 이르러 있었다.

경검에 속하는 에스톡을 쥐고 가벼운 몸놀림으로 시합장에 오른 실레이드는 중검의 루드니아를 보며 미소를 지으며 말했다.

"꽤나 거창한 검을 사용하는군."

"당신의 검이 저의 검을 막을 수 있을까 걱정되는군요."

"걱정 말게. 이래 봬도 드래곤 본으로 만들어진 에스톡이니까 말이야."

실레이드의 말을 들은 좌중에 있던 구경꾼들은 모두 놀라지 않을 수 없었다. 최강의 경도를 자랑하는 검은 전설의 오르하르콘이라고는 하지만, 어쨌든 그것은 전설이었고 고가에 구입할 수 있는 최강의 경도는 미쓰릴, 하지만 미쓰릴과 같은 경도를 가지고 있음에도 그 금속으로 만든 무기를 들고 있으면 상당한 검사로 추앙받는 금속이 있었는데, 그것이 바로 드래곤 본이었다.

드래곤 본을 가지고 있다는 것은 그가 바로 드래곤 슬레이어라는 뜻이기 때문이다.

최강의 생명체 드래곤을 죽일 수 있는 실력자, 사람들은 아름다운 청년 실레이드가 드래곤 슬레이어라는 사실에 놀란 것이다.

루드니아 역시 기억을 상실하기는 했지만 드래곤 슬레이어라는 것이 무슨 말인지는 알고 있었기에 실레이드가 만만치 않다는 것을 알 수 있었다.

조심히 검을 잡고 자세를 취한 루드니아는 가볍게 에스톡을 쥐고는 방정맞게 이리저리 깡충깡충 뛰어다니는 실레이드를 보며 긴장하지 않을 수 없었다.

"자! 그럼 시작해 볼까?"

"예."

실레이드의 말에 루드니아는 아무런 생각 없이 대답을 했는데, 그 순간 그의 몸은 수십 개로 분열되면서 사방으로 흩어지기 시작했다.

물론 분신술 같은 것을 쓴 것이 아닌 빠른 스피드로 인하여 몸이 수십 개로 변한 것처럼 보이는 것이다.

실레이드의 몸이 수십 개로 나뉘어서 구경하는 사람들의 눈을 어지럽히고는 있었지만, 루드니아는 그런 실레이드의 움직임을 볼 수 있었다.

다원소 드래곤인 루드니아의 눈은 인간보다 수십 배나 더 뛰어나기 때문에 아무리 실레이드가 빠른 속도로 움직인다고 해도 그녀의 눈에서 벗어날 수 없는 것이다.

채재재재재재재재쟁!

실레이드의 공격은 눈에 보이지 않을 만큼 빠른 속도로 다가와 루드니아의 사방에 에스톡을 찌르는 스피드를 이용한 공격 방법이었다.

스피드를 제외하면 단순한 공격이었기에 어렵지 않게 넓은 멀티엘리멘트 소드의 검등을 방패로 삼아 막아낼 수 있었다.

약 10초 동안 수십 번을 찔렀음에도 루드니아가 그것을 모두 막아내자 실레이드는 혀를 내두르며 그녀의 공격권 밖으로 나가 숨을 고르며 말했다.

"굉장하군. 나의 공격을 모두 막아내다니 말이야."

"이 정도는 아직 문제없다고요. 절 너무 우습게 봤던 것 아니에요?"

"그런 것 같군."

그 말과 함께 실레이드의 검에선 은빛의 검기가 흘러나오기 시작했다.

루드니아를 우습게 보고 마나를 사용하지 않은 실레이드가 상대를 인정하고 본격적으로 마나를 사용하는 것이다.

"이제야 힘을 사용하시는군요!"

루드니아의 검 역시 실레이드의 마나에 대항하기라도 하는 듯이 무지갯빛의 검기를 내뿜기 시작했다. 지금까지 그녀 역시 마나를 사용하지 않았던 것이다.

실레이드는 루드니아의 검에서 흐르는 무지갯빛의 마나를 보며 이상하게 생각할 수밖에 없었다.

그녀의 검에서 흐르는 기운은 분명 다원소의 마나. 다원소의 마나를 가지고 있는 존재는 신을 제외하고는 지상에 단 한 사람의 존재밖에 없었기 때문이다.

'설마… 다원소 드래곤 로노와르?'

하지만 로노와르라고 보기에는 실력이 너무 떨어졌다.

들리는 소문에 의하면 대륙의 이름난 검수였던 루덴스에게 기술을 훔쳐 배웠다는 소문이 있었는데, 지금까지 본 바로는 소문에 십 분의 일도 못 미치기 때문이다.

루드니아와 실레이드의 대치 상태는 약 30초 정도였지만, 보는 사람에게는 그 시간이 상당히 지루할 수도 있었다. 아니, 사실 지루했다.

"우~ 뭐냐! 빨리 싸워라!!"

"아까는 잘하더니만 지금 뭐 하는 거야. 사랑이라도 빠졌냐!!"

서로를 보며 검을 겨누고 있는 두 사람의 대치 상태가 계속되자 한참 재밌게 보던 이들은 '우~' 하는 소리와 함께 야유를 보내기 시작했고, 서로를 긴장하듯 쳐다보던 두 사람은 조금 짜증이 나지 않을 수 없었다.

"루드니아, 잠시 기다려라."

"그러지 뭐."

루드니아의 대답이 끝난 순간 실레이드는 주위를 날카로운 눈으로 한번 훑어보고는 용언을 읊조렸다.

[엎어져 있어라!!]

실레이드의 용언이 터지자 본선 1차전의 시합을 보고 있던 수많은 사람들이 갑자기 땅에 처박히기 시작했으니, 대회장은 순식간에 아수라장이 되고 말았다.

물론 실레이드의 용언을 견딜 수 있는 실력자들은 멀쩡하게 서 있기는 했지만, 갑자기 영문도 모르게 다른 사람들이 엎어지자 당황하면서 자신도 모르게 엎드리는 자세를 취하니 시합장 안의 루드니아와 실레이드를 제외하고는 모두 엎어져 어리둥절한 표정을 짓고 있었다.

"뭐야, 메테오라도 떨어지는 거야?"

갑작스러운 사태에 적응을 못한 콜리드는 엎어져 사방을 두리번거리다가 하늘을 쳐다보았지만, 메테오는커녕 손톱만한 우박도 떨어질 기미를 보이지 않자 연신 고개를 갸우뚱거릴 뿐이었다.

한편 시합장이 조금 조용해지자 이제 싸울 분위기가 난다는 듯이 실레이드는 에스톡을 다시 루드니아에게 겨누며 말했다.

"자, 이제 시작해 볼까?"

"좋아요!"

서로를 보며 대치하고 있던 두 사람 중 먼저 행동한 사람은 루드니아였다.

스피드가 빠른 그에게 선공을 허락했다가는 아까와 똑같이 방어에만 신경 쓸 우려가 있다고 판단했기 때문이다.

루드니아는 앞으로 쇄도해 들어가며 무지갯빛의 검기를 쏘아 실레이드의 진행 루트를 완전히 차단함과 동시에 거대한 검을 머리 위까지 들어 올려 일도양단의 기세로 내려쳤다.

"그 정도론 어림없지!"

사방이 검기에 의해 막히자 실레이드는 조금 당황되기는 했지만 수십억 년을 산 노련함으로 순식간에 대처 방법을 생각해 내었다.

루드니아가 일도양단의 기세로 뛰어오르는 것을 본 그는 빠른 속도로 그녀의 가슴께로 쇄도해 들어가며 일장을 날리려 했고, 위험을 느낀 루드니아는 검등을 사용하여 그의 일장을 간신히 막을 수 있었다.

실레이드의 강한 일장에 검과 함께 루드니아는 뒤로 튕겨져 날아가기는 했지만 마나를 사용하여 균형을 잡은 후 안전하게 시합장 안으로 착지할 수 있었다.

"와아~!"

어느새 용언에서 풀린 많은 사람들은 다시 자리에서 일어나 두 사람의 싸움에 환호하기 시작했다. 하지만 그 와중에도 복수의 칼을 갈고 있는 이가 있었으니… 그는 바로 갑작스럽게 당한 콜리드였다. 자신이 엎어져야 했던 것이 실레이드의 용언 때문이라는 것을 안 콜리드는 한순간의 군중 심리로 당한 것이 너무 억울했던 것이다.

콜리드가 복수(?)를 다짐하는 와중에도 대결을 계속되고 있었는데, 바로 그 순간 땅으로 착지한 루드니아는 비장의 무기인 그리처를 사용할 시간도 없이 실레이드의 강한 공세에 시합장 끝으로 몰려 자칫 장외패를 당할 위기에 놓이게 되었다.

"젠장!"

어떻게든 코너에서 빠져나가고 싶은 그녀였지만 속도가 더욱 늘어 일 초에 수십 번의 찌르기를 감행하며 공격하는 실레이드의 에스톡을 피할 수 있는 방법이 좀처럼 생각나지 않았기 때문에 자신의 패배가 다가왔음을 알 수 있었다.

'드미트리… 이제 나 죽나 보다…….'

본선 1차전에서 패배하면 중요 요지를 허락없이 침범한 죄로 사형 당할 것이라는 것을 알고 있는 루드니아. 그녀는 자신이 죽으면 드미트리가 눈물이라도 흘려주겠지 생각하며 겸허하게 패배를 받아들이려고 했다. 그런데 그때 다행히도 그녀를 도와주는 의외의 인물이 있었다.

콜리드는 용언에 의해 고귀한 에이션트 급 오크가 땅에 가슴을 댄

치욕을 당했다며 이를 북북 갈며 복수의 기회를 노리고 있었는데, 루드니아가 실레이드에게 몰려 장외패를 당할 상황까지 몰리자 회심의 미소를 지으며 조용히 중얼거렸다.

[하이 그래비티! 그리스! 그리스! 그리스! 그리스!]

하이 그래비티는 대상자에게 고중력을 가하는 공격이며, 그리스는 땅에 기름을 칠한 듯 미끄러지게 하는 보조 마법이다.

콜리드가 사용한 하이 그래비티에 의해 실레이드의 몸은 강한 중력에 눌려 점프는 물론 뛰는 것조차 힘들게 되어버렸기에 자연히 그 공격이 늦춰졌고, 거기다가 그리스에 발이 미끄러워지자 내딛는 발을 지탱하지 못하고 미끄러지기를 몇 회, 꼴사나운 자세로 휘청거리다가 경기장에 엎어져 버린 것이다.

"콜리드, 이 빌어먹을 자식아! 끄억!!"

자신에게 이렇게 강력한 마법을 걸 인물은 콜리드밖에 없다고 생각한 실레이드는 경기장 한 컨에서 입을 막고 큭큭거리며 웃고 있는 콜리드를 보며 분노의 피어를 터뜨렸는데, 그 순간 기회를 엿보던 루드니아는 3미터가 넘는 엄청난 거검을 휘둘러 방심하고 있던 실레이드의 등판을 가격하여 시합장 밖으로 날려 버렸다.

"제국의 여기사 루드니아 승!!"

어찌 된 일인지는 모르지만 승리를 따낸 루드니아는 승리의 기쁨을 만끽하며 뛰어올라 드미트리의 품에 안겼고, 드미트리는 안도의 한숨을 쉬며 그녀를 쓰다듬어 주었다.

한편 실레이드는 루드니아의 검에 날려가 벽에 박힌 후 인사불성이 되어 있었는데, 콜리드 역시 그가 이렇게까지 당할 줄은 몰랐던지라 옆에 앉아 조용히 작별의 인사를 해주었다.

"친구, 잘 가게나……."

한편 B조의 본선 경기장에서는 이 모습을 보며 땅에 쓰러진 채 통한의 눈물을 흘리는 사람이 있었다.

19장 데프콘 3

검은 로브를 입고 후드로 얼굴을 깊숙이 가린 그는 루드니아와 드미트리의 모습을 보며 눈물을 흘리고 있었고, 그의 옆에선 한 명의 마법사가 안절부절못한 채 서 있었다.

그 마법사는 라디안의 제자인 멘드로로 루드웨어를 돕고 있었는데 그는 도저히 현 사태를 이해하지 못하고 있었다.

"흐흐흑… 로노와르, 네가 나에게 돌아오지 않았던 것은 이 때문이었냐……. 흐흐흑."

검은 로브를 입은 의문의 남자, 그는 바로 로노와르의 남편 루드웨어였던 것이다.

성기사 대회에서 마도제국 로노와르의 홍보를 위해 나왔던 루드웨어는 시합장에서 로노와르의 모습을 확인하고는 눈물을 흘리며 뛰어가서 안아주려고 했는데, 애석하게도 눈앞에서 아내의 외도 장면을 보게 된 것이다.

생각해 보라! 세상에서 어느 누구보다 사랑한다고 믿었던 아내의 외도 장면을 눈앞에서 지켜본 남편의 비참한 마음을!

루드웨어의 심장은 갈기갈기 찢어지는 듯했고, 그것을 보며 멘드로는 앞으로 일어날 사태를 걱정하지 않을 수 없었다.

"총회주님, 무슨 사연이 있을 겁니다."

"사연은 무슨 사연! 외간 남자의 품에 안겨 저렇게 좋아하는 여자에게 무슨 사연이 있단 말이냐!"

멘드로의 위로는 지금 루드웨어에게는 아무 소용이 없었다. 몇 달을 괴로워하며 찾아다녔고—물론 요즘 들어 잠시 딴 일에 빠지기는 했지만— 하루하루가 그리움에 가슴이 찢어질 듯했던 그는 결과가 이런 것이라는 생각에 비참함이 물밀듯이 밀려오다 넘쳐 날 지경이었다.

"다 부숴 버리겠어!"

유명한 공중파 마법. 드라마에 나오는 여자 주인공의 대사를 뱉은 루드웨어는 복수에 불타는 눈을 들어 드미트리의 품에 안겨서 웃고 있는 로노와르를 쳐다보았다.

멘드로는 이제 돌이킬 수 없는 엄청난 사태가 일어날 것이라 생각했다.

'아! 이제 나의 손에서 제어할 수 있는 범위를 넘었다.'

하지만 다행히도 루드웨어는 지금 당장 일을 만들지는 않았다. 그는 철저하게 로노와르를 파멸시킬 음모를 짜기 시작한 것이다.

"네년의 정부 드미트리 황제부터 철저하게 파멸시켜 주마!"

기억을 잃은 루드니아에게 사랑에 빠진 죄로 드미트리는 이제 세상에서 절대 적으로 두어서는 안 될 적을 만듦으로써 제국의 파멸을 부르는 결과를 만들어냈다.

"멘드로!"

"예, 총회주!!"

"칠인회에 데프콘 3을 발령해라!"

"데프콘 3이라 함은……!"

루드웨어의 명령을 들은 멘드로는 하늘에 무너지는 듯한 충격을 받았다.

칠인회의 데프콘 시리즈. 이것은 유명한 한 나라의 전쟁 비상 체제의 단어를 루드웨어가 표절하여 칠인회에 적용시킨 것이지만, 그 뜻은 다소 다르다.

데프콘 시리즈를 잠시 설명을 하면 데프콘 1은 비상 대기 체제, 칠인회의 지부가 위치한 장소에 전쟁이나 다른 불상사가 일어났을 때 발령되는 것으로 칠인회 특전사는 바로 위험 지대에 파견되며, 나머지 사무처와 정보부를 제외한 부서는 비상 대기 준비를 하게 된다.

데프콘 2는 출동 태세로 칠인회를 위협하는 세력이 나타났을 때로 칠인회의 특전사는 물론 칠인회 전 인원 중 임의로 선택된 마법사 30%가 파견되게 된다. 현재 헤른드 라비에타의 연구 자료가 없어진 것은 데프콘 1에 해당하며, 로노와르를 찾는 것은 데프콘2에 해당한다(혹자는 첫 번째 것이 더 위험한 상황이 아니냐 말하지만, 그것은 어불성설. 루드웨어가 마누라가 도망쳤다고 난동 피우는 것은 마신이 다시 부활하는 것보다 칠인회에 더 큰 위험이 된다. 라디안으로선 적당히 데프콘 2를 발령해 루드웨어의 얼굴을 보아주는 것이 더 낫다고 할 수 있는 것이다).

자, 그럼 여기서 문제의 데프콘 3. 이건 칠인회 창립 이후로 단 한 번도 있었던 적이 없는 것으로 데프콘 3이 의미하고 있는 것은 대전쟁

경보다.

데프콘 3을 발령할 수 있는 것은 총회주와 사실적인 칠인회의 회주인 2회주만이 가질 수 있는 특권으로, 이것이 발령되면 칠인회의 전 인원이 투입되게 되니, 대전쟁의 시작을 말하고 있는 것이다.

이 사실을 알고 있는 멘드로로서는 황당할 수밖에 없었다.

마누라가 바람났다고 설마 루드웨어가 데프콘 3을 발령할 줄은 상상도 못했기 때문이다.

"총회주, 데프콘 3만은……."

"다 부숴주랴?"

"예?"

"칠인회고 뭐고 다 부숴주랴?"

루드웨어가 발광하면 그선 세상에 감당할 수 없는 내악마가 탄생하는 것과 마찬가지였다. 가뜩이나 일이 꼬이고 있는 판에 총회주 루드웨어까지 미쳐 가고 있으니, 칠인회 역시 제국과 마찬가지로 하향세로 접어들고 있는 것이다.

세상을 멸망시키려는 궁극의 마신 크레이져의 부활에도 적용되지 않았던 데프콘 3이 대륙에 미칠 영향은 생각하기만 해도 끔찍한 것이었다.

*   *   *

"데프콘 3?!"

[예. 총회주께서 데프콘 3을 발령하라는 명령을 내리셨습니다.]

"미친! 멘드로! 데프콘 3이 무엇을 의미하는지 잘 알고 있는 네 녀석

이 총회주님을 막지 못했단 말이냐!!'

[그게… 발령 안 하면 칠인회고 뭐고 다 부숴 버리겠다고 하시는 바람에…….]

"……."

마법 통신 구슬을 통해 루드웨어가 데프콘 3을 발령하라는 명령을 들은 라디안으로선 황당하지 않을 수 없었다.

총회주가 약간 맛탱이가 간 것은 알고 있었지만, 설마 창건 이래 단 한 번도 발령되지 않은 데프콘 3을 발령하라고 할 줄은 몰랐기 때문이다. 이것을 어찌하란 말인가…….

"대충 총회주님을 달래고 있어라!"

[어떻게 말입니까?]

"알아서 해봐, 이 자식아! 네 녀석은 내가 여기서 놀고 있는 줄 아느냐!!"

[…예…….]

라디안의 분노 어린 목소리를 들은 멘드로는 풀이 죽은 목소리를 하며 통신 구슬을 끊었다.

"2회주, 데프콘 3이라니! 그게 무슨 말씀이십니까!"

라디안의 연락으로 칠인회의 전략 회의실에 모인 1회주를 제외한 나머지 5회주들은 이 어이없는 사태에 입을 다물 수가 없었다.

"통신 구슬에서 들으신 대로요. 총회주께서 데프콘 3을 발령하라십니다."

"쿠헤헤헤헤, 이거 재밌겠군."

회의장을 분노의 눈초리로 가득하게 만든 대사를 언급한 사람은 7회주인 그리안 무스테프였다. 칠인회 오락 담당을 겸하고 있는 그의 다른 별명은 세컨드 루드웨어였는데, 그렇게 불릴 정도로 그 무대뽀는 모든 회주가 알아주고 있는 상황이었다.

그래도 분위기는 조금 아는지 그리안은 다른 사람들의 죽일 듯한 시선을 받으며 이마에 흐르는 식은땀을 닦고는 뒤로 걸어가 알아서 머리를 박고는 벌을 섰다.

그리안과 라디안의 나이 차이는 무려 60살. 뛰어난 천재이긴 하지만 말썽 많은 마법사였던 그리안의 교육을 담당했던 것은 라디안이었기에 그가 세상에서 가장 무서워하는 사람은 바로 라디안이었다.

한번 장난칠 때마다 그리안이 받은 벌은 머리를 박고 버티는 벌이었기에 라디안의 무서운 시선을 받고는 알아서 박은 것이다.

현재 칠십이 넘는 노마법사가 회의장 한 켠에서 머리를 박고 벌을 서고 있는 것은 어찌 보면 엽기라 할 수 있었지만, 안에 있는 어떠한 마법사도 그것이 이상하다고 생각하는 이는 없는 듯했다.

붉은 머리의 노마법사인 칠인회 3회주 칼루안디스는 답답한지 탁자에 놓여 있는 냉수를 벌컥벌컥 들이키고는 심각한 얼굴을 하며 말했다.

"헤른드 라비에타님의 연구 자료도 찾지 못한 이때에 데프콘 3을 발령하라니… 총회주께서 너무하시는 것 같습니다."

"저도 같은 생각입니다. 이 어수선한 시기에 데프콘 3이라니… 총회주님은 일만 벌이시니 답답하기 그지없습니다."

이곳에 있는 사람 중 가장 마법사같이 생긴 5회주 무스타파는 대륙의 유명한 명장 미염공 고아누보다 더 아름답다고 소문난 자신의 수염을 쓰다듬으며 혀를 차면서 칼루안디스의 말에 동감을 표시했다.

"5회주님, 불평은 그만 하시고 제대로 된 의견이나 내시지요? 총회주님의 말씀을 무시할 수는 없지 않습니까?"

"헹!"

5회주를 걸고넘어지는 사람은 현재 56세의 나이이지만, 아직도 삼십 대의 요염한 미부의 모습을 하고 있는 6회주 미라나 드 아리카드로였다.

그녀는 라디안과 함께 여행한 유명한 드래곤 슬레이어 시스와 과거 칠인회의 6회주였던 로우나 커플의 증손녀였다.

칠인회 최강의 미씨 마법사라고 불리는 미라나는 로우나의 피부 미용술을 9서클까지 마스터한 상태였기에 환갑이 다 되어가는 나이에도 요염함을 간직하고 있는 것이다.

그녀의 남편은 바로 5회주 무스타파였는데, 현재 부부 싸움으로 별거 중이었기에 요즘은 회의장에서 대놓고 싸우고 있는 형편이다.

"자식 하나 못 낳는 칠거지악 마누라가 무슨 말이 저렇게 많담."

"무슨 시대 착오적인 발언입니까! 자식이 없는 것은 당신 능력이 부족하기 때문 아닌가요!"

"무슨 소리! 이 나이에 나보다 튼튼한 늙은이가 어디 있다고!"

"착각도 자유! 이 일 분 대기조 양반아!"

"헉!!"

자신의 밝히고 싶지 않은 약점을 말한 미라나의 발언을 들으며 고개 숙인 남편이 되는 무스타파였다.

"5회주, 6회주… 니네들이 죽고 잡냐?"

"음……."

신성한 회의실에서 부부 싸움을 하고 있는 두 사람을 보며 라디안은 드디어 분노의 한마디를 남겼고, 두 사람은 조용히 입을 다물 수밖에 없었다.

이곳에 있는 모든 회주들과 라디안과의 나이 차이는 거의 두 배 이상인지라 그의 말을 허투루 듣는 사람은 한 명도 없었다.

애석하게도 불사에 관한 연구를 하는 라디안은 오래 사는 덕분에 총회주와 1회주 다음으로 끈덕지게 자리를 놓지 않는 똥차가 되어 남아 있는 것이다.

물론 대놓고 그런 소리는 못하는 것이 나머지 5명의 회주였다.

그래도 총회주나 1회주와 비교하면 똥차라도 백배 천 배는 나은 축에 속하기 때문에 입 다물고 있을 수밖에 없었다.

"한 번만 더 회의장에서 쓸데없는 부부 싸움 하면 절대 부부는 회주 직를 맡지 못하는 회칙을 만들어 버리겠다!"

"그런……."

"입 닥쳐! 누가 회주 직을 그만둘래?"

"조용하겠습니다."

"까짓거 이혼하면 되잖아요."

"무슨 소리!"

미라나는 라디안이 강압적으로 나가자 자존심이 상해 강경한 반응을 보였고, 그것에 무스타프는 놀라지 않을 수 없었다.

하지만 그 정도에 당황할 라디안이 아니었다.

그는 조용히 미라나에게 손을 내밀고는 염동력으로 자신에게 끌어당겼다.

"앙!"

미라나 역시 상당한 실력의 마법사이기는 했지만, 애석하게도 미용법에 모든 연구를 쏟은 관계로 다른 사람보다는 실력이 떨어지는 것은 사실, 라디안의 염동력을 견디지 못하고 끌려와 그의 무릎 위에 엎어졌다.

"미라나, 내가 너의 무슨 뻘이더냐?"

"그게… 증조 할아버지의 의동생이시니… 증조 작은할아버지뻘이 되시네요."

"근데 증조 작은할아버지 앞에서 이혼하면 된다라……. 음… 다 컸다고 엉덩이를 안 때려줬더니 겁을 상실한 모양이구나!"

"앗! 다 컸다고요! 스물이 넘음 엉덩이 안 때린다고 했잖아요!!"

"그랬지. 하지만 지금 네 녀석의 정신 연령이 열 살 먹은 것보다 못하니 내 때려야겠다!"

짝! 짝! 짝!

애석하게도 미라나의 아버지가 금방 돌아가신 관계로 정보부 출신의 미라나의 어머니 대신 그녀의 교육을 담당한 것은 시간 많은 라디안이었다.

어렸을 때부터 고집이 센 미라나는 자주 라디안에게 벌을 받으면서 엉덩이를 맞았는데, 불행하게도 환갑이 다 되어가는 나이에 라디안에게 개겼다가 손바닥으로 엉덩이를 맞는 벌을 받았으니 세월이 무상할 따름이었다.

물론 라디안이 때리는 손바닥 매가 아픈 것은 아니었지만, 최고위층에 속한 회주의 직위를 가진 그녀가 그런 꼴을 당했으니 어떻게 얼굴을 들고 다니겠는가?

남편인 무스타파 역시 얽히고설킨 관계인지라 뭐라 말도 못하고 얼굴만 붉히고 있었으니, 힘없는 남편을 둔 미라나는 눈물만 흘릴 뿐이었다.

대륙 최고라고 할 수도 있는 칠인회를 순식간에 가족 회의 분위기로 만들어 버린 라디안은 열 대 정도를 때린 후 다시 염동력으로 미라나를 자리로 되돌려 보냈다. 매를 맞은 미라나는 눈물을 찔끔 흘리며 라디안을 원망했고, 다른 회주들은 이 어이없는 사태에 입을 막고 간신히 웃음을 참고 있었다.

"킬킬킬……."

머리를 박고 벌을 서고 있던 그리안은 뒷짐을 지고 머리를 박고 있는지라 손으로 입을 막지 못하여 웃음을 흘리고 말았으니, 그것을 보며 가만히 있을 라디안이 아니었다.

"그리안……."

"헉!"

"오른쪽 다리 올려라."

"흐엉……."

별수없이 한쪽 다리를 올리고 벌을 서야 하는 그리안이었다.

"일단은 데프콘 3을 발령하는 것이 낫다고 생각합니다."

가족 분위기가 된 칠인회 전략 회의의 분위기를 돌린 사람은 회주 중 유일한 분위기 메이커이자 라디안 이후로 가장 높은 마법력을 소유하고 있다는 4회주 카일라드 메기드였다.

갈색의 짧은 머리에 붉은색 머리띠를 하여 마치 데모 중인 것처럼 하고 있는 그는 라디안을 보며 자신의 의견을 말했다.

"데프콘 3이 발령되면 모든 칠인회 마법사들은 비상 대기 명령에 당분간 작업이 마비될 텐데?"

"그래도 일단은 겉보기로라도 데프콘 3을 발령해야죠. 총회주님이 지시를 어겼다는 것을 안다면 작업 마비보다 더 큰 사태가 벌어질 우려가 있습니다."

그의 말에 다른 이들도 고개를 끄덕이며 동감을 표시했다. 라디안
역시 그의 의견에 어느 정도 수긍을 하며 다른 회주들을 보며 말했다.

"그렇다면 이렇게 하지. 일단은 데프콘 3을 발령하지만 소속 인원의
70%는 본래의 일을 계속하며 나머지 30%는 최대한 움직여 총회주의
눈을 속이는 것이다."

"지금으로썬 그것이 가장 좋은 방법이라 생각됩니다."

"반대하는 사람 없는가?"

벌받고 있는 그리안을 제외하고는 모두 찬성을 뜻을 표하자 라디안
은 고개를 끄덕이며 말했다.

"이것으로 긴급 전략 회의를 마치도록 하겠다. 그리안은 자리에서
일어나 나를 따라오고, 미라나, 무스타파 역시 내 방으로 찾아오도
록."

"예."

라디안의 독재라고 해도 과언이 없는 칠인회 분위기였다. 라디안의
지시에 의해 그의 방에 고개를 숙이고 찾아온 세 명은 의자에 앉아 말
없이 담배를 피우고 있는 그를 보며 아무 말도 못하고 있었다.

"무스타파, 미라나."

"예."

조용히 방에 걸려 있던 그림을 보며 한참을 생각에 잠겨 있는 듯했
던 라디안은 조용히 두 사람의 이름을 부르고는 몸을 돌려 그들의 얼
굴을 쳐다보았다.

"요즘 대륙의 이혼 사유 중 가장 많은 게 그것이라더라. 심각하
냐?"

라디안의 물음에 무스타파는 고개를 숙일 따름이었다. 그의 수염이 파르르 떨리는 것을 보며 라디안은 한숨을 쉬더니 책상 서랍에서 작은 나무 상자를 꺼내 들어서는 라디안에게 건네주며 말했다.

"이건……?"

무스타파가 묻자 라디안은 미소를 지으며 말해 주었다.

"비아그라풀을 정제해서 연금술사부에서 만든 신약이다. 얼마나 효과있을지는 모르겠다만, 이것으로 네 녀석들의 별거가 끝났으면 해서 주는 거다."

그 말에 무스타파와 미라나의 얼굴에는 화색이 돌았다.

"정말 감사합니다."

"증조 작은할아버지, 너무 멋있어요!"

"녀석… 허허."

두 사람의 반응에 라디안은 어울리지도 않는 너털웃음을 지으며 만족해하고 있었는데, 역시 그리안이 이런 라디안의 발목을 걸고넘어지는 발언을 하고 말았다.

"쳇! 다 늙어서 뭐 할려고 그런 약을 가지고 있었는데……."

자기 딴에는 혼잣말이라고 한 것이지만 역시 혼잣말이라는 것은 머리 속에서 혼자 생각해야 하는 말이었다.

적나라하게 자신의 발언을 라디안에게 전달한 그리안은 혼자 산 지 30년의 외로움을 투정으로 달래려는 듯했었지만, 그 말이 라디안의 염장을 긁고 말았다.

"그리안……."

"윽……!"

"네 녀석도 많이 살았나 보구나."

"그게 무슨 말씀인……."

"죽으려고 작정을 했으니 하는 말이다."

"……."

"그리안만 남고 다 나가라."

"예."

이날 밖으로 나간 미라나와 무스타파는 잠시 후 돼지 멱 따는 소리 비슷한 비명이 2회주의 방에서 흘러나오는 것을 들을 수 있었다고 한다.

＊　　　＊　　　＊

성기사 대회 일차 본선 일주일째. 드디어 각 조에서 8강의 진출자가 모두 선발되었다. 애석하게도 그리드는 일차 본선 8명을 가리는 16강에서 안타깝게 장외 패를 하고 말았기에 본선에 진출한 사람은 루드니아와 콜리드뿐이었다.

물론 얼굴을 감춘 루드웨어 역시 본선에 진출하여 32명이 겨루는 진짜 성기사 대회에 참가할 수 있는 자격을 갖추게 되었다.

실레이드와의 본선 대결의 경험이 있었던 드미트리는 성기사 대회의 출전 명단을 담당하는 고위 사제를 암암리에 협박함으로써 작년 우승자 레비나 아디스와 콜리드 등을 비롯한 유력한 우승 후보들의 번호를 반대쪽으로 돌려 루드니아에게 안전한 결승 진출을 보장하게 했으니, 이것이 바로 빽의 중요성이라 할 수 있을 것이다.

하지만 드미트리가 예상하지 못한 인재들이 안타깝게도 루드니아가 속한 조에 속해 있었으니… 잠시 C조 일차 본선의 16강전으로 돌아가

도록 하자.

　어렵게나마 본선의 16강전에 올라간 그리드는 한 번만 승리하면 황
제와 교황이 보는 앞에서 자신의 실력을 보일 수 있다는 희망을 가지
며 경기장에 올랐는데, 그의 앞에는 언제 올라왔는지 모르게 작은 키의
전사가 롱 소드를 들고 서 있었다.

　덩치로 보아 아직 어린 소년인 게 분명했지만, 그의 온몸에는 미쓰
릴로 만든 듯한 은빛의 빛나는 갑옷이 걸쳐져 있었고, 얼굴은 두 개의
뿔이 있는 은빛 투구로 가리고 있어 진의는 알 수 없었다. 하지만 롱
소드와 은빛의 카이트 방패를 들고 있는 그의 온몸에는 강한 기가 흐
르고 있는지라 경시하지 못할 상대였다.

　그리드는 몸집이 자신보다 작다고는 하지만 16강까지 오른 실력자
라는 생각을 하며 검을 겨누었고, 은빛 갑옷의 소년 기사 역시 차분한
자세로 방어적인 요소를 우선시하는 듯 커다란 카이트 쉴드를 정면으
로 들어 온몸을 가리고 있었다.

　그리드로서는 소년을 공격할 곳이 좀처럼 보이지 않았기에 쉽게 접
근할 수가 없었다. 온몸을 카이트 쉴드로 가리고 있는 데다가, 쉴드 역
시 강한 금속인 미쓰릴을 사용한 듯 보이기에 그의 검으로는 기회를
만들 수 없었던 것이다.

　그리드가 공격해 들어가지 않자 소년기사는 천천히 방패를 앞으로
내밀며 접근해 왔고, 그리드의 이마에는 식은땀이 흘러내리고 있었
다.

　"하앗!"

　하지만 계속 기다릴 수는 없는 일. 그리드가 기회를 만들기 위해 소

년 기사의 방패를 롱 소드로 강타하자 소년의 방패는 옆으로 튕겨졌다. 순간 그리드의 기회가 생긴 듯했지만 이내 방패가 열리며 그리드는 생각지도 못한 공격을 받게 되었다.

방패가 드러남과 동시에 소년 기사는 오른손에 들고 있던 검을 빠른 속도로 찔러온 것이다.

"쳇!"

다행히 몸집이 작은 소년 기사였기에 그리드는 뒤로 몸을 날리며 검의 사정거리에서 벗어나려고 했지만, 그때 엄청난 사건을 맞이하게 된다.

"그리처!"

"헉!"

소년 기사의 외침과 함께 그의 검에선 푸른색의 강한 빛이 형성되더니 그리드를 향해 뻗어온 것이다.

"크악!"

그리드는 그 빛에 정통으로 적중당한다면 목숨을 부지하기 어렵다는 것을 깨닫고는 검등을 사용하여 소년 기사의 공격을 막았다. 하지만 그 기세는 엄청났던지라 강한 방탄력을 느끼며 튕겨져 나가 경기장의 밖으로 떨어져 버리고 말았다.

"은빛 기사 승!"

그리드는 경기장 밖으로 떨어져 나간 후에도 방금 전의 공격에 어리벙벙한 것은 사라지지 않았다.

"굉장한 공격이다… 저 녀석은 누구지……?"

그리드로선 이 정도의 실력을 지니고 있는 소년 기사의 정체가 궁금할 따름이었는데, 은빛 기사는 가볍게 그리드에게 고개를 숙여 인사를 하고는 경기장을 벗어났다.

은빛 기사가 도착한 곳은 경기장 밖의 마차 대기소. 한 대의 화려한 마차에 다가선 그는 마차 위로 올라갔다.

놀랍게도 마차 안에는 제국의 삼대 세력가 중 한 명인 베르도 남작이 있었고, 소년 기사가 마차에 오르자 공손하게 고개를 숙이며 인사를 했다.

"경기를 마치셨습니까, 황태자마마."

"그렇소."

미쓰릴의 투구를 벗은 소년의 얼굴, 그는 다름 아닌 드미트리 황제의 아들인 황태자 스베안이었다.

스베안은 황제 모르게 성기사 대회에 참석하여 루드니아를 자신의 손으로 패배시키려 하는 것이었다.

레그르토에게서 강한 마법과 함께 비술을 이어받은 스베안은 아직 어린 나이에도 불구하고 상당한 실력의 소유자였던 것이다.

"빨리 돌아갑시다. 아바마마께서 자주 자리를 비운다는 것을 알면 책망하실 테니."

"예, 태자마마."

베르도는 스베안의 말에 고개 숙여 답하고는 마부석에 있는 기사에게 손짓을 하여 마차를 출발시키게 했다.

'악녀 루드니아여! 아바마마를 현혹한 죄, 스승 레그르토님을 함정에 빠트려 죽인 죄. 너의 죽음으로 받겠다.'

복수의 의기를 다지는 스베안 황태자였다.

이렇게 은빛 기사라는 이름으로 성기사 대회에 참석한 스베안이 드미트리가 파악하지 못한 실력자였고, 두 번째는 로브의 전사라는 이

름으로 출전한 루드웨어가 루드니아의 조에 속해 있었으니, 아무리
빽을 사용했다 해도 루드니아의 우승은 다소 힘든 상황이라고 할 수
있었다.

20장 치열한 격전의 시간

"와아!!"

성기사 대회가 열리는 황도에 위치한 로아냐드 원형 경기장은 각 대륙에서 몰려 들어온 인파들의 함성 때문에 귀가 멍할 정도로 시끄럽기 그지없었다.

현재 이 소란의 원인은 바로 제국의 여러 인사들이 귀빈석에 도착했기 때문이다.

신성황제 드미트리를 필두로 하여 아리시아 성교의 교황 조안 비로드 3세, 안트라네 성교의 교황 미테란 드리포드, 히루안 성교의 교황 엘리안나 베켄 2세, 아이네스 성교의 교황 리비안 드리트나드, 프라이도스 성교의 교황 칼 로비안.

그로디아스의 대륙 다섯 성교의 교황과 대주교들과 제국에서 유학 중인 소비에르 제국의 차레스 3왕자 등 쟁쟁한 인물들이 한 명씩 자리를 찾아 앉을 때마다 사람들의 환성은 경기장을 크게 울리고 있었다.

아직 그런 환성에 익숙하진 않은 루드니아는 두 손으로 귀를 막으며 괴로워하는 표정을 짓고 있었다.

"왜 이렇게 시끄러운데요!"

함성 소리에 귀를 막고 있는지라 루드니아는 뒤에서 도끼를 닦고 있는 콜리드를 보며 소리쳤다.

"니 목소리가 더 시끄럽다. 목소리 좀 낮춰."

"……."

이상하게도 콜리드는 조용히 말하고 있는 듯했는데도 자신의 귀에 정확하게 내용이 전달되자 루드니아는 이상하게 생각하며 물었다.

"그건 어떻게 하는 거예요?"

"뭐가?"

"이렇게 시끄러운데 당신의 목소리는 너무 또렷하게 들리잖아요."

루드니아가 묻는 내용이 무엇인지 알게 된 콜리드였지만, 엄청난 마나를 사용하는 그녀가 음성을 마나를 사용하여 진동으로 특정한 사람에게만 전달하는 방법을 모른다고 하자 황당하기 그지없었다.

"도대체 어떻게 수련을 했기에 그 모양이야? 사람의 목소리란 것은 목에 있는 성대를 통한 울림으로 공기 중의 진동으로 전달되는 것이다. 이런 이유로 마나를 사용하여 음성의 진동을 직접 상대방에게 전달하면 이런 시끄러운 곳에서도 명확하게 소리를 전달할 수 있는 게다."

"아, 그렇군요."

루드니아의 대답을 들은 순간 콜리드는 다시 한 번 놀라지 않을 수 없었는데, 자신의 설명에 대답한 루드니아가 정확하게 마나를 사용하여 소리의 진동을 자신에게 전달했기 때문이다. 물론 자신처럼 정확하게 전달된 것이 아닌 조금 미숙한 면이 있기는 했지만, 한순간에 이것을 깨우친다는 것은 있을 수 없는 일이었기 때문이다.

'굉장한 습득력을 지녔군.'

콜리드는 언제 만날지는 모르지만 루드니아에 대해서 조금 긴장하지 않을 수 없었다.

그녀의 이런 습득력이라면 강자가 모인 이 성기사 대회에서 출전자중 가장 괄목할 만한 성장을 이룰 것이 분명했기 때문이다.

자신이 컵에 물이 다 차여져 있는 상태라면, 루드니아는 아직 물이반도 차지 않은 상태. 뛰어난 검사일수록 아직도 예상하지 못할 정도의 발전을 거듭할 이런 상대를 보면 두려워지는 것은 어쩔 수 없는 것이다.

"몇 번째 시합이지?"

"음… 대전표를 보니 4번째 시합이네요. 상대는 갈포드라고 하는데, 작은 섬나라의 무사라고 하네요. 게르하인의 말에 의하면 닌자라는 족속이라던데요?"

"닌자라, 조금 상대하기 까다롭겠군."

"닌자가 뭔데요?"

"쉽게 말하면 어쌔신의 한 분류지. 다른 것이 있다면 이 녀석들은 은신술이나 분신술, 바꿔치기라는 이상한 기술을 가지고 있는 데다가 상당한 스피드를 가지고 있기 때문에 조금 까다롭다고 할 수 있지."

"그렇군요."

"그럼 시합이나 구경하러 가볼까?"

"예."

루드니아는 콜리드의 말에 고개를 끄덕이며 시합장으로 향했다.

32명이 토너먼트로 진행하는 이 본선 2차전은 원형 경기장에 설치되어 있는 정사각형의 경기장에서 시합을 치르게 된다.

성기사 대회라고는 하지만 일반 기사 대회 같은 기마 전투가 없기 때문이다.

첫 시합은 시험관 추천으로 참가했다는 밴도라는 이름의 야만전사로 준호와 싸웠던 녀석과 같은 부족처럼 보였다.

다른 것은 그 야만전사가 양손에 배틀엑스를 들었다면 이자는 두 자루의 투 핸디드 소드를 들고 있었다.

야만전사 밴도의 반대쪽에 있는 자는 평범한 모습을 하고 있는 자로 178센티미터 정도의 키에 다부진 몸에 레더아머를 입고 두 손으로 브로드 소드를 들고 있는 자였다.

대전표에 적힌 것을 보면 하리우드란 이름의 용병 출신 전사인데, 2미터에 가까운 야만전사의 상대가 되지 않을 것처럼 보였다.

야만전사는 상대방을 보며 비웃음을 날리고 있었다. 한눈에 봐도 상대가 될 것 같지 않은 자였기 때문이다. 루드니아 역시 그것에 동감하는 듯했는데, 콜리드는 그런 그녀를 보며 물었다.

"루드니아, 자네는 누가 이길 것 같나?"

"음… 아무래도 야만전사가 유리하지 않을까요?"

그 말에 콜리드는 고개를 저으며 말했다.

"내가 보기엔 반대인 것 같네."

"반대요?"

"그렇다네. 야만전사의 경우에는 힘을 위주로 한 공격을 주로 하는 것 같은데, 전쟁에서라면 저런 상대가 유리하겠지만 일 대 일의 결투에서는 다르다네. 반대쪽이 전사의 자세는 어디서 익혔는지는 모르겠지만 체계적인 검술을 배운 흔적이 있고, 가벼운 레더아머를 입고 있는 것으로 보아 스피드 위주의 검을 다룰 것 같군."

"아!"

두 사람이 이렇게 승패에 대해서 이야기를 나누고 있을 때 경기는 시작되었다.

콜리드의 말대로 밴도는 시작하자마자 두 개의 투 핸디드 소드를 빠른 속도로 휘두르면서 상대방을 압박해 들어갔기에 좀처럼 반격할 기회를 얻지 못한 하리우드는 그의 검을 맞받아치지 않고 뒷걸음질치고 있었다.

하지만 반격의 기회를 찾는 그의 눈은 야만전사의 움직임을 놓치지 않고 있었다.

공격이 먹혀들지 않자 야만전사는 분통을 터뜨리며 공중으로 뛰어올라서는 상대를 일격에 부수어 버릴 기세로 검을 내려쳤는데, 그 순간 야만전사를 보고 있던 하리우드의 눈이 빛나면서 정면으로 빠르게 몸을 날렸다.

"크악!"

큰 검일수록 파고드는 상대방을 대처하는 것이 느릴 수밖에 없었기에 순간적으로 품으로 파고드는 것을 처리하지 못한 야만전사는 어깨에 검을 찔려서는 바닥에 나뒹그러졌다.

야만전사를 쓰러뜨린 하리우드는 브로드 소드를 그의 목에 가져갔고, 어깨의 상처로 일그러진 표정을 짓던 야만전사는 고개를 숙이며 항복을 선언했다.

"졌다……."

"와아―!"

상대도 안 될 것 같은 전사가 거대한 체구의 야만전사를 이기자 관중들은 환호성과 함께 박수를 쳤고, 검을 들어 올려 관중들의 환호에 답한 전사는 고개를 숙여 인사를 하고는 대기실로 사라졌다.

"굉장해요!"

"상당한 실전을 거친 전사였구나."

"예. 한순간에 생긴 기회를 놓치지 않았어요."

"성기사 대회의 본선 2차전에 올라온 전사들은 모두 상당한 실력의 소유자들이니 너도 긴장을 늦추지 말도록 해라."

"예."

잠시 후 두 번째 시합이 진행되었다.

이번 시합은 모두 기사의 복장을 하고 있는 자였다. 좌측에 있는 180센티미터 정도의 신장을 가진 기사는 도리안이란 이름의 아라시아 성교 성기사로 백색의 풀플레이트아머의 가슴에 푸른색의 태양의 문장이 그려져 있었다.

우측에 있는 기사는 아직 소년인 듯 작은 키에 은빛이 나는 플레이트아머를 입고 카이트실드와 롱 소드를 들고 있었다.

루드니아는 은빛의 갑옷을 입은 기사를 보며 분위기가 낯설지 않다는 생각이 들었다.

"호오! 나이는 어린 듯한데 상당한 실력을 지녔구나."

"은빛의 갑옷을 입은 기사요?"

"그래. 대전표에는 은빛 기사라 적혀 있구나. 나이와 이름은 모두 감춘 기사인 듯한데 보아하니 많아봤자 열서너 살이겠구나."

"와! 굉장히 어리네요?"

"그렇지. 하지만 저 녀석의 몸에 서려 있는 마나는 성인급의 기사를 넘어서는 듯하구나."

"아!"

시합이 시작되자 도리안은 태양의 문장이 그려져 있는 롱 소드를 들어 교황 쪽을 보며 예를 취한 후 은빛 기사를 향해 검을 겨누었다.

약 10초 정도 상대방을 노려보는 대치 상태가 이어지다가 은빛 기사가 왼쪽 발을 앞으로 내밀자 기회를 포착한 도리안은 앞으로 강하게 쇄도하며 그의 방패를 향해 강하게 내려쳤다.

캉!

미쓰릴로 만든 카이드실드는 도리안의 검에 흠집도 나지 않았지만, 상당한 강타인 듯 몸집이 왜소한 은빛 기사는 세 발자국 정도 뒤로 밀려나고 말았고, 그것을 기회로 삼을 듯 도리안의 강타는 계속 이어졌다.

하지만 은빛 기사 역시 그렇게 밀리지는 않을 듯 고함 소리와 함께 검을 앞으로 찔러 나갔다.

"타앗!"

"꺄악! 역시 애야! 은빛 기사 파이팅!"

은빛 기사의 애띤 고함 소리를 들은 루드니아는 비명을 지르며 은빛 기사를 응원하기 시작했다.

도리안은 은빛 기사가 찌른 검을 가볍게 흘렸고, 기세가 지나쳤던 때문인지 은빛 기사는 옆으로 휘청거렸다.

그 기회를 놓치지 않은 도리안은 그의 어깨에 강한 강타를 먹이려고 검을 들어 올렸다.

"합!"

그 순간 놀라운 일이 벌어졌는데, 은빛 기사는 휘청거리는 와중에 오른발로 땅을 박차고는 앞으로 튕겨져 날아올라 그 기세 그대로 어깨치기로 도리안의 가슴을 강하게 쳤다.

검을 휘두르려던 도리안은 중심을 잃고 나가떨어져 버렸다.

은빛 기사의 어깨치기에는 마나의 힘이 돋우어진 상태였기에 도리안의 가슴에 가해진 충격은 상당했다. 하지만 교황의 앞에서 패배할 수 없다고 생각한 그는 고통을 참으며 일어서려 했다. 하지만 이미 은빛 기사의 검이 목에 와 있었으니 패배를 선언할 수밖에 없었다.

"크… 졌다……."

도리안은 현재 아리시아 성교에서 촉망받는 차세대 성기사로 상당한 실력의 소유자로 알려져 있었다. 한데 그런 그가 이름을 알 수 없는 소년 기사에게 패하자 새로운 실력자의 탄생으로 인해 관중들의 환호는 더욱 거세어지고 있었다.

검을 들어 올려 관중들의 환호에 답한 은빛 기사는 천천히 시합장에서 내려와 대기실로 향했다.

"와! 꼬마, 굉장해! 아무래도 나 너의 팬이 될 것 같아!!"

루드니아는 은빛 기사에게 다가가서는 말했는데, 그는 그녀 말에 반응도 보이지 않고는 지나쳐 가버렸다.

그가 자신의 말을 씹자 루드니아는 아쉽다는 듯이 입맛을 다셨고, 옆에서 보고 있던 콜리드가 알 수 없다는 표정을 짓고는 그녀를 보며 말했다.

"아무래도 네 원수 같은데?"

"원수요?"

"그래. 니가 무슨 짓을 하고 다녔는지 모르겠다만, 시합장에서도 살기를 띠지 않고 있던 저 소년이 자네가 말을 붙이자 강한 살기를 띠더군."

"예?"

콜리드의 말에 그녀는 자신에게 원수가 있었느냐를 생각하기 시작했다. 하지만 기억 상실중으로 드미트리를 따라 황궁으로 온 루드니아에게 원수가 생각날 리도 없을 뿐더러, 그녀의 성격에 원수가 있다 하더라도 말해 주지 않는 한 모를 것은 당연한 일이었다.

한참을 생각해도 떠오르지 않자 루드니아는 눈물을 펑펑 흘리며 말했다.

"모르겠어요… 으헝헝… 은빛 기사 팬클럽 회장이 되고 싶었는데……."

"……."

한편 오늘 시합을 마치고 마차에 돌아온 스베안 황태자는 쓰고 있던 헬멧을 땅바닥에 내던지고는 소리쳤다.

"구역질나는 계집!"

마차의 한편에 앉아 있던 베르도 남작은 왕자의 모습을 보며 말했다.

"루드니아를 만나셨군요."

"만났지. 나에게 다가와서는 뭐? 굉장하다고? 팬이 되고 싶다고! 가증스러운 것! 나에게까지 접근하여 눈을 흐려놓으려 하다니……."

루드니아는 정말 팬이 되고 싶은 마음에 다가간 것이지만 아버지를 미모로 홀렸다고 생각하는 스베안에겐 그렇게 생각되지 않았던 것이다.

"참으로 무서운 여인이군요……."

"그렇소. 그런 여인에게 현혹당하신 아바마마를 위해서라도 그년을 반드시 죽여야 하오."

스베안의 말에 고개를 끄덕인 베르도 남작은 옷이 들어 있는 상자를 하나 내밀고는 말했다.

"일단은 황태자마마께서 성기사 대회에 참가하셨다는 것을 숨겨야 하니 시합장으로 향하시기 바랍니다."

"그러도록 하세."

스베안은 남작이 건네준 옷으로 잽싸게 갈아입고는 마차에서 나왔고, 베르도 남작은 시합장의 귀빈석으로 향하는 스베안 황태자의 뒤에서 두 명의 기사와 함께 조용히 따랐다.

시합장은 제3시합이 끝나고 제4시합이 시작되려 하고 있었다.

제4시합은 바로 루드니아의 시합. 그녀는 콜리드에게 손을 흔들고는 자신의 애병인 거검을 들고는 시합장으로 걸어나갔다.

그 순간 엄청난 환성이 시합장을 울렸는데, 루드니아는 자신에 대한 환호성이라 생각하며 사람들을 향해 연신 손을 흔들었지만 그것은 그녀의 착각이었다.

황제와 교황들의 입장 때와 같이 시합장에 나팔 소리가 크게 울리더니 마법사의 스피커 마법이 켜지면서 시합장에 나타난 귀빈을 소개한 것이다.

"성로아냐드 제국의 스베안 황태자마마께서 납시었습니다."

현재 열두 살의 미소년 스베안 황태자는 검술과 마법은 물론 학식 또한 뛰어난 데다가 정국을 보는 눈 또한 명확하기 그지없어 차기 황권의 후계자로서 전 국민에게 상당한 인기를 받고 있는 스타였다.

이런 이유 등으로 그에 대한 사람들의 환성은 황제나 교황이 등장했을 때보다 더욱 컸다.

물론 그 대부분의 목소리의 주인은 시합장을 관전하기 위해 온 여러 귀부인들과 그들의 딸, 시민의 여성 관람자의 목소리가 대부분이었으니, 미소년 황태자의 인기는 하늘을 뒤덮는 듯 보였다.

사람들의 환호성에 답하려는 듯 스베안이 손을 들자 여자들의 비명은 더욱 거세어졌고, 보고 있던 황제까지도 이 소란에 어리둥절한 표정을 지을 정도였다.

"하하하! 본 황제보다 황태자의 인기가 더욱 높은 듯하구나."

"송구스럽습니다."

황제가 그 광경에 너털웃음을 지으며 말하자 스베안은 공손하게 답하고는 자리에 앉았다. 일거수일투족이 관심의 대상인 그가 가볍게 머리를 쓸어 올리자 기절하는 귀족의 영양들과 소녀들이 속출했고 시합장은 순식간에 아수라장으로 변하고 말았다.

시합장에 배치된 신관들은 기절한 귀족 영양들과 소녀들을 황급히 응급실로 옮기느라 분주해졌기에 제4시합은 이십 분이나 지체되고 말았다.

시합장에서 시합 시작을 기다리고 있던 루드니아는 하품을 하며 자리에 앉아 있었고, 상대방 역시 이 어이없는 사태에 바닥에 앉아서는 시합이 시작되기를 기다리고 있었다.

"장내에 계시는 신사 숙녀 여러분께 당부의 말씀을 드립니다. 여러분께서 너무 큰 소란을 일으키면 시합 진행에 차질이 생길 수 있으니 정숙해 주시기 바랍니다."

시합장은 이 아수라장을 진정시키려고 마법사들과 기사들이 분주하게 움직이고 있었지만 좀처럼 시합장의 소란이 진정될 기미를 보이지 않자 그것을 보다 못한 스베안이 자리에 일어나서는 스피커 마법이 걸린 확성기를 들고는 말했다.

"본인이 제국의 황태자 스베안입니다."

"까아악!"

"스베안 오빠, 사랑해요!!"

"오빠!!"

스베안의 목소리가 울리자 다시 여자들의 비명과 외침이 시합장을 메우기 시작했지만, 그는 그런 것에 아랑곳하지 않고 계속 말을 이었다.

"여러분께서 정숙해 주지 않는다면 본인은 어쩔 수 없이 소란을 진정시키기 위해 시합장을 나가야 하니 양해해 주시기 바랍니다."

황태자가 조용히 하지 않는다면 나간다는 말에 언제 떠들었냐는 듯이 시합장은 조용해졌고, 몇몇 분위기 망치는 한량들이 고함치다가 뭇 소녀들의 발에 밟히는 끔찍한 사태가 몇 번 있은 후에야 성기사 대회의 시합장은 시합을 치를 수 있을 정도로 조용해졌다.

"본 황태자의 부탁을 들어주신 여러분께 감사하오. 스베안은 여러분들을 사랑합니다."

"까악!!"

"스베안 오빠!!"

사랑한다는 말에 다시 시끄러워진 시합장의 분위기. 황제가 왜 마지막 말을 했냐는 듯 원망의 눈초리를 보내자 스베안은 입가에 미소를 짓고는 조용히 검지손가락을 입에 가져갔는데, 그 순간 소란은 거짓말같이 사라지고 시합장은 쥐 죽은 듯이 조용해졌다.

시합장이 조용해지는 것을 본 스베안은 미소를 지으며 자리로 돌아가더니 황제를 보며 말했다.

"팬 서비스 차원이었습니다."

"흠……."

스베안의 말에 드미트리 황제도 그 기술을 배워야겠다는 생각을 하며 다음 시합을 시작하라는 지시를 내렸다.

기절한 귀족 영양들과 소녀들의 처리가 신관들에 의해 처리되고, 시합장의 소란이 진정되자 본선 2차전 제4시합이 진행되었다.

"그럼 본선 2차전 제4시합을 진행하겠습니다. 청 코너 신장 180센티미터 몸무게 78킬로그램, 자파니스 왕국에서 온 닌사 갈포드!"

"와아!!"

갈포드는 관중들의 환호에 답하기라도 하는 듯이 오른손을 높이 들고는 브이 자를 만들었다.

"홍 코너 신장……."

"꺅! 숙녀의 키와 몸무게를 사람들에게 발설하려 하다니, 당신은 짐승!"

"……."

신장과 몸무게를 말하며 소개하려던 진행자는 루드니아의 비명과 함께 들려온 짐승이란 말에 할 말을 잃어버리고 말았다.

하지만 프로 정신에 입각하여 간신히 정신을 차린 진행자는 키와 몸무게를 제외한 나머지 사항을 말했다.

"로아냐드 제국 레드 나이트 소속 여성 기사 루드니아!"

"와아!!"

"언니, 넘 예쁘당!!"

"누나, 나 좀 봐여!!"

전에 스베안이 입장했을 때는 소녀는 물론 아줌마들을 비롯한 여성들의 비명이 시합장을 메웠다면, 이번에는 젊은 청년과 장년층의 남정네 목소리가 시합장을 떠들썩하게 만들기 시작했다.

그런 모습에 화답하기라도 하듯 루드니아는 오른손을 살짝 입에 대고 들어 올리는, 헐리우드 여성 스타의 폼을 흉내 냈기에 성질 급한 남정네는 그 모습에 반해 시합장 안으로 난입해 들어가기 시작했다.

"뭐 하는 거야! 난입하는 관중을 막으라고!!"

"비켜!! 난 루드니아님의 만나야 한단 말이야!!"

관중석의 주위를 감싸듯이 지키고 있던 아리시아 성교회 소속의 성기사들은 난입하는 남자 관중들을 막는 데 정신이 없을 지경이었다.

스베안과 같은 사태가 또 벌어지려 하자 이번에 그것을 가라앉힌 것은 제국의 황제 드미트리였다.

루드니아의 미모가 아름다운 것은 자신도 알지만, 감히 몰상식한 것들이 루드니아를 향해 몰려들려고 하자 화가 난 그는 스피커를 잡고는 소리쳤다.

"지금부터 떠들거나 시합장으로 난입하는 녀석은 제국 황제의 이름을 걸고 이 자리에서 참수하겠다!"

"……"

그 말을 들은 오대 신성 교황들은 모두 할 말을 잃고 황제의 얼굴을 쳐다볼 수밖에 없었는데, 다행히 협박이 먹혀들었는지 시합장은 순식간에 조용해졌다.

"드미트리! 너무해요!! 왜 내 팬들을 막는 거예요!!"

"헉……!"

자신의 팬을 막았다고 생각한 루드니아는 이 공적인 자리에도 아랑곳하지 않고 신성 로아냐드 제국의 황제의 이름을 여과없이 부름으로써 황제를 난처하게 했음을 물론, 순식간에 시합장을 또다시 떠들썩하게 만들어 버렸다.

"저 여자가 소문에 들리는 황제 폐하의 숨겨놓은 애인인가 봐!"

"들리는 소문에 의하면 폐하의 이름을 함부로 부른다고 하던데… 사실이었군요."

"어찌 감히 신성제국의 황제 폐하의 이름을 부를 수 있단 말인가… 나라가 망할 징조야."

"너무합니다! 폐하!! 어찌 루드니아님을 당신이 독차지하려 하십니까!!"

"……"

루드니아의 철없음에 드미트리는 지끈거리는 머리를 감싸고는 다시 자리에 앉았는데, 스베안은 얼굴이 시뻘게지며 분노하고 있었다.

어디서 굴러왔는지도 모르는 계집이 이 공적인 자리에서 신성제국 황제의 권위를 추락시키고 있다고 생각했기 때문이다.

스베안이 분노를 참지 못하고 막 터뜨리려고 할 때, 옆에 서 있던 베르도 남작이 그의 앞에 손을 내밀어 막고는 조용히 말했다.

"태자마마, 지금은 시기가 아닙니다."

"으…… 알았소."

베르도 남작의 말에 스베안은 잡고 있던 손잡이를 손으로 부서뜨린 후에야 간신히 분노를 참고는 조용히 말했다.

지끈거리는 머리를 누르고 있던 드미트리는 자신의 옆에 누군가 다가왔다는 것을 알고는 고개를 돌렸다. 그는 레드 나이트의 단장인 게르하인이었다.

"자네 왔는가."

"예, 폐하."

"휴…… 머리가 지끈거리네."

"이 정도는 예상하시지 않았습니까."

"예상이야 했지만, 휴… 할 말이 없네."

"시합이 진행될 듯합니다. 루드니아님의 훈련 성과를 보도록 하지요."

"그러세."

소란이 어느 정도 진정되자 진행자는 이마에 흐르는 식은땀을 닦고는 양쪽 선수를 모이게 한 후 말했다.

"주의 사항을 말씀드리겠습니다. 급소 공격, 무기 모두 허용되지만, 독약, 마법 사용은 금지입니다. 만약 허용되지 않는 물품이나 공격을 했을 경우에는 무조건 실격 처리가 됩니다. 아시겠습니까?"

"예."

"알았소."

주의 사항이 전달되자 진행자는 다시 두 사람을 자리로 돌려보내고는 주위를 한 번 훑어보고는 소리쳤다.

"제4시합 시작하십시오!!"

뎅!!

진행자의 말과 함께 징 소리가 들리자 두 사람은 서로를 경계하며 시계 방향으로 돌기 시작했다.

자파니스 왕국의 닌자 갈포드는 황당하지 않을 수 없었다.

처음에는 자신의 본선 2차전 상대가 여성 기사라는 말을 듣고는 조금 안심했었다.

기사의 정형적인 검술은 상대하기 쉬운 데다가 여자라면 기술과 스피드를 중심으로 할 것이 분명하다고 생각했기에 그에 맞는 전술을 준비하고 있었는데 막상 상대의 모습을 보고는 지금까지의 전술이 모두 수포로 돌아갔기 때문이다.

'미치겠군!'

보기에는 연약하게 보이는 여자였지만, 그녀가 들고 있는 검은 3미터는 넘을 듯한 거검이었다.

가벼운 나무라고 할지라도 저 정도의 크기라면 상당한 무게를 지녔을 텐데 루드니아라는 여자는 너무나 가볍게 들고 있었다.

'엄청난 힘의 소유자가 아니라면 상당한 마나를 가진 여자란 뜻이군. 일단 수리검으로 검속을 알아보고 연속 공격으로 가야겠군.'

첫 번째 공격 방법을 생각한 갈포드는 빠른 속도로 그녀의 주위를 돌기 시작했다.

"와아!"

콜리드에게 듣긴 했어도 갈포드의 스피드에 조금 놀란 루드니아였다. 하지만 그보다 더 빠른 실레이드와도 겨룬 적이 있었기에 위험할 정도의 위협은 되지 않았다.

"차앗!"

조용히 눈만을 돌려 갈포드의 움직임을 파악하고 있던 루드니아는 그가 무엇인가를 빠르게 자신에게 던지는 것을 볼 수 있었다.

"채재재재쟁!

루드니아의 주위를 돌며 던진 갈포드의 수리검은 사방에서 날아왔지만, 어느 정도 그 순차는 있었기에 그녀는 검을 휘둘러 차례대로 수리검을 떨어뜨릴 수 있었다.

"걸렸다!"

사방에서 날아오는 수리검을 떨어뜨리느라 검을 한번 회전시킨 루드니아는 공중에서 느껴지는 갈포드의 외침을 듣고는 고개를 들었다.

수리검과 함께 갈포드는 어느새 머리 위로 점프해 들어와서는 소검으로 그녀의 이마를 노리며 쇄도해 내고 있었기 때문이다.

"흥!"

루드니아는 갈포드의 외침에 코웃음을 치고는 밑으로 처져 있던 검을 빠른 속도로 들어 올렸다.

"끄악!"

거검을 그렇게나 빠르게 휘두를 수 있을 것이라 생각하지 못한 갈포드는 밑에서부터 쇄도해 들어오는 검에 맞아 외마디 비명과 함께 두 동강이 나버렸다.

"꺄악!"

루드니아의 검에 상대가 두 동강이 나자 관중들에게 비명이 터져 나오기 시작했다. 하지만 승리를 했다고 생각하는 관중들과는 달리 루드니아는 주위를 돌아보기 시작했다.

"사라졌다!"

마나의 느낌은 물론 인기척까지 사라져 있자 놀라지 않을 수 없는 루드니아였다.

그녀의 검에 반 토막이 나서 나뉘어져 있는 것은 닌자의 옷을 입은 나무토막이었던 것이다. 베었을 때의 느낌이 다르다는 것을 안 그녀는 주위를 돌아보며 사라진 갈포드를 찾았지만, 갈포드의 모습은 어디에서도 보이지 않았다.

"은신술?!"

루드니아는 그것이 콜리드가 말한 은신술이라 생각하고는 거검으로 주위와 바닥을 찔러보았지만 녀석은 나타나지 않았다.

"큭!"

그 순간 갈포드를 찾고 있던 루드니아는 오른쪽 허벅지에 고통을 느꼈다.

놀랍게도 어디 있는지 모르는 길포드는 루드니아의 허벅지를 소검으로 베고는 다시 모습을 감춘 것이다.

"도대체 어디 있는 거야!"

허벅지가 베인 루드니아는 바닥을 검으로 부수어 나갔지만 갈포드의 모습은 나타날 생각을 하지 않아.

이성을 잃은 그녀는 거검으로 사방을 부수는 것을 멈추지 않았는데, 어느 순간 검에 바닥을 부수는 것과는 다른 느낌이 들었다.

"핫!"

이상함에 검끝을 살펴본 순간 약간의 피가 그곳에 묻어 있는 것을 본 루드니아는 근처에 갈포드가 숨어 있다는 것을 알 수 있었다.

자신이 이성을 잃었다고 생각한 그녀는 조금씩 마음을 안정시켜 나갔다.

'도대체 어디 있는 거지?

다시 마음을 안정시키며 사방을 돌아다본 그녀는 천천히 몸을 움직여 나갔다.

"큭!"

또다시 허벅지에 상처를 입은 루드니아는 신음 소리를 내며 바닥에 주저앉았다.

갈포드는 치명상을 주기 위한 공격을 할 경우 자신의 위치가 드러날까 봐 천천히 루드니아가 전의를 상실하게 만드는 공격을 하고 있는 것이다.

'참자··· 무언가 이상한 것을 찾아야 한다······.'

상처가 아프기는 했지만 2차전에서 질 수는 없었기에 루드니아는 조용히 주위를 훑어보기 시작했다.

이성을 잃고 부숴 버린 시합장 바닥의 파편이 어지럽게 흩어져 있을 뿐 녀석의 모습은 보이지 않았다.

'젠장!'

루드니아는 조심스럽게 다시 한 번 주위를 훑어보았는데, 그 순간 빠르게 그림자가 움직이더니 또다시 자신의 왼쪽 허벅지에서 고통이 밀려왔다.

"큭!"

그림자······.

루드니아는 신음을 흘리면서도 방금 사라진 그림자를 추적했는데, 역시나 그것은 순식간에 사라져 버렸다.

하지만 그림자를 추적하던 루드니아는 무엇인가 이상한 것을 발견할 수 있었다.

"여기구나! 찻!!"

그녀는 이상한 것을 발견하고는 검을 내려쳤고, 그 순간 사방으로 피가 터져 나오면서 한 사람의 모습이 드러났다.

"큭! 그림자 살법을 간파하다니……."

갈포드였다. 루드니아는 자신의 허벅지를 벤 갈포드의 그림자를 추적하던 중 한곳에서 이상한 것을 발견한 것이다. 자신의 그림자 쪽으로 허벅지에서 튀긴 피가 보였는데 중간 부분이 잘려서 보이지 않았던 것이다.

그것을 보며 그녀는 자신의 그림자에 갈포드가 숨어 있다는 것을 간파하고는 검을 내려친 것이다.

루드니아의 회심의 검을 받은 갈포드는 어깨에 큰 상처를 입고 혼절했다.

"본선 2차전 제4시합은 승자는 레드 나이트의 루드니아!"

"와아―!"

진행자가 루드니아의 승리를 소리치자 관중들의 환호성은 터져 나왔다. 그녀는 승리의 포즈를 취하며 걸어나왔다.

시합장의 밖에선 콜리드가 본선 2차전의 첫 번째 승리를 축하하려는 듯 미소를 지으며 서 있었다.

"축하하네."

"고마워요. 하지만 힘든 시합이었어요."

"그럴 테지. 닌자 같은 부류는 상대한 적이 없을 테니. 음……?"

콜리드는 루드니아를 칭찬해 주며 말하고 있다. 그러다 어느 것에 놀랐는지 눈을 크게 뜨고는 시합장을 쳐다보았다.

"뭐예요?"

"상당한 녀석이 나타났군."

콜리드의 말에 루드니아는 허벅지의 상처에 대기실에 준비되어 있던 힐링 포션을 바르면서 시합장을 쳐다보았다.

시합장에는 검은색의 로브로 온몸을 가리고 얼굴까지 후드로 깊숙이 가린 마법사 같은 남자와 용병 전사가 대치하고 있었다.

21장 피를 부르는 폭풍의 등장

"청 코너! 신장 198센티미터 국적 불명의 전사 미터마이어!!"

"와아!!"

"홍 코너! 신장 182센티미터 그로인 왕국 소속의 전사 드래곤 나이트!"

"와아!!"

검은색의 로브를 입은 마법사 같은 남자는 국적 불명의 전사 미터마이어를 잠시 응시하는 듯하다가 로브로 감추어진 자신의 검을 뽑아 들었다.

"푸하하하하!"

미터마이어는 로브의 전사가 꺼내어 든 검을 보고 크게 웃고 말았는데, 그가 꺼내 든 검은 바로 자신이 들고 있는 브로드 소드의 반도 안 되는 듯한 대거였기 때문이다.

"겨우 대거를 가지고 나와 대적하겠다는 것인가?"

대거와 브로드 소드는 그 길이의 차가 크기 때문에 스피드 쪽에선 대거 쪽이 앞설지는 모르지만 이곳에 온 실력자들에게 그 무게에 의한 스피드의 차이는 승패에 별 영향을 주지 못한다.

그렇게 본다면 길이의 차이에 의한 공격 범위의 차는 쉽게 메울 수가 없는 것이다.

"흐흐흐, 말 많은 녀석이군! 그 혓바닥만큼이나 실력이 있을지는 모르지만 말이야."

"뭐야!"

미터마이어는 자신의 말에 음침한 웃음을 흘리며 비웃는 상대의 말을 듣고는 노기가 치솟아올랐다.

"요 며칠 간 기분이 좀 안 좋았는데, 네 녀석을 가지고 기분 전환 좀 해야겠군."

"이 자식이!!"

로브의 전사의 말을 들으며 미터마이어는 분노를 참지 못해 몸을 떨기까지 하고 있었다.

징!

드디어 시합 시작의 종소리가 울리자 미터마이어는 모든 분노를 그에게 풀려는 듯 빠른 속도로 쇄도해 들어와서는 로브의 전사를 향해 검을 횡으로 그었다.

미터마이어는 단번에 두 동강을 낼 정도의 기세로 검은 로브의 전사를 향해 날아갔다. 날카로운 쇳소리가 울리면서 관중들은 그 모습에 모두 입을 다물지 못하고 있다가 잠시 후 큰 환호성 소리가 시합장을 메우기 시작했다.

"이건!"

검을 휘두른 미터마이어는 지금의 상황을 좀처럼 이해할 수가 없었다. 아무리 검을 정교하게 다룬다고 해도 어찌 이런 모습을 만들어낼 수 있단 말인가?

그가 횡으로 휘두른 브로드 소드는 검은 로브의 전사의 대거에 막혀 있었는데, 놀랍게도 로브의 전사는 대거의 검끝으로 정확히 브로드 소드의 날과 일치해진 상태에서 검을 막은 것이다.

"젠장!"

미터마이어는 자신의 선공이 실패했기에 검을 빼어 몇 발자국 뒤로 물러서려고 했는데, 이상하게도 검은 로브의 전사와의 간격은 벌어지지 않고 있었다.

마치 자신의 브로드 소드의 날과 로브의 전사의 대거의 끝이 원래부터 이어져 있었던 것처럼 그의 검은 떼어질 생각을 하지 않고 있는 것이다.

"무슨 사술이냐!"

이 말도 안 되는 사태에 놀라 미터마이어는 로브의 전사를 향해 소리쳤는데, 그는 그런 미터마이어의 말을 듣고는 다시 음침한 웃음을 흘리며 말했다.

"흐흐흐, 자신의 능력으로 불가능한 것을 사술로 치부하다니, 네 녀석도 부끄러움을 모르는 놈이로군."

"뭣이!!"

"가라. 네 녀석과 같은 자를 더 이상 상대하고 싶은 마음이 없구나!"

그의 말이 끝나는 순간 대거의 검끝과 붙어 있던 그의 브로드 소드는 강하게 튕겨져 나왔고, 미터마이어는 그 여세에 밀려 3미터 정도 뒤로 나자빠졌다.

"이게!!"

볼품없는 꼴을 보였다고 생각한 미터마이어는 다시 검은 로브의 전사에게 달려들기 위해 몸을 일으켰는데, 그 순간 눈앞에서 푸른색의 광휘가 비추어지는 듯하다 빠른 속도로 사라졌다.

"이건?"

미터마이어는 자신의 눈앞에서 사라진 광휘의 영향으로 잠시 멍해져 있다가 조금씩 바닥으로 자신의 몸이 쓰러지고 있다는 것을 느꼈다.

멀쩡하게 정신이 살아 있었지만 그의 몸은 움직이지 않은 채 점점 가까이 다가오는 바닥에 강하게 얼굴을 박고 말았다. 하지만 그는 고통조차 느낄 수가 없었다.

"까아악!"

"사람이 죽었다!!"

그때 그의 귀로 관중들의 비명 소리가 들려왔다. 사람이 죽었다니? 누가 죽었단 말인가? 그런 생각을 하면서 그의 의식은 조금씩 사라져 가고 있었다.

"저런!"

황제 드미트리는 성기사 대회장에서 일어난 사태에 대해서 안타까운 탄성을 지를 수밖에 없었다.

성기사 대회가 대대로 진검으로 승부를 겨루기는 했지만 지금까지 수백 년을 진행해 오면서 시합으로 인해 죽은 자는 열 명도 되지 않았다.

이는 오대 신성 교단의 많은 고위 사제들이 시합장 주위에 대기하면서 크게 상처 입은 자라 해도 신성력으로 응급 처치를 하고 치료할 수 있었기 때문이다.

하지만 고위 사제들이 아무리 많아도 할 수 없는 것이 있다면 그것은 죽은 자를 살리는 것이었다.

아무리 실력이 좋다 해도 그것은 불가능했기에 시합 도중 단번에 죽임을 당하는 자는 어떻게 구제할 방법이 없는 것이다.

검은 로브의 전사와 싸운 미터마이어. 그는 단 한 순간에 구제가 불가능할 정도의 상처를 입고 죽어버린 것이다.

어느 순간인지 모르지만 검은 로브의 전사가 던진 데거는 미터마이어의 정수리를 꿰뚫어 버린 것이다.

"확실한 실력의 차이가 나는데도 저런 짓을!!"

아리시아 성교회의 교황 조안 비로드 3세는 검은 로브의 전사의 이 행동에 분노가 치솟아올랐는지 사리에서 벌떡 일어나너니 소리쳤다.

"일단은 시합 규칙에 어긋나는 것이 아니니 구속하는 것은 불가능합니다만 이런 사태가 일어나다니… 아무래도 성기사 대회의 규칙을 약간 조정해야 할 것 같습니다."

비로드 3세의 옆에 앉아 있던 안트라네 성교의 미테란 드리포드 교황의 말에 비로드는 얼굴을 일그러뜨리면서 자리에 앉고는 말했다.

"그래야겠군요. 하지만 저자는 용서가 되질 않습니다. 우리 교황은 물론 제국의 황제 폐하가 계시는 이 자리에서 저런 짓을 서슴없이 저지르다니……."

한편 시합을 지켜보고 있던 루드니아와 콜리드 역시 이 사태에 놀라움을 감추지 못하고 있었다. 물론 이 두 사람의 놀라움은 조금 다른 면이 있었다.

"사람을 죽이다니! 저 사람 실격이에요!!"

"응? 그건 무슨 소리냐?"

"게르하인이 본선 2차전에 나가기 전에 사람을 죽이면 실격이라고 했단 말이에요."

"음……."

그 말을 듣고 콜리드는 게르하인의 생각을 알 수 있었다. 아직 힘 조절이 불가능한 루드니아가 자칫 사람을 죽일 수 있을까 봐 그런 말을 한 것이라 생각한 것이다.

물론 이 계획은 지금까지 사람이 죽는 일이 별로 없었던 성기사 대회에선 잘 먹혀들 수였지만, 오늘 저 검은 로브의 전사에 의해 깨져 버린 것이다.

'그나저나, 저 기술을 어디선가 본 것 같은데……?'

콜리드가 놀란 것은 검은 로브의 전사가 사용한 기술 때문이었다. 강한 섬광을 내며 적을 관통하는 비도. 그것을 어디선가 본 기억이 있었기 때문이다.

검은 로브의 전사는 승리의 포즈도 취하지 않고 담담하게 시합장에서 내려왔고, 관중들은 파렴치한 살인을 저지른 그에게 물건들을 집어던지기 시작했다.

"성기사 대회에 너 같은 살인마가 나오다니 꺼져라!!"

"성신의 분노가 무섭지도 않느냐!!"

대대로 승부 도중 상대를 죽인 전사들은 관중들의 야유를 견디지 못하고 시합을 포기하는 경우가 대부분이었는데, 검은 로브의 전사는 그런 관중들의 야유를 들으며 음침한 웃음을 흘릴 뿐이었다.

"죽어라, 이 살인마야!!"

"꺼져라!"

관중들은 계속 그에게 물건을 집어 던졌는데, 놀랍게도 관중들이 던지는 물건은 그에게 맞기도 전에 튕겨져 떨어졌다.

그가 대기실을 지나가려 할 때 루드니아는 로브의 전사를 보며 말했다.

"시합에서 사람을 죽이다니 당신은 실격이에요!"

"흐흐흐, 꺼져라!!"

"어머, 숙녀에게 어떻게 그런 상스러운 말을!"

루드니아는 꺼지라고 말하는 그에게 당장이라도 달려들듯이 소리쳤는데, 그 순간 검은 로브의 전사의 신형이 그녀의 눈앞에서 사라지더니 턱밑으로 푸른색의 섬광이 치솟아 올라왔다.

챙!

강한 금속의 파찰음. 루드니아는 그 순간 등 뒤로 연신 식은땀이 흘러내리고 있는 자신을 느낄 수 있었다.

"거기까지다, 루드웨어."

"콜리드, 날 방해하지 마십시오."

검은 로브의 전사, 그는 다름 아닌 드래곤의 마법사라고 알려져 있는 루드웨어였던 것이다. 무슨 이유에서인지 루드웨어는 후드로 얼굴을 가리고 나왔기에 콜리드로선 금방 알아볼 수 없었지만, 어느 순간 그가 사용한 비도술이 루드웨어의 독문절기인 섬광비도술이라는 것을 깨닫고는 말하려고 하다가 루드니아에게 검을 찔러오는 것을 보고는 급하게 자신의 검으로 막은 것이다.

"무슨 이유인지는 모르겠지만, 자네가 이성을 잃는 행동을 하다니 이해할 수 없군."

"ㅎㅎㅎㅎ, 대답은 이 파렴치한 계집에게 들으십시오."

"누, 누가 파렴치하다는 거야!!"

루드니아는 자신의 턱밑에 두 개의 검이 교차되는 것을 보며 떨리는 목소리로 자신을 파렴치하다고 말한 루드웨어에게 소리쳤는데, 루드웨어는 루드니아의 그런 말을 들으며 다시 음침한 웃음을 흘리며 검을 집어넣고는 뒤로 돌아서며 말했다.

"그렇군. 파렴치하지는 않군. 정정하지. 콜리드, 이유는 이 더러운 계집에게 들으십시오."

"뭐야!!"

루드니아는 분노에 자신의 거검을 들어 그를 내려치려고 했지만, 어느새 콜리드가 그녀의 팔을 잡고는 행동을 막고 있었다.

"루드니아, 너의 상대가 아니다."

"힝!"

그녀도 알고 있었지만 너무 억울했다. 생전 보지도 못한 인물이 와서 자신에게 더러운 계집이란 욕을 하는데 어찌 화가 나지 않겠는가?

한편 콜리드는 루드웨어가 말한 것을 곰곰이 생각해 보고 있었다.

'루드웨어가 루드니아를 알고 있단 말인가? 도대체 둘 사이에 무슨 일이 있었던 거지?'

콜리드가 알고 있는 루드웨어는 결코 사악한 인물은 아니었다. 뭐, 조금 쫀쫀한 구석이 있기는 하지만 사람을 함부로 죽이는 자도 아니었고, 여자에게 이런 막말을 하는 자는 더 더욱 아니었다.

예쁜 여자에게는 결코 친절을 아끼지 않는 그가 왜 루드니아에게는 강한 살기를 뿜고 있는 것일까? 전후 상황을 모르는 콜리드로선 답답한 문제가 아닐 수 없었고, 루드웨어에게 비참하게 당한 루드니아는 자리에서 주저앉은 채 울음을 터뜨리고 있었다.

"으앙~ 넘 억울해!! 루드니아는 더럽지 않단 말이야!! 맨날 깨끗이 씻는데… 혹시……?"

그 순간 루드니아는 무슨 생각이 들어선지 미쓰릴 갑옷으로 가려져 있는 자신의 몸의 냄새를 맡기 시작했다.

"이상하다… 레그르토가 준 미쓰릴 갑옷 때문에 냄새는 안 나는데?"

과거 엄마의 정절을 지키기 위해 레그르토가 사용한 악취 마법, 루드니아는 혹시 그 악취 때문에 루드웨어란 자가 더러운 여자라고 했을지 모른다고 생각하고는 냄새를 맡은 것이다.

한편 루드니아의 곁을 냉혹한 웃음을 지으며 떠나온 루드웨어는 경기장 화장실에서 서러움의 눈물을 흘리고 있었다.

"으헝헝헝……. 얼마나 떨어져 있었다고 내 이름까지 잊은 거야…으헝헝……."

"루드웨어님, 괜찮으십니까?"

"엉어어엉! 제발 날 무시하지 마. 왜 그러는데… 그렇게 드미트리란 녀석이 좋은 거야……. 으헝헝헝……!"

콜리드가 자신의 이름을 밝혔음에도 도리어 대드는 로노와르, 즉 루드니아에게 크게 충격을 먹은 루드웨어는 홧김에 그냥 나오기는 했지만, 마누라의 그 뻔뻔함과 무시에 서러움이 복받쳐 올라 화장실에서 울고 있는 것이다.

라디안의 제자 멘드로는 화장실에서 크게 소리를 내며 울고 있는 루드웨어를 안쓰럽다는 듯이 지키고 있을 수밖에 없었다.

'이상하다. 라디안님에게 들은 바에 의하면 로노와르님은 백 년이나 루드웨어님을 기다리시던 분인데… 부부 싸움 정도로 이렇게까지 행동하시다니……. 이상해… 루드웨어님은 슬픔에 정확한 판단을 못하시기에 이것을 알지 못하시는 것 같고. 드미트리, 아마 그 녀석이 로노와르님에게 무슨 암수를 걸었다고 생각되는데……. 젠장! 더러운 제국의 쥐새끼 같은 녀석!'

루드니아가 현재 기억 상실중 사태인 것을 모르는 멘드로는 제국의 황제가 더러운 암수를 사용하고 있다고 생각하고는 분노에 가득 차 있었다.

하지만 이 사실을 루드웨어에게 말한다면 제국은 한 명의 미친 마법사에게 초토화될 염려가 있기에 눈치 채지 못하는 루드웨어에겐 비밀로 할 수밖에 없었다.

'스승님께 보고해야겠군. 스승님이라면 무슨 방법이 있으시겠지.'

사태는 점점 이상하게 흘러가고 있었다.

*   *   *

로노와르의 레어에서 간만에 즐거운 휴가를 보내고 있던 레그르토는 조금씩 따분해지기 시작했다.

오랫동안 수석 궁정 마법사로 고된 일을 처리하던 그에게 휴식은 꿀맛 같았지만 조금 시간이 흐르자 다시 밖으로 나가 일을 하고 싶었던 것이다.

"젠장! 일을 그렇게 처리하고 나왔으니 제국 황궁에서 일한다는 것은 불가능하겠고… 뭐 재밌는 일이 없을까?"

한참 동안 따분함을 쫓을 이벤트를 생각하고 있던 레그르토는 얼마 지나지 않아 무엇인가를 생각해 낼 수 있었다.

제국의 정기적인 축제와 같은 행사가 있었다는 것을 깨달았기 때문이다.

"성기사 대회! 하하하하! 그게 있었군. 오랜만에 바깥바람이나 쐴까. 알파식스!"

"부르셨습니까."

레그르토가 부르자 로노와르의 레어를 지키는 고렘 알파식스가 낮은 저음의 목소리로 대답하며 그의 뒤에서 모습을 드러냈다.

"나 나갈 테니까 집 잘 지키고 있어."

"예."

"후후후, 아! 그전에 보석이라도 몇 개 갖고 나가야지. 간만에 호화 여행이나 해야겠당."

알파식스에게 명령해 보물 창고에서 보석을 갖고 오게 한 레그르토는 보석을 받자마자 주문을 외워서는 제국의 황도로 텔레포트했다.

이 시간에는 아무도 없을 것이라 예상했던 대로 황궁에서 자신이 쓰고 있던 실험실은 텅 비어 있었는데, 다른 수석 마법사가 쓰고 있을 터인데도 이상하게 실험실은 자신이 떠났을 때와 똑같은 모양으로 깨끗이 청소되어 있었다.

"이번 수석 궁정 마법사는 마법 실험도 안 하나?"

이상한 생각이 들긴 했지만, 어차피 이곳에 오래 있을 것도 아닌 레그르토였기에 후드로 얼굴을 깊숙이 가리고 조용히 방문을 열고 방을 나서려다 복도 쪽의 방문에 황태자 스베안이 쓴 벽보가 붙어 있는 걸 보게 되었다.

본 실험실은 신성 로아냐드 제국의 황태자의 스승이신 레그르토님의 공적을 기리기 위해 영구결방(永久缺房)으로 지정하겠노라.

제국의 황태자 스베안 백.

자신을 잘 따르던 스베안이 자신을 잊지 못하고 황궁의 실험실을 영구결방으로까지 만든 것을 보며 레그르토는 눈물이 날 지경이었다.

잘 가르친 제자 하나 열 자식 안 부럽다는 고대 마법사들의 명언이 가슴 깊이 새겨지는 순간이었다.

"과연 내 제자로다. 부모 복은 없어도 제자 복은 있구나."

오자마자 가슴 벅찰 정도의 감동을 받은 레그르토는 조용히 실험실 복도를 지나 밖으로 빠져나갔다.

성기사 대회 때문인지 황궁에는 당직 기사들과 시녀, 시종들 외에는 다른 이의 모습은 보이지 않았다. 아무래도 성기사 대회를 관전하기 위해 모두 원형 경기장으로 나선 듯했다.

"으메, 한참 됐나 보다."

조심스럽게 기사들과 다른 사람의 눈을 피해 성을 빠져나온 레그르토는 플라이 마법을 사용하여 제국의 원형 경기장으로 날아갔다.

뚜껑이 없는 원형 경기장은 이미 많은 관중으로 꽉 차 있었다. 지금 경기장 문으로 들어가면 좌석 표가 없을 것은 뻔한 일이었기에 레그르토는 무임으로 경기를 관람하기 위해 조심스럽게 경기장의 가장 외각 벽 위에 앉아 시합을 지켜보았다.

10여 미터 밑에서 팝콘 판매원이 돌아다니며 팝콘을 파는 것을 본 그는 염동력으로 두세 봉지를 끌어와서는 자신의 옆에 놓고 마법의 주문을 외웠다.

"이글아이!"

먼 곳을 볼 수 있는 마법을 사용하여 레그르토는 어떤 시합이 벌어질까 하는 기대감으로 시합장을 지켜보았다.

시합장에선 블로드 소드를 들고 있는 전사 한 명과 패션 센스도 없이 성기사 대회에서 검은 로브를 입고 후드까지 눌러써 악당 마법사라는 것을 티내는 자가 서로를 보며 대치하고 있었다.

"호오!"

시합이 시작되자 대거를 들고 있던 후드의 마법사가 전사의 블로드 소드를 검끝으로 막는 것을 보며 패션 센스와는 달리 꽤 실력있는 자라는 것을 알고는 탄성을 내질렀다.

하지만 얼마 후 레그르토의 그 탄성은 경악으로 바뀌고 말았으니, 그자의 손에서 뻗어 나오는, 백색의 섬광이 상대 전사를 일격에 죽여 버렸기 때문이다.

그것을 보던 레그르토는 경악감에 중심을 잃고 수십 미터의 바닥으로 떨어질 뻔했지만 간신히 중심을 잡아 죽음은 면할 수 있었는데, 아직도 그 충격에서 벗어나지 못했다.

"아, 아버지?!"

분명 자신이 본 것이 맞다면 그 기술은 아버지가 동방의 먼 대륙에서 익혔다는 섬광비도술이었다.

이 기술은 한 노인에게서 직전으로 전수받았다고 들었으니 섬광비도술을 사용할 수 있는 자는 대륙에 단 세 명뿐이었다.

아버지와 어머니, 그리고 직전인 자신인 것이다.

분명 악취 마법을 사용하여 미쓰릴 갑옷을 웬만해서는 벗지 못하게 만든 어머니를 제외하고 자신 역시 시합을 구경하고 있으니 남은 것은 아버지뿐이었던 것이다.

"확인 작업이다!"

레그르토는 만약의 경우를 위해 아버지가 확실한지 확인하기 위해 재빠르게 밑으로 내려가서는 선수 대기실로 걸어가는 아버지의 뒤를 쫓았다.

대기실 안으로 들어간 레그르토는 아버지와 어머니가 서로를 노려보고 있는 것을 보며 심장이 이탈하는 듯한 충격을 받았다.

'부부 싸움이 심각하나 보네?'

이런 생각을 하고 있을 때 갑자기 루드웨어가 루드니아를 향해 검을 찔렀고 루드니아는 방어도 못하고 당할 위기에 처했다. 다행히 옆에 있던 한 드워프가 그 공격을 해소하고는 아버지에게 무엇인가를 중얼거리고 있는 것을 본 레그르토는 드디어 파경의 시간이라는 것을 짐작할 수 있었다.

아버지가 어머니에게 손찌검을 하려고 하다니, 그건 단 한 번도 본 적이 없었다. 모든 여자에게 친절한 아버지였는데란 생각을 하며 입맛이 쓸 수밖에 없었다.

어머니는 아버지의 그런 행동 때문에 자리에 주저앉아 펑펑 울기 시작했기에 레그르토로선 안타깝지 않을 수 없었다.

하지만 두 사람 앞에 나서지 못하는 그였기에 멀리서 안타깝게 지켜볼 수밖에 없었으니, 이것이 불행한 가정이라는 것을 느끼는 그였다.

하지만 부부 문제란 것이 조금 미묘하다는 것을 알고 있는 그였기에 제삼자가 끼어들었다가는 더 큰일이 벌어질 수 있다 생각하고는 조용히 후드를 뒤집어쓰고 어머니의 곁을 지나 아버지를 따라갔다.

"으헝헝헝……."

아버지의 울음소리였다. 레그로토는 역시 엄마에게 손찌검을 하고 마음이 편할 아버지가 아니었다는 생각을 하고 중얼거렸다.

'불쌍한 아버지…….'

루드웨어의 부하인 듯한 자가 앞을 지키고 있었기에 레그르토는 더 이상 나서지 못하고 벽 뒤에 숨어서 서글픈 울음소리를 듣고 있었다.

하지만 조금 이상했다. 아버지가 부부 싸움 중에 손찌검을 했다고 울 사람은 아니었기 때문이다.

뭐, 공중파 마법 드라마의 슬픈 장면을 보면서도 눈물을 찔끔거리기는 하지만, 지금 듣는 울음소리는 엄청 서글퍼서 울고 있는 소리였기 때문이다.

'도대체 엄마가 뭐라고 했기에 저러시지?'

하지만 곰곰이 생각해 보니 이내 그 이유가 떠올랐다.

'맞다! 엄마 지금 기억 상실중 상태잖아. 저렇게 서글프게 우는 걸 보니 엄마가 아빨 모른 체했다고 생각해서 울고 있겠지? 손찌검도 모른 척하니까 홧김에 한 것일 테고. 아! 아빠가 울 만도 하군.'

최초의 기억 상실중 드래곤이란 것을 짐작하지 못한 아버지가 불쌍하게 보여 어머니의 상태를 말해 주고 싶었지만, 그랬다가는 자신이 파렴치한 충격 요법을 어머니에게 썼다는 것을 들킬 염려가 있었기에 발이 앞으로 나서지 않는 그였다.

대륙에서 둘도 없는 강력한 존재인 아버지와 어머니에게 죽도록 당할 것은 뻔한 일이었기 때문이다.

"에잇! 부부 싸움은 칼로 물 베기라는데 어떻게든 되겠지. …미안해요, 빼빼……."

눈물을 흘리며 외면하던 레그르토는 비련의 주인공의 슬로 비디오

뜀박질을 흉내 내며 경기장을 빠져나갔다.

*　　　　*　　　　*

거리는 신성기사 대회 때문인지 많은 사람들이 북적거렸다. 수백 명의 사람들이 경기장 밖에 설치되어 있는 대형 공중파 마법 비전으로 긴장감 넘치는 경기를 관전하며 소란스럽게 떠들었기에 레그르토는 간신히 인파들 사이를 헤치며 고급 레스토랑에 들어갈 수 있었다.

'아주 비싼 레스토랑' 이란 이름의 이 식당은 정말 가격이 비싸기로 유명했지만, 그 음식 맛이 훌륭했기 때문에 레그르토는 공금을 사용하여 손님을 접대할 때는 반드시 이 레스토랑에 들러서 식사를 해결하곤 했다.

그 탓에 대외 접대 업무는 세 달도 가지 못하고 짤리기는 했지만, 그 덕에 황태자의 눈에 띄여 승승장구하고, 순식간에 수석 마법사까지 올랐던 레그르토였다.

수석 궁정 마법사가 된 후에도 제자인 스베안 황태자의 주머니를 이용하여 가끔씩 들렀던 레스토랑인데, 주머니에 있던 보석이 어머니의 것이었기에 눈치 보여서 못 먹었던 것을 마음껏 먹어보자는 심산으로 이곳에 들어온 것이다.

하지만 이 비싼 레스토랑도 날이 날인만큼 사람들로 꽉꽉 메워져 있었다. 입구에 들어선 레그르토를 보며 깨끗하게 빼입은 중년 지배인이 고개를 숙여 인사를 하고는 말했다.

"어서 오십시오."

"자리가 없는가?"

"예약은?"

"예약? 음… 이게 예약 아니야?"

레그르토는 예약을 했느냐는 물음에 살짝 그의 손에 금화를 하나 쥐어주었고, 금화를 받은 지배인은 살짝 레그르토가 쥐어준 금화의 액수를 보고는 미소를 지으며 말했다.

"아! 저의 레스토랑에서 예약을 잘못 처리한 모양이군요. 그나저나 자리가 없는데, 합석이라도 하시겠습니까?"

"음… 어쩔 수 없지. 근데 말이야, 부킹은……."

부킹이란 이야기를 하며 레그르토는 다시 금화 하나를 지배인에게 더 쥐어주었는데, 지배인의 얼굴은 금화를 받은 순간 생각이 났다는 듯 머리를 손가락으로 몇 번 치고는 말했다.

"아! 이제야 생각이 나는군요. 마침 혼자 게신 미녀 분이 있는데 그쪽으로 가시겠습니까?"

"당신, 정말 서비스 정신이 투철한 지배인이야. 자주 들르도록 하지."

"감사합니다."

지배인의 안내를 받아 도착한 곳은 레스토랑의 왼쪽 창문 쪽에 위치해 있는 곳이었는데, 그곳에선 우아한 손놀림으로 스테이크를 칼질하고 있는 미녀가 있었다.

갈색의 긴 머리를 하나로 묶은 여인은 푸른색의 레이스가 아름다운 여성용 여행복 차림을 하고 있는 것으로 보아 아마 성기사 대회를 관전하기 위해 온 여행자인 듯 보였다.

생각 외로 상당한 미녀가 자리에 앉아 있자 레그르토는 입이 다물어지지 않았다.

지배인은 미녀 손님에게 다가가서는 정중하게 말했다.

"손님, 저희 식당에서 약간의 실수로 예약 손님의 자리를 마련할 수 없었는데, 잠시 양해를 구할 수 있겠습니까?"

지배인의 말에 여인은 살짝 끄덕이며 합석을 허락했고, 레그르토는 그 순간 얼굴 가득히 미소를 지을 수 있었다.

"고귀하신 분과 함께 식사를 할 수 있어 영광입니다."

정중하게 인사를 한 레그르토는 그녀의 앞 자리에 앉고는 대외용 미소를 지으며 말했다.

"이렇게 자리를 함께한 것도 인연인데 성함을 여쭈어봐도 될런지요."

레그르토의 느끼함이 가득한 말을 들은 여인은 살짝 미소를 지으며 자신의 소개를 했다.

"레비나 아디스라 합니다."

"아름다우신 이름이군요. 전 레그르토 아시오스라고 합니다."

레그르토는 레비나란 이름을 어디서 들어보긴 했다는 생각은 했지만, 지금은 앞에 있는 여성을 꼬시는 것이 더욱 급한 일이었기에 모든 것을 잊고 본연의 자세로 돌아가기로 결심했다.

과거 러브즈 데거를 가지고 백 명의 첩을 두려 했던 자신으로 말이다.

22장 사랑의 바람

원래 옛말에도 부전자전이란 말이 있듯이 레그르토 역시 예외는 아니었나 보다.

속으로 음흉한 웃음을 짓고 있는 그대 이름은 바람, 바람, 바람.

웨이터에게 지시하여 30년산 와인을 주문한 레그르토는 크리스털 잔에 와인을 딴 후 아름다운 그녀에게 권하며 말했다.

"미녀와 함께하는 한 잔의 와인은 달콤하지요."

"재미있으신 분이네요. 본래 원하는 것은 뒤에 오는 말이 아닌가요?"

"하하하, 이거 들켰군요."

레그르토의 말은 유명한 바람둥이 귀족인 카사노바가 한 말로 '미녀와 함께하는 한 잔의 와인도 달콤하지만, 미녀의 키스는 수백 잔의 와인보다 더 달콤하게 남자를 녹인다'에서 인용한 말이었던 것이다.

"여행자이신 듯한데, 혼자 오셨습니까?"

"아니요. 저희 아버지의 친구 분과 함께 왔어요."

"아! 그러시군요. 성기사 대회를 구경하러 오셨나 보지요?"

"아니요. 전 성기사 대회에 참가하러 왔답니다."

그 순간 레그르토는 들고 있던 와인잔을 떨어뜨리고 말았다. 방금 전의 그 말에서 그녀의 정체를 알 수 있었기 때문이다.

'어디서 들어봤다 했더니… 전번 성기사 대회 우승자잖아! 젠장! 잘못 건드렸다간 한큐에 목이 달아나겠군.'

하지만 이렇게 놓치기에는 앞에 있는 여인이 너무 아름다웠다.

쌍꺼풀 밑으로 보이는 푸른 눈동자는 맑게 빛나고 있었고, 오뚝한 코밑의 자리 잡은 두 입술은 도톰하게 생긴 것이 정말 키스하고픈 여인이었기 때문이다.

다시 생각해 보니 성기사 대회 우승의 레비나 아디스라면 돈도 많이 벌겠다, 능력도 좋으니 이참에 장가나 가볼까 생각을 하는 레그르토였다.

얼굴까지 미인이면 금상첨화가 아니겠는가?

레그르토는 놀랐던 가슴을 다시 가다듬고는 업소용 미소를 지으며 말했다.

"아! 아쉽군요. 아름다운 숙녀 분을 만나 에스코트하는 것을 꿈꾸고 있었는데, 도리어 제가 에스코트를 당해야 하겠군요."

"호호호."

"그러고 보니 성기사 대회 2차 본선이 진행 중인데… 레비나님의 순서는……?"

"2차전 본선 B조의 마지막이랍니다."

"그러시군요."

이렇게 이야기를 하고 있는 동안 레비나는 식사를 모두 마치고 디저트로 나온 푸딩을 입에 가져가고 있었다.

은빛의 작은 티스푼에 한가득 담겨 있는 푸딩이 붉은 입술 사이로 들어가는 것을 보며 그는 환상에 잠겨 있었다.

'아… 푸딩이고 싶당……!'

아! 푸딩으로 변해 저 붉은 입술 사이로 들어가 그녀의 잔인한 어금니에 잘근잘근 씹히는 레그르토의 환상이여, 영원하여라!

후식을 간단하게 마친 레비나는 손수건으로 입을 닦고는 자리에서 일어나며 말했다.

"레그르토님을 만나뵈어 재밌는 시간을 보냈군요. 그럼 이만."

"아! 이렇게 가신다니 아쉽습니다."

"언젠가 다시 만날 날이 있겠지요."

"제 느낌에는 근시일 안에 레비나님을 다시 만날 것 같은 느낌이 드는군요."

"그런가요? 그럼…….."

레비나가 사라지는 것을 보며 멍하니 스테이크를 입 안에 구겨 넣으며 아쉬움을 달랜 레그르토는 손뼉을 쳐 근처에 있는 웨이터를 불렀다.

"부르셨습니까?"

"성기사 대회 B조 시합은 언제부터 하는 거지?"

"벽보에 보면 오후 두시부터 진행된다고 합니다."

"두시라. 아직 한 시간 정도 남았군. 그래, 근처에 B조에 참가하는 선수가 있는 곳을 아는가?"

"글쎄요. 들리는 말에 의하면 이 앞 호텔에 선수들이 많이 묵는다고 하던 것 같습니다."

"그래, 고마워."

레그르토는 웨이터에게 금화 하나를 튕겨주고는 새로운 계획을 생각하며 음흉한 미소를 지었다.

*　　　*　　　*

준호와 리안나는 멜드리나, 레몬트 커플과 함께 제국의 명물 중의 하나인 중앙 광장 분수에 앉아 솜사탕을 먹고 있었다.

"그나저나 의외네요? 멜드리나님과 레몬트님이 부부라니요."

"하하하, 원래 지역 사회라는 것이 이리 얽히고 저리 얽히는 관계라네. 멜드리나나 나나 왕궁에 들어온 평민 출신이니까. 뭐, 지금에 와서야 그리드님의 호위를 맡는 기사의 신분이기는 하지만 과거에는 평범한 병사였거든. 어쩌다 보니 그리드 왕자님과 함께 있는 멜드리나를 보게 되었고 사랑에 빠져 결혼하게 된 거지."

"그랬군요."

"자네들도 잘해보라고. 인연이란 정말 쉽게 이어지지만 그 이어진 인연에서 결실을 맺는 것은 그리 쉬운 일이 아니니까."

레몬트의 말에 준호와 리안나는 서로의 얼굴을 보며 얼굴을 붉히고 말았다. 그러다가 준호는 무슨 생각이 났는지 레몬트를 보며 궁금한 듯이 물었다.

"그나저나, 그리드님과 실레이드님을 남겨놓고 왔는데 괜찮을까요?"

"아무래도 검술 실력이 없으신 그리드님이 실레이드님에게 검술을 배우려고 하는 것 같더군."

"그렇군요. 일단은 악덕 마법사 루드웨어에게서 아르키아네스님을 구해내는 것은 그리드님이 될 테니까요."

지금 상황에서 이것이 루드웨어와 두 사람—콜리드, 실레이드—이 짜고 하는 연극이라는 것을 말하는 것은 불가능한 일인데다가 믿어주지도 않을 일이었기에 준호는 어쩔 수 없이 거짓말을 할 수밖에 없었다.

원래는 용사의 일행으로 분한 그리드가 차원도사를 비롯한 몇 명의 동료와 함께 사악한 마도사를 무찌르는 다분히 로맨스적인 내용이었는데, 어쩌다가 일이 이렇게 됐는지 이해가 안 되는 준호였다.

"그나저나 자네는 아깝게 됐군. 마법을 써서 떨어지다니 말이야."

"뭐, 저한테는 맞지 않는 일인데요 뭘."

레몬트가 보기에도 준호가 아쉬워하는 표정은 없었다. 오히려 성기사 대회를 빠져나온 것에 마음이 편한 듯 보였다.

이 시대에 전사라면 성기사 대회에 출전하여 자신의 이름을 날리는 공명심이 없지 않을 텐데, 젊은 나이에 이런 마음가짐을 가진 준호가 마음에 들었다.

"하하하! 자네의 마음가짐이 훌륭하군. 바로 그런 것이네. 과거 그로인 왕국의 태조이신 초이영님은 황금 보기를 돌같이 하라 말씀하셨네. 공명 같은 것은 어차피 죽은 뒤에는 사라지는 것이니 그것보다는 자신의 의지에 따라 행동하는 것이 훨씬 더 값어치가 있는 일이지."

"과찬의 말씀이십니다. 전 레몬트님이 더 훌륭해 보이는걸요. 지금의 실력이면 충분히 다른 나라에서 기사단장의 지위를 얻으실 수 있으실 텐데, 그리드 왕자님 한 분을 위해 그 모든 것을 포기하시다니 말입니다."

서로를 칭찬하기에 바쁜 두 사람이었다. 준호의 옆에서 흐뭇한 얼굴로 바라보고 있던 리안나는 무슨 생각이 들었는지 다른 사람을 보며 말했다.

"아! 시간이 다 됐네요. 조금 있으면 B조 경기가 시작되겠어요."

"벌써 시간이 그렇게 됐나? 그럼 일어나도록 하세."

"예."

*   *   *

성기사 대회장. 아침 8시부터 시작된 A조의 8번의 경기가 모두 끝나고 잠시 휴식 시간을 가진 대회는 오후 두시. 팡파르와 함께 그 B조 경기가 시작되었다.

콜리드의 순서는 6번째 경기로 시간이 많이 남아 있었지만 루드니아와 콜리드를 비롯한 많은 사람들이 미리 와서 경기를 관람하고 있었다.

이번 대회에서 드미트리가 수를 쓴 관계로 상당수의 실력자들이 B조 경기에 속해 있었기 때문이다.

전번 대회 우승자인 레비나 아디스를 포함해서 2위였던 소비에르 제국의 다크 나이트, 3위 성기사 로드아이언, 4위 제국의 명가로 유명한 데비안 공작가의 스란 등 쟁쟁한 실력자들이 속해 있었기에 도박가들은 B조의 결승 진출자를 사실상의 대회 우승자로 점찍고 있었다.

"와! 우리 때랑 대기실 공기가 다르네요?"

"그렇겠지. 어찌 된 일인지 몰라도 상당수의 진정한 실력자들이 B조에 모여 있으니 말이야. 너도 이 경기를 잘 관찰하도록 해라."

"예."

콜리드는 주위를 훑어보며 상대의 실력을 가늠해 보았다.

물론 에이션트 급에 해당하는 마나력을 가진 자신보다야 못하지만, 인간이라고 보기에는 어려울 정도의 실력자들이 여기저기 눈에 띄었다.

"지금부터 성기사 대회 B조 경기를 시작하겠습니다."

장내의 스피커 마법으로 소리가 울려 퍼지면서 드디어 본선 2차전 B조의 경기가 시작되었다.

루드니아는 콜리드의 말대로 하나라도 놓치지 않기 위해 뚫어져라 참가자를 노려보고 있었다.

"홍 코너~ 신장 184센티미터 몸무게 87킬로그램 페브란 왕국에서 온 용병 도리스!"

"청 코너~ 신장 185센티미터 몸무게 79킬로그램 성신 히루안님의 성기사 로드아이언!"

도리스란 이름의 용병은 다부진 몸에 하프플레이트아머를 입고 바스타드 소드 들고 있었다. 왼쪽 볼에 긴 검상을 지니고 있는 것이 상당히 험악해 보이는 인상을 지닌 용병이었지만, 상당히 예의 바르게 관중들을 보며 손을 흔들고 있었다.

전번 대회 3위인 성기사 로드아이언의 소개가 끝나자 관중들은 큰 환호성을 지르기 시작했다.

물론 홈코트라는 이점이 있기는 하지만, 짙은 갈색의 긴 머리를 바람에 휘날리며 잘생긴 편에 속하는 외모에 순백의 갑옷을 입고 있는 그 모습이란 뭇 여성들의 가슴을 흔들리게 하기에 충분했던 것이다.

로드아이언은 손에 들고 있던 머리띠 모양의 은빛 보호대를 써서 바람에 날리는 머리카락을 정리한 후, 왼쪽 허리에 차고 있던 검을 빼어 들었다.

그의 검은 전쟁의 여신 히루안의 성기사단이 사용하는 검 중에서도 상위에 속하는 검인지 뽑자마자 관중들의 눈을 흐리게 할 정도로 강한 순백의 빛을 내뿜더니 서서히 줄어들기 시작했다.

콜리드는 그 모습을 보며 혀를 차고는 루드니아를 보며 말했다.

"너는 저런 짓 하지 말아라."

"예?"

"저 검이 상당한 성검이기는 하지만 저런 광휘를 보일 정도는 아니다. 짜식, 여신의 성기사란 녀석이 겉멋만 들어서는 저런 무대 연출을 하다니… 할 말이 없군."

"음……."

루드니아는 그렇구나 하는 생각에 고개를 끄덕이며 다시 경기장을 지켜보았다. 도리스란 용병은 무대 연출로 빛이 난 성검을 보며 할 말을 잃고 말았다.

성기사 대회가 시작된 지 어언 700년의 시간이 흐르고 있었다. 과거 실력자의 등용문이라 여겨졌던 이 대회는 지금도 많은 실력자들이 배출되고 있었지만, 근 몇 년에 들어와서는 자신의 앞에 있는 자처럼 겉멋만 든 녀석들이 있지도 않은 무대 연출을 하고 있었기에 조금은 색이 바랜 느낌이 들었던 것이다.

"참나, 별놈이 다 있군. 작년도 3위의 실력자라 한번 해볼 만하겠는데."

도리스는 자신의 바스타드 소드를 어깨 높이로 들어 검끝을 상대방에게 겨누고는 시작의 신호만 들리면 당장이라도 그에게 쇄도할 준비를 하고 있었고, 로드아이언은 관중들을 특히 여성 관람자를 보며 의미 모를 미소를 던지며 검은 30도 각도로 오른쪽 아래로 내려놓고 있었다.

살기등등한 도리스의 자세와는 다르게 로드아이언의 자세는 여유가 철철 넘치는지라 상당히 상반된 모습이라고 할 수 있었다.

뎅!

"차앗!!"

시작의 징 소리와 함께 도리스는 빠른 속도로 상대방에게 쇄도해 들어가면서 일검을 찔렀다. 도리스의 팔 길이와는 달리 상당히 먼 거리였는데도 검은 길게 뻗어가는 듯 로드아이언의 심장을 향해 찔러갔고, 그 상황을 보며 로드 아이언도 당황하지 않을 수 없었다.

챙!

간신히 일검을 튕겨낸 로드아이언은 그때까지의 여유를 날려 버리고는 심각한 표정으로 검을 가다듬고는 도리스를 쳐다보았다.

"킬킬킬, 전번 대회 3위 양반! 아무리 본선 2차전의 첫 번째 경기라지만 그렇게 여유를 부리시면 곤란하지 않겠는가?"

"그렇군. 지금까지의 무례를 사과하겠소."

충분히 자신에게 그렇게 말한 실력이 된다고 생각한 그는 고개를 끄덕이며 사과의 말을 전한 후 지금까지의 허례허식을 버린 후 검을 바로 잡았다.

콜리드는 도리스의 일검을 보며 너털웃음을 짓더니 말했다.

"허허허, 재밌는 녀석이로군. 그래, 저래야지 성기사 대회의 맛이 나지 않겠는가?"

"그런데 검이 늘어난 것 같지 않았어요?"

루드니아는 방금 전의 도리스의 검이 길이보다 상당히 멀리 뻗어 나간 것을 보며 물었다.

"네 눈에는 보이지 않는 모양이구나. 도리스란 자의 검의 손잡이 끝에 투명한 줄이 있는 것 같구나."

"줄이요?"

"그래. 마나를 사용하여 원거리를 공격하는 방법이 있다면 저런 줄을 사용해서 비검(飛劍)식으로 사용하는 방법도 있다."

"음… 그렇군요."

"아무래도 이 싸움은 로드아이언의 승리 같구나. 도리스란 자가 아무리 저런 찌르기 기술을 가지고 있다 해도 히루안 여신의 성검의 기술을 가지고 있는 성기사를 상대하기에는 조금 모자르지."

콜리드의 말대로 십여 분 정도를 끈 대결은 도리스의 찌르기를 피하며 빠르게 쇄도해 들어간 로드아이언의 검에 의해 옆구리에 상처를 입으면서, 승리는 로드아이언에게 돌아갔다.

이 시간 대기실의 한편에선 옷차림을 점검하고 있는 사람이 있었다. 루드니아와 겨루었던 섬나라의 닌자의 복장을 하고 있는 자였다.

얼굴을 가리고 있는 복면이 답답한지 구석에 앉아 쓰고 벗기를 반복하고 있었는데, 놀랍게도 복면을 벗은 그의 정체는 레그르토였다.

그가 닌자의 옷을 입고 선수 대기실에 머물러 있는 이유는 바로 레비나 때문이었다.

한번 잡은 봉을 그냥 놓치기 싫었던 레그르토는 밥 먹으면서 생각했던 계획을 실현해 갔다. 레스토랑에서 나온 레그르토는 웨이터에게서 들은 대로 대회 참가자가 많이 머물고 있다는 식당 앞의 호텔로 숨어들어갔다.

"음, 누가 좋을까?"

명단을 뒤적여 보며 B조 참가자 중 자신의 계획에 걸맞는 존재를 찾아보는 레그르토였다.

로아냐드 제국의 멜랑드 호텔 308호실. 이 방은 성기사 대회의 2차 본선에 출전한 자파니스 왕국의 닌자들이 묵는 방이었다.

동방의 구석진 먼 왕국에서 온 닌자들은 침통한 분위기에 잠겨 있었다.

각자가 자파니스에서는 내로라하는 실력을 지닌 닌자들이었는데, 모두 일곱 명의 닌자가 출전해서 2차 본선에 오른 이는 겨우 2명, 거기다가 시합을 치른 한 명은 큰 부상을 입고 누워 있었기 때문이다.

남은 사람은 핫도리 한조뿐. 하지만 그의 실력은 갈포드보다 못한 편에 속해 있었기에 첫 번째 시합도 이기기는 힘들었다.

"휴… 비기인 그림자 살법까지 익혔던 갈포드가 이렇게 당했으니… 이젠 출전한 데 의의를 둘 수밖에 없겠군."

"무슨 소리입니까, 대장! 아직 한조가 남아 있지 않습니까?"

한 닌자가 대장의 한숨 섞인 소리에 반박하며 소리쳤는데, 그럼에도 대장은 고개를 저으며 말했다.

"한조는 아직 17살에 지나지 않아. 소질은 뛰어나긴 하지만 비기인 그림자 살법도 전수받지 못한 이 아이가 어찌 쟁쟁한 선수들을 상대할 수 있겠는가?"

"그렇지만……."

"만약 이긴다고 해도 두 번째 시합의 상대는 전번 대회 준우승자인 소비에르 제국의 다크 나이트라네. 그와 싸워서 멀쩡한 사람은 없다 하니… 이쯤에서 포기하는 것도 나쁘지는 않겠지.”

일행들을 끌고 있는 대장이 먼저 포기해 버리자 다른 닌자들 역시 고개를 숙이며 늘어졌다. 모든 이야기를 듣고 있던 한조는 조금 억울 하기는 했지만, 사실 자신의 실력이 이곳에 있는 사람 중 중간에도 못 미친다는 것을 알고 있기에 뭐라 말할 수 없었다.

예선을 통과한 것은 성기사의 특성에 있어 무술 실력뿐 아니라 지혜 도 있어야 한다는 법칙 때문으로, 이중 가장 뛰어난 머리로 인한 것이 었기 때문이다.

그때 날카로운 파공음과 함께 한 개의 단검이 대장이 앉아 있는 의 자 옆의 탁자에 박혔고, 닌자들은 깜짝 놀라 품에서 수리검을 꺼내며 소리쳤다.

“누구냐!!”

“호호호호! 어리석구나. 단검을 보고도 나의 정체를 알아채지 못하 다니…….”

음흉한 웃음소리. 닌자들의 대장은 그의 말을 듣고 탁자에 박혀 있 는 단검을 쳐다보았는데, 그 순간 숨이 막히는 것을 느꼈다.

탁자에 박힌 단검의 손잡이에는 한 개의 가지에 매화가 음각되어 있 는 모습이 보였기 때문이다. 이것은 그 유명한 지선왕국의 어쌔씬 길 드인 일지매파의 독문표식이었기 때문이다.

“일지매파!!”

“호호호호, 이제야 눈치 챘나? 역시 섬나라의 허접한 닌자들은 상대 하기가 불편하군.”

“이잇!”

닌자들은 그의 말에 분노가 치솟아올랐지만 일지매파의 어쌔씬들의 실력은 자신들 모두가 힘을 합친다고 해도 당할 수 없다는 것을 알고 있었기에 함부로 움직일 수가 없었다.

그들이 이 성기사 대회에 참가한 것도 모두 일지매파에 버금가는 암살 조직을 만들기 위한 포석 중 하나였던 것이다.

"일지매파가 왜 우리 자파니스 왕국의 닌자들을 만나기 위해 온 것이요?"

"흐흐흐흐, 본 어쌔씬 길드의 의뢰를 처리하기 위해 너희들의 출전권이 필요해서다."

"출전권?!"

대장은 그 말에 식은땀이 흘러내렸다.

싱기사 대회에 일지매파가 나신다는 깃은 제국의 중요 인사의 임실에 있었기 때문이다.

만약 출전권을 넘겨준다면 자파니스 왕국의 닌자로 분장한 일지매파가 중요 인물을 암살할 것이고, 그렇게 되면 닌자들은 제국에게 공격받을 수 있기 때문이다.

대장으로선 출전권을 넘겨줄 수도 아니 넘겨줄 수도 없는 입장이었다.

"후후, 걱정 마라. 너희가 걱정하고 있는 일은 아니니. 난 2차 본선에 출전하는 자에게 볼일이 있을 뿐이다."

"아!"

제국의 중요 인물이 아니라면 출전권을 넘겨주는 것도 나쁘지 않다고 생각한 대장이었다.

어차피 첫 번째 시합도 이기지 못할 것은 뻔한 일이었고, 그가 자신들로 변장해 만약 우승이라도 한다면 자파니스 왕국의 닌자의 입지는 상당히 높아질 것이 확실하기 때문이다.

"어떡하겠는가? 죽음을 택할 것인가, 아니면 출전권을 넘겨줄 것인가?"

"이잇!"

대장은 자신들을 무시하는 말투에 조금 화가 나기는 했지만, 일지매파의 인물이라면 충분히 자신들을 죽일 수 있는 능력이 있기에 화를 참고 고개를 끄덕였다.

"좋소. 하지만 출전권을 넘겨주는 대신 조건이 있소."

"흐흐흐, 섬나라의 닌자가 일지매파에게 조건을 건단 말인가? 간이 부었군. 하지만 간단한 조건이라면 기분이 좋아 들어줄 수도 있지. 말해 봐라."

"우리의 출전권을 가지고 가는 것은 좋으나 닌자들의 위상을 떨어뜨리는 짓은 하지 말았으면 하오!"

"하하하! 좋다. 그 정도야 들어주도록 하지."

"감사하오……."

"당장 이곳을 떠나도록 하여라. 물론 가기 전에 너희들 닌자의 옷과 암기, 무기 등을 놓고 가는 것을 잊지 말도록."

"알겠소."

그 말과 함께 대장은 다른 닌자들에게 지시해 일지매파가 요구한 물건들을 정리해 두고, 부상을 입은 갈포드를 들것에 올린 후 천천히 방을 떠나갔다.

닌자들이 모두 떠나가자 천장의 한 부분이 열리면서 한 남자가 내려왔는데 그는 자신의 앞에 있는 물품들을 보며 크게 웃었다.

"하하하하! 상대해 보지도 않고 겁부터 먹다니. 과연 섬나라 닌자들이군."

크게 웃으며 닌자들을 조롱하고 있는 자는 다름 아닌 레그르토였다.

레비나와 시합장에서 만나기 위해 계획을 짠 레그르토는 복면을 쓰고 다니는 자파니스 왕국의 닌자를 노리고 그들의 출전권을 빼앗은 것이다.

"흐흐흐, 역시 어렸을 때 아버지가 선물해 준 것이 도움이 되는군."

레그르토는 작은 상자 안에 일지매파의 표식인 단검을 집어 넣었다. 상자 뚜껑에는 음각되어진 글자가 쓰여져 있었는데, 거기에는 어쌔씬 변장 세트(일지매파 1.0버전)이라고 쓰여져 있었다.

이것은 과거 레그르토가 로노와르의 레어에서 살고 있을 때 아버지가 매년 생일날 선물해 주었던 선물들 중 하나로, 루드웨어는 각국의 비밀 집단을 돌아다니며 수집한 독문병기와 함께 옷가지 등을 레그르토에게 선물해 준 것이다.

로노와르의 레어에는 루드웨어가 선물해 준 선물 세트가 아직 많이 남아 있었는데, 개중에는 칠인회 마법사용 로브는 물론이요, 심지어는 질서의 여신 아이네스 교황 변장 세트 버전 2.0까지 있어 그가 마음만 먹는다면 세상에 숨어 들어가지 못하는 곳이 없었다.

자파니스의 닌자들에게는 조금 미안하기는 했지만 이내 털어버리고 레그르토는 장비들을 대충 챙겨서는 B조 본선 2차전 선수 대기실로 온 것이다.

"답답해 죽겠네. 어떻게 이런 걸 쓰고 다닌다냐……."

바람도 잘 안 통하는 복면 덕분에 가뜩이나 더운 날 면상에 땀띠가

날 지경이 된 레그르토였다.

"제3시합이 시작되겠습니다. 선수들은 경기장으로 오시기 바랍니다."

장내 안내 방송이 제3시합의 시작을 알리기 시작했다. 레그르토는 제4시합으로 두 번째 경기에서는 이들의 승자와 싸워야 되기 때문에 일단은 경기를 관람해 두는 것도 나쁘지 않다고 생각하고는 복면을 쓴 채 경기장이 보이는 곳으로 걸어갔다.

"앗!"

그곳에는 경기를 관람하고 있는 루드니아가 드워프 전사와 함께 있었기에 잠시 헛바람을 내뱉은 레그르토였지만, 자신이 복면을 쓰고 있다는 생각을 하고는 천천히 그녀의 옆으로 걸어가 자리를 잡고 앉았다.

"어라? 갈포드 아냐?"

루드니아는 자신과 싸웠던 섬나라 닌자 갈포드와 똑같은 복장을 하고 있는 사람을 보고는 반갑다는 듯이 손바닥으로 어깨를 치며 소리쳤다. 그 순간 레그르토는 깜짝 놀라기는 했지만 정신을 가다듬고 낮은 저음으로 목소리를 내며 말했다.

"흠흠… 전 갈포드의 사형인 레그라고 합니다."

"아! 그래요?"

자신이 입힌 부상이 빨리 나은 것을 보며 반가웠던 루드니아였지만, 그 사람이 갈포드가 아니라 그의 사형이라고 하자 쑥스러운 듯이 머리를 만지작거리고는 다시 아무 일도 없다는 듯이 시합을 지켜보았다.

시합장에는 온통 검은색으로 도배를 한 기사 한 명과 왜소한 몸집의 노인 한 명이 대결을 준비하고 있었다.

검은색의 투구로 얼굴을 가린 기사는 키는 170센티미터 정도로 성기사 대회에 출전하는 사람치고는 작은 키에 속했지만, 바스타드 소드와 카이트실드를 들고 온몸에서 살기를 펄펄 풍기고 있었기에 온몸에서 위압감이 넘쳐흘러 그가 결코 약한 인물이 아니라는 것을 말해 주고 있었다.

"저 사람이 전번 대회 준우승자인 소비에르 제국의 다크 나이트군요."

"그렇지. 음, 상당한 실력을 가진 자로구나."

콜리드는 그녀의 말에 고개를 끄덕이고는 다크 나이트에 대한 소견을 말했다.

"보아하니 상당한 살기를 지닌 검술을 익힌 듯한데, 아마 소비에르의 암흑기사단 출신의 기사인 것 같구나."

"암흑기사단이요?"

"그래. 너의 호위 기사단인 레드 나이트들 대장인 게르하인도 암흑기사단 출신인 것 같으니 잘 봐두도록 해라."

"예."

루드니아는 살기를 내뿜는 다크 나이트를 보다가 상대의 모습에 눈을 돌렸는데, 70은 넘는 듯한 꾸부정한 노인이 아무런 무기도 가지고 있지 않고 맨손으로 시합장에 서 있자 의아한 듯 고개를 연신 갸우뚱거리며 물었다.

"저 사람은 어떤 사람인지 아세요?"

"아마 권술을 익힌 자인 듯하구나."

"권술이요?"

"그래. 무기를 가지고 싸우는 것이 아닌 맨손으로 싸우는 무술을 말하는 것이지. 아마 리트아니아 왕국의 권왕의 후예인 듯하다. 권왕은 주먹 하나로 왕국을 일약 강대국으로 이끌어 올린 인물이지."

"음……."

루드니아는 아직 권술을 구경한 적이 없는지라 대단한 구경거리를 보게 됐다는 생각이 들었다.

이번 시합은 다른 때와는 달리 몸집이 작은 사람들이 싸우게 됨으로써 박력이 조금 줄어들 것이라는 생각에 관중들의 반응은 조금 미약한 듯했지만, 시합이 시작되자 그것은 기우라는 것이 밝혀졌다.

꾸부정한 허리를 가진 노인, 즉 리트아니아 왕국에서 온 권왕의 후예라는 맬란드 노인은 시합이 시작되자마자 갑자기 크게 호흡을 하더니 고함을 질렀는데, 그 순간 강한 음파가 시합장을 뒤흔들면 일대를 파괴하기 시작했다.

다행히 맬란드 노인의 기술은 상당히 정교함을 지녔는지 고함의 위력은 다크 나이트가 있는 주위만을 파괴할 뿐 관전하고 있던 관중들에게는 미치지 않았다.

"오호! 그레이트 에코로구나."

"그레이드 에코요?"

"그렇지. 서방에 허영만이란 유명한 전사가 있는데 그가 망치라는 일파에서 만들어낸 기술이지. 고함 소리에 마나를 실어서 고유 진동 음파로 상대를 공격하는 기술 중 하나인데, 그레이트 에코의 달인은 물체의 고유 진동수만 알고 있다면 미쓰릴로 만든 무구도 부술 수 있다고 하더구나."

"그렇군요. 그런데 왜 다크 나이트 주변은 멀쩡한 거죠?"

"그는 그레이트 에코의 음파 공격을 마나장을 사용해서 밀어내고 있기 때문이다."

노인의 그레이크 에코의 공격은 약 오 분 정도 계속되어지다가 멈추었다. 시합장을 가득히 매운 먼지가 사라지자 다크 나이트의 모습이 보였는데, 그의 주변은 깊이 3미터 정도의 큰 구덩이가 원을 그리며 패어 있었다.

"허허허, 본노의 그레이트 에코를 막아내다니 대단한 젊은이로군."

맬란드는 그의 실력에 감탄하면서 너털웃음을 지으며 말했는데, 다크 나이트는 일언반구도 않고 원을 그리며 패어져 있는 구덩이를 뛰어넘고는 앞으로 나와 자신의 바스타드 소드를 뽑아 들었다.

그 순간 강력한 어둠의 장막이 일대를 뒤덮기 시작했는데, 그가 들고 있는 바스타드 소드에서 나오는 검기였다.

맬란드는 그 검기를 보더니 아까까지의 여유로운 표정을 지우고는 말했다.

"상당한 마검이로구나."

마검을 가진 자는 상대하기 어려웠다.

종류에 따라 베어진 자의 영혼을 이탈시키거나 패배감을 증폭시키는 등, 악에 관련된 저주를 씌워 버리기 때문이다.

맨손으로 적을 상대하는 권술을 사용하는 맬란드로서는 마검을 가지고 있는 적을 상대하는 것은 상당히 까다로운 일이라고 할 수 있었다.

권술의 특성상 무기를 지니고 있는 상대와의 싸움에선 불리한 것이 사실이기 때문이다.

"하압!"

다시 고함을 지르며 온몸에 힘을 모은 노인은 상대를 향해 왼쪽 주먹을 내딛는 자세로 섰는데, 그 순간 그의 왼손에서 엄청난 크기의 주먹이 형성되면서 서서히 다크 나이트를 향해 움직이기 시작했다.

"하압!"

주먹을 바라보며 다크 나이트는 고함을 지르며 검을 그었는데, 맬란드의 주먹의 한가운데를 마검이 수직으로 베어버리자 거대한 주먹에서 검은색의 선이 그어졌다.

"헉!"

그 순간 맬란드는 허파에 바람 빠지는 소리를 지르며 왼 무릎을 꿇고는 쓰러져 피를 토하기 시작했다.

이 일련의 상황을 루드니아는 좀처럼 이해할 수가 없었다.

"어떻게 된 거죠?"

콜리드에게 묻자 그는 두 사람의 싸움에 대해서 설명해 주기 시작했다.

"먼저 맬란드 노인이 사용한 기술부터 가르쳐 주지. 그가 사용한 기술은 기권술이라 하여 권왕이 지니고 있던 비기 중의 하나란다. 온몸의 기를 응축해 만든 거대한 주먹으로 상대의 공격 루트를 봉쇄하며 공격하는 기술 중의 하나인데, 다크 나이트란 자는 단순히 마검을 한번 휘두름으로써 기권술의 운행기점을 마기로 차단해 내상을 입게 만든 것이란다."

"운행기점(運行氣点)이요?"

"그래. 마나, 즉 기를 사용한 기술은 각자 고유의 운행기점이라는 것이 있다. 모든 기술은 운행기점으로부터 시작되어 마나가 흐르게 되는 것이지. 체내에 있는 마나는 기술을 유지시키기 위해 계속 운행기점으로 마나를 흘러보내는 것이지. 다크 나이트란 자는 그 운행기점을 한번에 눈치 채고는 잘라냄으로써 한순간 기가 막혀 버린 맬란드 노인에게 내상을 입힌 것이란다. 상당한 눈을 가진 전사로구나, 다크 나이트란 자는 말이다."

맬란드는 운행기점이 파괴당하면서 큰 내상을 입기는 했지만 피를 토하면서도 자리에서 일어났다.

"내가 졌…… 큭!"

맬란드가 자신의 패배를 인정하려고 하는 순간 운행기점을 벤 후 그 자리에 서 있던 다크 나이트는 갑자기 빠르게 쇄도해 들어가더니 검으로 노인의 왼팔을 잘라 버렸다.

잘려진 팔에서 분수같이 피를 뿜으며 노인은 외마디 비명과 함께 쓰러지고 말았다.

시합장 옆에서 대기하고 있던 사제들은 그 사태에 깜짝 놀라며 맬란드에게 뛰어가 신성력을 퍼부었기에 간신히 맬란드는 목숨을 구할 수 있었다. 그것을 보며 콜리드는 혀를 차며 말했다.

"상당히 잔혹한 자로구나."

"왜요?"

"맬란드 노인은 패배를 시인하려고 했는데, 그 방심한 순간을 타서 다크 나이트는 왼팔을 잘라 버린 것이다. 아마 저 정도의 부상에 내상, 마검의 마기의 저주까지 뒤집어썼다면 맬란드 노인은 살아난다 해도 지금까지 익혔던 모든 무공을 상실하게 될 것 같구나. 무인에게 무공은 생과 같은 것이거늘. 쯧쯧."

루드니아 역시 다크 나이트의 행동이 조금 지나치다며 고개를 끄덕이고 있었는데, 옆에서 보고 있던 레그르토는 똥줄이 마를 지경이었다.

일단은 레비나를 만나기 위해 시합에 출전하기는 했지만, 하필 두 번째 상대가 저런 무식한 다크 나이트였다니……

잘못해서 당하기라도 한다면 맬란드 노인처럼 자신도 지금까지 익혔던 무공 및 마법을 모두 잃을 수 있었기에 지금이라도 포기할까 하는 마음이 들었다.

'젠장! 왜 이렇게 되는 게 없는 거냐!'

"제4시합을 시작하겠습니다. 선수들은 시합장으로 올라와 주십시오."

이런저런 생각을 하고 있는 사이에 제4시합이 시작되었고, 마음의 결정을 아직 내리지 못한 레그르트는 자신의 차례라는 것을 깨닫고는 아무 생각 없이 시합장으로 천천히 걸음을 옮겨갔다.

23장 레그르토의 격전(1)

닌자의 복장을 하고 있는 레그르토의 앞에 서 있는 상대는 검은 머리의 주걱턱의 전사였다. 키 역시 그리 크지 않은 데다가 마른 체구의 남자였는지라 관중들은 어떻게 저런 자가 성기사 대회의 예선을 통과했는지 의심이 들 정도였다.

그렇다고 그가 들고 있는 무기가 좋은 것도 아니었다. 군데군데 흠집이 나고, 거기다가 녹이 슬기까지 한 쇠 지팡이를 들고 있는 데다가 옷이라고는 짐승의 가죽 같은 것을 뒤집어쓰고 있었다.

겉모습은 물론이요. 무기, 장비 어느 것 하나 제대로 된 것이 없어 전사의 것이라고 볼 수 없었다. 해서 상대를 바라보고 있는 레그르토 또한 황당하기 그지없었다.

'도대체 무슨 깡으로 이런 시합에 나온 거지?'

뭐, 숨은 고인이 가끔씩 튀어나오는 성기사 대회인지라 조용히 마법을 사용하여 상대의 마나 량을 측정했는데, 역시나 마나 량 또한 3류의 수준에 머물러 있었기에 실망하지 않을 수 없었다.

아무리 쉽게 진출하는 것이 좋다고는 하지만, 그래도 어려운 상대를 이겼다는 흔적이라도 있어야 보람이 있는 것이 아니겠는가.

"에구, 허리야……."

먼저 시합장에 올라와서 서 있던 그는 오 분도 서 있지 않았음에도 허리의 통증을 호소하며 두들기고 있었으니, 이건 전 시합에 맬란드 노인의 겉모습보다 더 초라해 보이는 판이었다.

"홍 코너, 신장 170센티미터 몸무게 55킬로그램 제국 병기 연구소 소장 다크 케이거!"

"병기 연구소장?!"

그 순간 레그르토는 엄청난 충격을 먹었다.

병기 연구소장 다크케이거. 세상에 알려지지는 않았지만 일부 현자들 사이에선 상당히 이름이 알려져 있는 자였다.

현재 나이 이십칠 세. 하지만 겉모습은 마흔에 가깝기 때문에 그를 아는 자들은 모두 겉늙은이라고 부르고 있었다.

그에게 숨겨진 공식 직함은 칠인회 연금술부 산하 특수 무기 제작 부장으로 근 십 년 동안 칠인회에서 나와 있는 모든 특수 무기는 거의가 그의 손을 통해 나온다고도 할 수 있었다.

겉모습과는 달리 대단한 현자라고 알려져 있는 인물인 그가 왜 이런 성기사 대회에 나왔는지 의문이 가는 레그르토였다.

신체 능력은 자신보다 훨씬훨씬 딸리기는 했지만, 그의 온몸에 감추어져 있는 특수 무기는 경시할 것이 아니었기 때문에 긴장하지 않을 수 없었다.

징!

잠시 후 시합 시작의 징이 울리자 레그르토는 품에 있는 수리검을 손가락에 끼우고는 여차하면 집어 던질 준비를 하고 있었다.

칠인회 여섯 회주들도 그와의 대결은 회피할 만큼 각종의 무기들을 지니고 있는 온몸이 무기인 자였기 때문이다.

"허허허! 너무 긴장하지 말게나."

너털웃음을 지으며 천천히 레그르토에게 걸어오는 다크케이거. 그 순간 레그르토는 그가 환갑은 넘은 노인이 아닐까 하는 착각에 빠졌다.

그는 간신히 걸음을 쇠 지팡이에 의지하며 옮기면서 레그르토를 향해 미소를 지었다.

"핫도리 한조라고 했나. 보아하니 상당한 실력이 있는 것 같구만. 어디 한번 품에 있는 수리검을 던져 보게나."

"헉!"

품에 감추어져 손가락 사이에 끼워져 있는 수리검을 단번에 알아보는 그를 보며 레그르토는 긴장하지 않을 수 없었다.

"어떻게 품에 수리검이 있다는 것을 알았지?"

"허허허, 닌자들의 원거리 무기가 수리검이 아니면 뭐겠나? 그게 아니더라도 옷 사이로 드러나 보이는 흔적에서 자네가 오른 손가락에 네 개의 수리검을 끼고 있다는 것이 보이더군."

"흥!"

레그르토는 닌자의 변장을 한 것답게 하늘로 몸을 치솟아올라서는 품에 있는 수리검을 집어 던졌다. 네 개의 수리검이 크게 원을 그리며 사방으로 지팡이를 짚고 다가오는 다크케이거의 몸을 노리며 날아갔다.

다크케이거는 수리검이 날아오자 미소를 지으며 짚고 있던 지팡이의 중간 부분을 잡고 회전시켰는데, 그 순간 지팡이의 끝에서 가느다란 은빛의 실이 나오더니 그의 주위를 애워싸기 시작했고, 레그르토가 던진 수리검은 은빛의 실에 의해 튕겨져 날아가 버렸다.

땅으로 착지한 레그르토는 수리검이 튕겨져 날아가는 것을 보고는 단검을 꺼내 들고 빠른 걸음으로 다크케이거의 주위를 돌면서 그의 시선을 분산하려 했지만, 그것은 큰 실수였다. 원체 신체의 능력이 딸리는 그는 빠른 속도로 자신의 주위를 도는 레그르토의 신형을 포착할 능력이 없었기 때문이다.

"허허허, 젊은것이 좋긴 좋구만. 저렇게 뛰어다녀도 지친 것 같지도 않으니 말이야. 허허허."

"젠장! 실제 나이는 내가 너보다 더 많단 말이야, 이 겉늙은이야!"

도저히 스물일곱의 젊은이에게서 나올 말이 아닌 이야기를 들으며 레그르토는 짜증이 날 수밖에 없었다.

"허허허, 그런가? 거참, 육십 청춘이라더니 딱 그꼴이로구만. 하지만 그렇게 뛰어다니면 몸에 안 좋다네. 나이를 생각해야지?"

그렇게 말한 다크케이거는 품에서 쇠 막대 하나를 꺼내더니 살짝 땅에 떨어뜨렸는데 그 순간 쇠 막대에서 길다란 줄이 하나 튀어나오더니 앞으로 빠른 속도로 튕겨져 날아갔다.

"크악!"

길다란 줄은 정확히 레그르토의 발목을 휘감았다. 그러자 주위를 돌며 기회를 찾고 있던 레그르토는 볼썽사나운 꼴로 앞으로 나자빠지고 말았다.

간신히 몸을 일으킨 그의 검은색 두건이 검붉게 젖고 있었으니, 다크케이거의 술수에 걸려 자빠져 코가 깨지고 만 것이다.

"이… 죽어라!"

화가 머리끝까지 난 레그르토는 이제 보이는 것이 없었다.

하늘로 치솟아올라 다크케이거를 노려본 그는 오른손에 들린 단검에 마나를 집중하여 자신의 비기를 쏘았다.

"그리처!"

그 순간 그의 단검에선 푸른색의 강렬한 빛이 뻗어 나가며 다크케이거를 향해 쇄도해 들어갔다.

"허허허……."

허파에 바람 빠지는 소리와 함께 레그르토의 푸른색의 빛에 감싸인 다크케이거. 그리처에 의해 바닥이 박살나면서 퍼진 흙먼지와 함께 그의 모습은 완전히 사라지고 말았다.

어느 정도의 시간이 지나자 흙먼지는 가라앉고 레그르토의 그리처에 의해 깊게 파져 버린 시합장의 바닥만이 흉측하게 드러났는데, 그 어느 곳에도 다크케이거의 모습은 보이지 않았다.

"헉!"

그 모습에 깜짝 놀란 레그르토는 사방을 살폈다. 자신의 그리처가 아무리 강력하다고 해도 상대를 흔적도 없이 소멸시킬 정도는 아니었기 때문이다.

언제 쇄도해 들어올지 모르는 다크케이거의 공격에 대비하기 위해 그는 온몸에 마나를 북돋우며 경계하고 있었는데, 이윽고 자신의 뒤쪽에서 공포의 너털웃음을 들을 수 있었다.

"허허허, 수고하는구만."

"헉!"

깜짝 놀란 레그르토가 뒤를 돌아보곤 경악하지 않을 수 없었는데 자신을 공격할 것이라고 생각한 다크케이거는 시합장의 밖에서 양피지에 무엇인가를 적고 있었기 때문이다.

"장외패! 핫도리 한조의 승리!"

장내의 사회자는 자신의 승리를 외치고 있었지만 레그르토는 무어라 할 말이 없었다.

지끈거리는 머리를 감싸며 레그르토는 다크케이거에게 걸어가서는 물었다.

"도대체 당신 뭐야!"

"허허허, 화났는가? 하지만 어쩔 수 없었네. 요즘 회에 재정 상태가 너무 나빠서… 실험 자금이 들어오질 않아 말이야. 어쩔 수 없이 내가 직접 실험을 할 수밖에 없었네."

"……."

허무했다. 지금까지 자신은 칠인회 특수 무기의 실험용 몰모트였기 때문이다.

"거참! 삐친 겐가, 레그르토 군?"

"…어떻게 내가 군이라 불려야 되는 거지? 내가 너보다 나이가 많은 것으로 알고 있는데?"

"허허허, 세상이 다 그런 것 아니겠는가."

"그건 그렇고, 어떻게 날 알아챘지?"

"허허허, 자네는 그걸 모르는구만. 칠인회의 일곱 회주가 아무리 강하고 총회주의 능력이 뛰어나다 해도 모두 나의 열 손가락 안에서 놀고 있는 것이라네. 허허허, 또 허리가 쑤시는군. 비가 오려나……."

허망함에 눈물이 젖어오고 있을 때 갑자기 장내에서 방송이 흐르더니 일대를 시끄럽게 하기 시작했다.

"성기사 대회 준비 위원회에서 알립니다. 방금 전의 예선 상대였던 다크케이거는 문서 조작과 사기 혐의가 인정되었기에 방금 전의 시합은 무효로 처리하겠습니다."

"젠장! 그건 무슨 소리야!"

레그르토는 그 말에 황당할 수밖에 없었지만 대회 준비 위원회의 결정을 어길 수 없었기에 한숨을 쉴 수밖에 없었다.

레비나를 꼬시기 위해서 대회에 참가하기는 했지만, 상황은 점점 알 수 없는 혼란으로 그를 몰아가고 있었다.

'젠장! 여기서 포기해 버릴까?'

하지만 그의 생각은 얼마 후 사라지고 말았다. 갑자기 관중들이 크게 함성을 시르며 환호하기 시작했는네, 바로 전 내회 우승사인 레비나 아디스가 시합장에 도착했기 때문이다.

탐스러운 머리카락을 휘날리며 걸어오는 팔등신의 미녀 레비나.

유전으로 이어진 레그르토의 바람기는 그 순간 시합을 절대 포기할 수 없다는 아드레날린을 무자비하게 분출하고 있었다.

'넘 아름답당…….'

다시 한 번 의기를 펄펄 풍기며 반드시 그녀를 위해 이 시합을 이기겠다고 다짐하는 레그르토였다.

시간이 어느 정도 지나자 다크케이거의 마수에 걸려서 나오지 못했던 자가 시합장에 올라오는 것을 볼 수 있었는데, 그는 레그르토를 보며 음흉한 웃음을 짓고 있었다.

아마도 방금 전에 일전을 가진 이유로 체력이 크게 떨어진 레그르토를 상대로 필승의 자신감을 가지고 있는 듯했다.

'젠장할! 이놈의 대회 주최 위원들은 진행을 어떻게 하는 거야!'

의기를 다지기는 했지만, 엉뚱한 놈에게 한동안 시달린 그에게 시간이 얼마 되지도 않아 재시합을 진행시켰기에 투덜거리는 레그르토였다.

상대는 약 190센티미터 정도의 키에 옆으로 퍼진 육중한 몸을 흔들고 있는 그의 오른손에는 레그르토의 머리만한 철퇴가 흔들거리고 있었다.

커다란 몸에 맞는 갑옷이 없었던지 군데군데 엉성하게 바느질한 듯한 가죽을 레더아머라고 입고 있었기에 사람들의 웃음을 자아내게 할 정도였는데, 그는 그런 것에 아랑곳하지 않는지 상대인 레그르토를 뚫어지게 쳐다보며 시합이 시작되기를 기다리고 있었다.

한순간 그의 눈빛에 온몸에 소름이 돋는 듯한 느낌을 받은 레그르토였다.

"청 코너, 신장 191센티미터 몸무게 230킬로그램의 로드란 왕궁의 전사 루브스!"

자신이 소개되자 루브스는 손에 들고 있던 철퇴를 가볍게 돌리더니 땅을 내려쳤고, 그 순간 진도 3.0 정도의 지진이 발생하면서 시합장을 울리니 엄청난 힘이라 할 수 있었다.

선수들의 소개가 끝난 후 징은 여지없이 울리며 시합의 시작을 알리자 레그르토는 손을 넣어 수리검을 손가락에 끼워 여차하면 날릴 기세로 경계를 했다.

'그나저나, 수리검 따위로는 어렵겠군.'

한 발자국 움직일 때마다 흔들리는 지방의 물결을 보며 레그르토는 손가락에 끼고 있던 수리검 가지고는 녀석의 몸에 치명타를 입히기는 어렵겠다는 생각이 들었다.

육중한 몸이기에 스피드가 느릴 것이라고 판단한 레그르토는 빠른 속도로 몸을 날려 그의 주위를 돌기 시작했는데, 역시나 200킬로그램이 넘는 지방 덩어리인 그의 몸은 레그르토의 빠른 속도를 따라오지 못하고 있었다.

"크크크! 쥐새끼마냥 사방으로 도망 다니는군!"

하지만 빠른 스피드로 자신의 주위를 돌고 있는 닌자를 보면서도 그는 위기감을 느끼지 않고 있었다. 레그르토의 모습을 찾기 힘들자 그는 손에 들고 있던 철퇴를 머리 위로 돌리기 시작했다.

엄청난 힘이 동반된 철퇴는 공기를 째는 소리와 함께 눈에 보이지 않을 정도로 회전하며 강한 바람을 사방으로 몰아치며 레그르토의 움직임을 방해하기 시작했다.

"철퇴의 쇠사슬에 장치가 있었군."

보통의 쇠사슬로는 이런 바람이 생성되지 않는다고 생각한 레그르토는 그의 철구를 매달은 쇠사슬에 무슨 장치가 있다는 것을 알 수 있었다.

"용케도 알아채셨다만 이미 늦었네그려!"

그 순간 빠른 속도로 회전한 그의 철퇴가 두 배 정도의 원을 그리며 회전하더니 아래로 하강하여 레그르토의 허리를 공격해 들어갔다.

"합!"

챙!

뾰족한 송곳이 박힌 철구가 아닌 연결하는 쇠사슬이 허리를 공격해 들어왔지만, 알 수 없는 장치가 되어 있을 것이란 생각을 했다. 이런 이유로 그 공격을 경시하지 못한 레그르토는 몸을 공중으로 날리며 철퇴의 움직임을 봉쇄하기 위해 단검을 꺼내 쇠사슬의 움직임을 봉쇄하려고 했다. 하지만 그 순간 날카로운 쇳소리가 울려 퍼지더니 푸른색의 빛이 레그르토의 볼을 스치고 날아갔다.

"헉!"

볼을 스치고 날아가는 푸른색의 빛. 그것은 바로 철퇴의 움직임을 봉쇄하기 위해 쇠사슬을 막았던 단검의 부러진 칼날이었다.

그가 가지고 있던 단검은 일지매파의 표식용 단검이긴 하지만 수백 번을 단금질해서 만든 것이었기에 이렇게 쉽게 부러질 것이 아니었던 것이다.

칼날이 스쳐 지나간 레그르토의 오른쪽 볼에선 검붉은 피가 흘러내렸다. 자칫 부러진 검날이 왼쪽으로 더 치우쳐졌다면 그는 큰 부상을 입고 패배했을 것은 자명한 일이었기에 등줄기에서 식은땀이 흘러내렸다.

어느새 회전 반경이 줄어든 루브스의 철퇴는 레그르토 쪽으로 원을 그리며 다시 빠른 속도로 회전을 하고 있었다.

"크윽!"

루브스의 철퇴에서 만들어진 돌풍은 긴장하고 있던 레그르토를 향해 밀어오고 있었기에 흙먼지가 눈에 들어가는 것을 막으려 손을 들어올려 눈을 가리고는 견고하게 자세를 잡아갔다.

레그르토가 지금 가지고 있는 무기는 수리검을 비롯한 몇 개의 던지기용 무기뿐이었다.

'젠장, 또 아버지의 기술을 써야 한단 말인가!'

주위를 돌아보던 그는 아버지가 시합장에 없다는 것을 확인하고는 품에서 여덟 개의 비도를 꺼내 들었다.

동방에서 아버지가 배워왔다는 팔연환비도술을 사용하기 위한 것이었다.

조용히 눈을 감으며 바람에 흐름을 감지하던 레그르토는 한 발자국씩 접근하는 루브스에게 미소를 보이고는 말했다.

"여기까지다, 돼지! 팔연환비도술!"

기술의 이름을 외침과 동시에 공중으로 뛰어오른 레그르토는 빠르게 회전을 하며 비도를 루브스에게 날렸다.

순차적으로 날아와 사방에서 쇄도해 들어오는 팔연환비도술이 펼쳐지자 루브스는 당황하는 모습을 보이곤 뒤로 물러서며 철퇴를 옆으로선 8자 모양으로 회전시켰다. 수비 범위를 늘리며 레그르토의 기술을 방어한 것이다.

하지만 사방으로 곡선을 그리며 쇄도해 들어오는 비도의 몇 개는 믹을 수 있었지만, 모두 막을 수는 없었기에 그의 등과 엉덩이 부분에는 세 개의 비도가 깊숙이 박혔다.

"큭!"

마나가 스며 있는 비도가 자신의 등과 엉덩이에 꽂히자 루브스의 철퇴의 회전은 한순간 속도가 느슨해졌다.

처음부터 팔연환비도술이 노린 것은 확실한 승리는 아니었다. 한순간이라도 좋으니 철퇴의 회전 속도를 줄이는 것에 그 주안점을 둔 것이기에 레그르토는 기회를 놓치지 않았다.

품에서 다시 하나의 비도를 꺼내 든 레그르토는 땅 위에 착지하자마자 루드웨어의 또 다른 비기 하나를 시전했다.

"섬광비도술!"

그 순간 레그르토의 오른손에서 빠른 속도로 빛줄기가 뻗어 나가 정확히 루브스의 목을 관통해 버렸다.

"끄으윽……."

제대로 된 비명도 지르지 못하며 루브스는 목을 움켜쥐고는 땅으로 육중한 몸을 쓰러뜨려 갔다.

"닌자 핫도리 한조 승!"

승패가 결정되자 시합장의 주변에 있던 사제들이 급히 뛰어 들어와 루브스의 목을 살피기 시작했다. 물론 그 엄청난 몸집을 들기 위해 안간힘을 쓰는 것을 보며 레그르토가 조금 도와주긴 했다.

사제들의 빠른 응급조치로 루브스의 생명에 지장이 없다는 것을 확인한 레그르토는 관중들에게 손을 들어 올렸고, 그 순간 엄청난 함성이 터져 나왔다.

한편 레그르토의 시합을 보고 있던 루드니아와 콜리드는 그의 기술을 보며 놀란 표정을 짓고 있었다.

"저, 저건 그 루드웨어란 나쁜 놈이 사용하던 기술 아니에요?"

"그렇구나. 내가 알기로는 저건 세상에서 루드웨어 일가밖에 모르는 것이라 알고 있는데 말이야. 한데 어떻게 저 녀석이……."

"누군지 알겠어요?"

"음……."

하지만 콜리드로선 루드니아에게 사실을 가르쳐 줄 수 없었다. 자신이 루드니아에게 조언을 해주고는 있지만, 어쨌든 기술을 쓴 사람이 자신의 짐작대로라면 정체를 말해 주는 것은 남의 가족사에 끼어드는 것과 다름이 없기 때문이다.

"미안하지만 거기까지는 알려줄 수 없구나."

"쳇!"

루드니아는 콜리드가 그의 정체를 가르쳐 줄 생각을 하지 않자 삐친 듯한 표정을 지으며 고개를 돌려 다시 한 번 닌자 레그르토를 쳐다보았다.

'이상하네. 그 목소리하며 행동… 어디서 본 것 같은데… 어디서 봤더라……?'

시합을 간신히 마친 레그르토는 땅에 떨어진 루브스의 철퇴의 쇠사슬을 보았다.

"음, 그렇군."

쇠사슬은 두 겹으로 되어 이상한 장치가 되어 있었다. 선풍기 날 모양의 갈날이 외부에 부착뇌어 있었는데 손삽이 쪽의 상치와 함께 철퇴를 회전하게 되면, 철구와 손잡이를 이어주는 쇠사슬이 빠르게 움직이면서 마치 톱질하는 것과 같이 되어 있었기에 돌풍과 함께 단도를 순식간에 잘라낼 정도의 위력을 만들어낸 것이다.

하지만 더욱 황당한 것은 손잡이 한쪽에 써 있는 상표. 그건 바로 다크케이거의 작품이었던 것이다.

"젠장할! 이 겉늙은이가!"

그 순간 시합장의 한편에서는 다크케이거가 종이에다 시험 결과를 적고 있었으니 두 번 연속으로 몰모트가 된 레그르토였다.

간신히 시합을 끝내고 돌아온 레그르토는 대기실의 의자를 보고는 몸을 날렸다. 첫 번째 시합에서, 아니, 연달아 시합을 가진 피로 때문인지 온몸이 찌뿌둥한 그였다.

'아버지가 없어서 다행이지 있었다면… 그리처를 써야 이겼을 상대

였군.'

그리처를 사용했다면 팔연화비도술이나 섬광비도술 같이 고난도의 기술을 사용할 필요가 없었을 테지만, 루드니아가 보는 앞에서 그 기술을 사용할 수는 없었기에 마나 운용이 어려운 두 가지 기술을 사용한 것이다.

그렇게 쉬고 있는 레그르토는 숙이고 있는 눈 밑으로 한 쌍의 발이 존재하는 것을 발견할 수 있었다.

익숙한 기운이 그의 온몸에 소름을 돋게 하고 있었기에 떨리는 몸을 간신히 움직여 고개를 들었는데, 거기에는 익숙한 얼굴의 청년이 음침한 미소를 지으며 서 있었다.

"크크크… 이제야 얼굴을 보는군, 불효 자식아……."

"아, 아버지……."

검은 로브로 입고 있는 청년, 그는 바로 레그르토가 세상에서 가장 두려워하는 두 사람 중 한 명인 아버지 루드웨어였던 것이다.

"어렸을 때 가르쳐 주었던 것을 잘 기억하고 있더구나."

"보셨어요? 헤헤헤……."

괜히 웃음으로 무마하려는 레그르토였다. 하지만 어찌 루드웨어에게 그런 것이 통하겠는가.

"가출할 때 키워준 부모에게 독약을 먹이면서 뭐? 로망스의 영웅에게는 부모가 죽는 시련이 있어야 된다. 거기까지는 그래도 이해했다. 그런데 추신이라… 먹을 만큼 먹었을 때맞추어 가야지 넘한다… 정말 지겹게 남아 있다……. 그런 쓸데없는 것은 왜 편지에 남겼더냐?"

"헤헤헤, 그게… 어린 마음의 치기로… 헤헤헤."

"윤리와 도덕을 모르는 아들노무새끼. 뭐, 한동안은 타락한 아들이라도 받아주는 부성애를 좀 가질까 생각은 했지만, 칠인회에 가서 총회주가 죽었다고 헛소문을 낼 것까지는 없었잖니?"

"윽!"

레그르토, 그가 로맨스의 영웅이 되기 위해 루드웨어와 루드니아에게 독을 쓴 것까지는 잘 알고 있을 것이다. 하지만 그 후 상당한 소란이 더 있었다.

일을 저지르자마자 칠인회로 찾아간 레그르토는 아버지가 죽었다는 말과 함께 총회주의 자리를 물려받겠다고 주장하며, 약 한 달 간 칠인회 소속의 여자 마법사에게 추근거려 칠인회 창립 이후 처음으로 한 해에 여자 마법사가 100여 명이나 탈퇴 신청서를 내는 불상사가 일어났다.

이윽고는 칠인회의 여자 마법사들에게 싫증났는지 아버지 따라 드래곤 마누라도 얻겠다면서 레어를 돌아다니며 여성체 드래곤을 꼬시기를 서슴치 않았으니, 나중에 레그르토가 행한 오명은 모두 돌아온 루드웨어와 로노와르가 다 뒤집어쓰고야 말았다.

아버지가 살아 있다는 것을 알게 된 레그르토는 재빨리 어디론가 튀었지만, 남은 둘은 드래곤의 종족 사회와 칠인회에서 한동안 왕따를 당했었다.

로노와르가 자신의 아들 레그르토를 더 싫어하게 된 일도 바로 여기에 있었던 것이다. 어차피 독약이야 음료수처럼 마실 수 있는 두 사람을 보며 왜 그렇게 레그르토가 두려워했겠는가? 바로 그간의 행실이 있었기 때문이다.

"헤헤헤, 많이 화나셨어요?"

"뭐, 별로. 하루 이틀 겪는 일도 아닌데… 다만……."

"다만… 이라면……."

"오늘은 기분이 별로 안 좋구나."

"헉!"

정말 위험한 순간이었다. 기분 좋은 때에 걸렸어도 몸 하나 간수하기 힘들 터인데, 하필 부부 싸움이 한창일 때 걸린 자신을 원망할 수밖에 없었다.

하지만 죽으라는 법은 없었나 보다.

레그르토를 비추는 하나의 광명이 있었으니…….

# 24장 살부의 원수를 인연으로

"다, 당신은……!"

"응?"

가녀린 여성의 목소리에 루드웨어와 레그르토는 모두 기질을 버리지 못하고 목소리의 주인을 쳐다보았는데, 그녀는 바로 레그르토가 반해 버린 여성 레비나 아디스였다.

레비나는 두 사람의 모습을 보며 몸을 떨고 있었다. 복면을 쓰고 있는 자신을 알아보았다 해도 저렇게 떨리는 없기 때문에 레그르토는 그녀의 시선을 따라가 보았는데, 그곳에는 후드를 벗고 있는 자신의 아버지 루드웨어가 있었다.

"하하하! 아름다운 여성이시군요. 한데 무슨 일로 저를……?"

"다, 당신… 루, 루드그레인이 맞나요?"

"예? 루드그레인이 맞기는 하지만… 무슨 일로?"

그 순간 레비나는 허리에 차고 있던 검을 빼 들고는 루드웨어에게 겨누며 소리쳤다.

"오랜 시간을 찾아다녔다! 아버지의 원수 사악한 마도사 루드그레인!"

"엥? 아버지의 원수요?"

루드웨어는 아버지의 원수라는 그녀의 말에 무슨 일인지 영문을 모르고 있었는데, 레비나는 그런 루드웨어의 변명을 들을 것도 없다는 듯이 빠른 속도로 쇄도해 들어와서는 그에게 검을 찔렀다.

"핫!"

챙!

간신히 품에서 단검을 꺼내 든 루드웨어는 그녀의 검을 튕겨 버리고는 재빨리 뒤로 몸을 날렸다. 강력한 마나의 힘이 깃들여져 있던 검이었는지라 루드웨어는 떨리는 손을 간신히 진정시키고는 소리쳤다.

"무슨 짓이냐!"

"홍! 루드그레인, 그때나 지금이나 뻔뻔하기는 똑같군! 이 사악한 마도사! 블로드스톰이란 이름을 알고 있느냐!"

"블로드스톰? 음… 아! 그 무뚝뚝한 중년 아저씨! 알고 있지."

"뻔뻔스럽긴! 아버지를 해친 원수인 너의 목을 베고 말겠다!"

"엥?"

그녀의 분노에 찬 목소리에 루드웨어는 영문을 모르겠다는 듯이 그녀를 쳐다보았고, 옆에서 이 어처구니없는 사태를 지켜보던 레그르토 역시 아무 말도 못하고 멍하니 서 있을 뿐이었다.

'블로드스톰이라면… 전설의 특급 용병? 레비나 양의 양아버지라는 것을 알고 있지만… 도대체 아버지랑 무슨 일이 있었던 거지?'

레그르토로선 이 상황을 알 방법이 전혀 없었는데, 그것은 루드웨어 역시 마찬가지였다. 궁극의 마신 크레이져를 해치운 후, 큰 부상을 입고 백 년 간 대륙을 떠돌아다닌 적이 있었는데, 그때 만난 사람이 블로드스톰이라는 무뚝뚝한 특급 용병이었다.

한 삼 년 정도 그의 용병단에 끼어서 몇 가지 일을 처리하고는 사라진 적이 있었는데, 이 여자는 자신이 그를 죽였다고 하니 어처구니가 없는 것이다.

"잠깐! 무슨 오해가 있는 것 같은데… 난 블로드……."

"문답무용!"

루드웨어의 변명을 들을 필요도 없다는 듯이 레비나는 빠른 속도로 쇄도해 들어오면서 루드웨어를 향해 무차별로 검기를 날리기 시작했다.

아버지의 뒤를 이어 검술을 이어받은 레비나의 검은 대륙 최고의 권위를 자랑하는 성기사 대회에서 우승을 할 정도로 강한 실력을 지니고 있었기에 그녀가 날리는 검기의 하나하나는 예사롭지 않은 기운을 내뿜으며 선수 대기실을 무차별하게 파괴하고 있었고, 중간에 낀 레그르토는 검기를 요리조리 피하며 이 상황을 지켜보고 있었다.

"레비나… 레비나… 아! 블로드스톰과 함께 다니던 꼬마 아가씨였군! 어이! 무슨 일이야, 영문을 모르겠단 말이야!"

"더러운 자식! 용서할 수 없다!!"

그 순간 레비나의 몸에서 향긋한 꽃 향기가 흘러 대기실을 메우기 시작했다. 레그르토는 마나가 담긴 그 꽃 향기를 맡으며 그것이 무엇인지 예측할 수 있었다.

"플라워 에이리어다!"

블로드스톰의 기술 중 하나인 에이리어는 마나의 존재 범위 안에 있는 적을 자신의 공간 안에 머무르게 하는 일종의 정신 계열의 힘을 가지고 있었다.

물론 이러한 힘은 루드웨어에게는 소용이 없는 기술이었지만, 레그르토를 긴장시키기에는 충분했다.

'젠장! 이렇게 되면 너 죽고 나 죽자 식의 공격을 레비나가 할 것이 분명한데… 아버지가 오해를 했다고 해서 봐 줄리는 없고… 역시 내가 나서야 한단 말인가.'

이런저런 생각으로 고심을 하던 레그르토는 마음을 가다듬고 품에서 수리검을 꺼내서는 레비나의 검기를 피하고 있는 루드웨어를 보며 소리쳤다.

"네 녀석이 사악한 마도사 루드그레인이란 녀석이었군!"

"엥? 네 녀석은 갑자기 무슨 소리냐?"

"악적 루드그레인! 너의 손에 돌아가신 아버지의 원수를 갚겠다!"

"풋!"

레그르토가 내뱉는 말을 듣는 순간 루드그레인은 말도 안 되는 상황에 헛기침이 터져 나왔다. 아버지가 뻔히 살아 있는 판에 아버지에게 대고 돌아가신 아버지의 원수라며 소리치는 아들을 보며 어찌 황당하지 않을 수 있겠는가?

[레그르토 무슨 생각이냐!!]

무슨 사연이 있을 것이라 생각한 루드웨어는 텔레파시로 레그르토에게만 말을 전달했다.

[아버지, 레비나를 어떻게 하실 생각입니까?]

[어떻게 하다니? 무슨 오해를 하고 있는 것 같은데 오해를 풀어야 하

지 않겠니?]

[그럼 저에게 맡겨주시지요.]

[응?]

[아버지의 방법이라면 어차피 신용할 수 없으니 제가 나서는 것이 낫지 않을까요?]

[무슨 소리!]

[그럼 맡기는 걸로 알겠습니다.]

막무가내로 자신이 맡는 걸로 결정해 버린 레그르토는 수리검에 마나를 집어넣고는 루드웨어를 향해 집어 던졌다.

"죽어라! 원수!!"

십여 개의 마나가 담긴 수리검은 레비나의 검기와 함께 루드웨어를 향해 쇄도해 들어갔다. 한 군데도 피할 곳이 남아 있지 않은 루드웨어는 그대로 허용했다가는 심한 상처를 입을 것이 뻔했기 때문에 어쩔 수 없이 마법을 사용했다.

"실드!"

루드웨어의 특기 기술 중의 하나인 실드는 순식간에 그의 몸을 감싸며 레비나와 레그르토의 수리검을 튕겨냈다.

"흥! 그 따위 실드로 나의 검을 막을 수 있다고 생각하는가! 플라워 드릴!"

실드가 생성되자 레비나는 비웃음을 던지며 손에 들고 있던 검을 빠르게 회전시키며 루드웨어의 실드를 찔렀는데 그 순간 엄청난 굉음과 함께 실드가 박살나면서 흩어져 버렸다.

"쳇! 꽤 준비를 많이 했나 보군."

그녀의 기술에 실드가 순식간에 깨져 버리자 루드웨어는 급하게 텔레포트를 해서 대기실의 문 쪽으로 이동했다.

"루드그레인, 도망가느냐!!"

"도망? 그렇군. 도망가면 되는 거였군. 나참, 그런 것도 생각 못했다니… 좀 늦었나?"

"네 이놈!"

"이쁜 아가씨, 그럼 나중에 보자고. 텔레포트."

도망간다는 말에 분노를 참지 못하고 뛰어오는 레비나를 보며 손을 흔들던 루드웨어는 텔레포트 주문과 함께 모습을 감추었고, 근처에서 그의 기운이 느껴지지 않자 레비나는 그 자리에서 무릎을 꿇면서 오열을 하기 시작했다.

"흐흐흑흑흑! 아버지, 이번에도 저 악당을 놓치고 말았어요!"

오열을 하고 있는 레비나의 모습을 보며 레그르토는 잠시 자리에 서서 상황을 정리하기 시작했다. 무슨 이유인지는 모르지만 레비나는 루드웨어가 블로드스톰을 죽인 것으로 알고 있었다. 하지만 자신이 알기에 어렸을 때부터 루드웨어는 우연히 만난 블로드스톰을 자신이 가장 마음에 들어하던 검사로 말해 왔었기에 아버지가 블로드스톰을 죽일 가능성은 전혀 없었다.

'일단은… 그녀에게 접근해서 알아봐야겠군.'

그녀에게서 자세한 이야기를 들을 수밖에 없다고 생각한 레그르토는 금세 계획을 짜고는 레비나와 같이 그 자리에 무릎을 꿇으며 쓰러져서는 그 역시 오열하기 시작했다.

"흐흑흑, 아버지… 아버지의 원수 루드그레인을 없애지 못한 이 불효 자식을 용서하십시오……. 흐흑흑……!"

레그르토는 옆에서 울고 있는 레비나보다 약간 더 크게 울음을 내며 소리쳤기에 어느 순간 레비나가 고개를 돌려 복면을 쓰고 닌자의 복장을 하고 있는 그를 보며 물었다.

"당신은 ……?"

"흑흑흑, 당신도 나와 같은 적을 쫓고 있었군요. 사악한 마도사 루드그레인을 말입니다."

"그럼 당신도?"

"예… 저희 아버지께서도… 저 악한 마도사에게 그만… 흑흑흑……."

동병상련. 이것보다 사람의 마음을 일치할 수 있게 하는 것은 없었다. 같은 아픔을 지니고 있는 사람에게 어찌 관심이 가지 않을 수 있겠는가?

자신을 슬픈 눈으로 바라보고 있는 레비나를 보며 레그르토는 얼굴에 쓰고 있던 복면을 벗었다.

"다, 당신은 레그르토란 분 아니신가요?"

"예, 그렇습니다. 이곳에서… 루드그레인이 나타났다는 소식을 듣고 변장을 해서 그를 없애려 왔던 것인데… 이번에도 실패를 하고 말았군요……."

"아……!"

대기실에서 벗어난 두 사람은 시합장에 마련된 까페에서 커피를 마시며 이야기를 나누었다.

"당신은 왜 그자와 원한을 가지게 된 거죠?"

레비나의 말에 레그르토는 슬픈 눈물을 흘리며 떨리는 목소리로 말했다.

"레비나 양도 알겠지만 시합장에서 저와 그의 기술이 같다는 것을 보았을 것입니다."

"예. 그래서 제가 대기실로 왔던 거예요."

"사, 사실 저의 아버지와 루드그레인은 사형제지간이었습니다."

"예?"

레비나는 레그르토의 말에 다소 놀란 표정을 지었다.

"저의 무술은 동방의 먼 대륙에서 우연히 풍랑으로 이곳에 쓸려왔다는 혈비도 무랑님의 독문기술. 혈비도님은 자신의 고향으로 돌아갈 방법이 없다는 것을 알고는 이곳에서 두 명의 제자를 키우며 비도문의 절기를 이곳에 퍼뜨리려 하셨습니다. 그리고 그분에게 제자로 들어간 것이 저의 아버지와 루드그레인이란 자였죠."

레그르토는 자신의 측은한 눈으로 보고 있는 레비나에게 자신의 슬픈 이야기를 전했다.

교운산. 대륙의 최동단에 위치한 이 산은 산세가 험하기로 유명하여 능숙한 사냥꾼이나 나뭇꾼들도 오르기를 꺼려하고 있는 곳이었다.

하지만 이 교운산의 중턱에는 대륙에서 볼 수 없는 양식으로 지어진 거대한 건물이 서 있었다.

건물의 대문의 위에는 거대한 현판에 비도문이란 글자가 쓰여 있었으니, 그 건물이 바로 동방의 먼 대륙에서 풍랑으로 이곳에 흘러 들어온 혈비도 무랑이 이 대륙에 처음으로 세운 자신의 문파였던 것이다.

"허허허, 날씨가 참 좋구나."

백발의 탐스러운 수염을 쓰다듬으며 하늘을 보면서 너털웃음을 짓고 있는 노인. 그는 흰색의 장삼을 길게 늘어뜨리며 마법사들이 사용할 것 같은 참나무로 만든 로드를 짚으며 천천히 걸음을 옮기고 있었다.

　그가 온몸에서 풍기고 있는 고아한 자태는 마치 신선과도 같았기에 보고 있는 사람이 있었다면 자신도 모르게 절을 할 것과 같은 모습이었다.

　그 노인의 정체는 바로 혈비도 무랑. 동방에서는 대살성으로 이름이 높았던 그였지만, 이 대륙으로 흘러들면서 그 살심은 가라앉고 이제는 세상을 내려다볼 수 있는 눈을 가지게 되었다.

　이름 모를 대륙에서 보낸 지 벌써 40년. 이제 그는 80이 넘는 나이가 되어 살아가고 있었지만, 말년의 그에게는 하나의 행복이 있었다.

　그것은 바로 자신이 키운 두 제자. 먼 이국의 땅에서 만난 제자들이지만 자신의 고향에서도 흔히 볼 수 없는 자질을 가진 아이들이라 말년에 얻은 제자 복으로 기쁨을 감추지 못하고 있는 것이다.

　그가 이곳으로 와 10년 간을 고생하며 세운 비도문. 천천히 그가 향하고 있는 곳은 바로 연무장이었다.

　비도문의 넓은 연무장에서는 두 사람의 청년이 열심히 도를 던지며 무공을 닦고 있었는데, 그들이 바로 무랑에게 말년의 행복을 안겨준 두 제자 루드그레인과 펠리스였다.

　"하앗!"

　"찻!"

　연병장 한가운데 세워둔 십여 개의 나무 기둥 위에는 작은 돌멩이가 하나씩 놓여져 있었는데, 놀랍게도 두 청년이 기합과 함께 던지는 비도는 단단한 돌멩이를 꿰뚫으며 꽂히고 있었다.

　"허허허, 내력을 비도에 실을 경지에 달했으니 이제 기초는 다 익힌 듯하구나."

"사부님!"

"사부님!"

비도를 던지는 데 온 신경을 쓰고 있던 두 청년은 인자한 목소리가 들리자 고개를 돌리고는 포권을 하며 인사를 했다.

"허허허허."

그들을 보며 가볍게 너털웃음을 지으며 걸어가는 무랑의 얼굴에는 만족감이 가득해 있었다. 자신이 제자들만한 나이 때에도 돌멩이를 꿰뚫을 정도의 실력은 지니지 못했기에 이 두 제자의 비도술을 보며 크게 만족하고 있는 것이다.

하지만 이런 무랑에게도 한 가지 고민이 있었다. 오늘 무랑은 이 고민을 해결하기 위해 큰마음을 먹고 연무장에서 무공을 닦고 있는 두 제자에게 찾아온 것이다.

두 제자를 연무장 한 켠에 마련에 둔 작은 의자로 불러온 무랑은 자리에 앉아서는 작은 한숨을 내쉬었다.

"사부님……."

"사부님, 무슨 근심거리라도 있으십니까?"

사부의 난데없는 한숨 소리에 루드그레인과 펠리스는 놀라 묻지 않을 수 없었다. 세상의 모든 일을 초탈해 버린 듯한 사부의 입에서 이렇듯 한숨 소리가 새어 나온 적은 없었기 때문이다.

두 제자의 걱정 어린 모습을 보며 무랑은 다시 한 번 깊은 한숨을 쉬고는 하고자 하는 이야기를 말했다.

"네 너희들에게 말한 적이 있듯이 이 사부는 먼 동방의 대륙에서 혈비도라 불리우던 무림인이었느니라."

"예."

"대살성이라는 오명을 들으며 살아가던 이 사부는 어느 순간 사문에 대해서 까맣게 잊고 있었지만, 이 대륙으로 흘러 들어오면서 그 모든 무림에 대한 원한이 사라지고 사문의 기억이 나더구나. 루드그레인, 그리고 펠리스야. 네 너희들에게 이런 말을 하는 것이 미안하기만 하구나."

"사부님, 무슨 말씀이십니까?"

두 제자의 얼굴을 다시 훑어보면서 무랑은 망설이던 이야기를 해 나갔다.

"너희들의 사문은 바로 비도문이다. 지금이야 세인들의 머리에서 잊혀진 문파가 되어 있지만, 본 문이 한창 번성할 때만 해도 그 이름만 들어도 무림인들 중 두려움을 가지지 않는 이들이 없었느니라."

"예."

"이 사부는 현재 비도문의 45대 장문으로, 비도문의 비전을 다음 대의 제자에게 전수할 의무가 있느니라."

"아!"

그제야 두 사람은 사부가 왜 자신들의 앞에 나타났는지 알 수 있었다. 아직까지는 기초의 비도술만을 익히고 있었지만, 오늘부터는 드디어 사문의 기술을 익힐 수 있는 것이다.

하지만 이어지는 말은 두 사람의 희망을 무너뜨리기에 충분했다.

"하지만 비도문의 무공은 대대로 일인직전으로만 전해지니, 너희 둘 중에 한 사람은 비도문의 무공을 익힐 수가 없느니라."

"그런……."

"……."

일인직전. 이 말은 두 사람 중 한 사람은 기초 무공으로 끝나야 한다는 것을 말하기에 둘은 서로를 쳐다보았다.

두 사람 모두 사부인 무랑이 흡족해할 만큼의 자질과 능력을 소유하고 있어, 어느 한 사람 더 특출나다고 할 수 없었기 때문이다.

두 사람은 과연 사부가 누구를 선택할 것인가 마음을 졸이며 사부인 무랑을 쳐다보았다.

"아! 어찌 이런 선택을 쉽게 할 수 있느냐마는… 루드그레인아……."

"예, 사부님."

루드그레인은 사부가 자신의 이름을 부르자 자신이 직전으로 선택되었다고 생각하고는 힘찬 목소리로 대답을 했지만, 뒤이어지는 사부의 말에 가슴이 철렁 내려앉고 말았다.

"직전제자가 아니더라도 비도문의 사람임에는 틀림이 없다. 네가 펠리스를 도와다오."

"아!"

펠리스는 그제야 자신이 비도문의 직전제자가 되었음을 알 수 있었기에 기쁨의 미소를 지었지만 옆에 있는 루드그레인을 생각하고는 그 표정을 재빨리 감추었다.

아무리 자신이 선택되었다고는 하지만 옆에 있는 루드그레인 앞에서 그것을 드러낸다는 것은 상당히 미안한 일이었기 때문이다.

한편 직전제자의 선택에서 떨어진 루드그레인의 안색은 시퍼렇게 변해 있었다.

'승복할 수 없다!'

사부의 결정을 승복할 수 없었다. 펠리스와 자신을 비교해 보면 비등한 실력을 지녔다고는 하지만, 사실 유약한 펠리스보다는 루드그레인이 약간은 더 뛰어났던 것이 사실이었기 때문이다.

이런저런 생각에 잠겨 있던 루드그레인은 참을 수가 없었다.

'떠나는 거다. 이 더러운 비도문을……'

그렇게 결심한 그는 그날 밤 조용히 사부가 머물고 있는 장문실에 숨어 들어갔다. 그날 밤 사부는 직전제자인 펠리스를 위해 내공을 늘일 수 있는 환단을 제조하기 위해 약제실에서 작업을 하고 있었기에 장문실에는 아무도 없었다.

장문실에 숨어 들어간 루드그레인은 장문실의 여기저기를 뒤지기 시작했고, 산수화가 그려진 벽보의 뒤에서 하나의 구멍을 발견할 수 있었다.

"여기다……"

떨리는 손으로 구멍으로 손을 집어 넣은 루드그레인에게 두 권의 책자가 손에 들어왔다. 천천히 꺼내 든 책자는 바로 부공비급. '쌍연환비도술' 과 '섬광비도술' 의 이름이 이국의 문자로 적혀 있었다.

사부에게서 많은 이야기를 들었던 루드그레인은 이것이 직전제자만이 배울 수 있는 비도문의 비기인 두 개의 무공이란 것을 알 수 있었고, 목적한 것을 찾자 두 권의 비급을 품에 넣고는 장문실을 빠져나와 뛰쳐나갔다.

"루드그레인!"

"헉!"

장문실을 빠져나와 비도문의 담장을 넘으려 할 때, 누군가의 목소리가 자신을 부르고 있다는 것을 안 그가 뒤돌아보자 거기에는 펠리스가 서 있었다.

"펠리스!"

"루드그레인! 장문실에서 훔쳐 온 것이 뭐지?"

"윽……!"

펠리스의 말에 루드그레인은 품에 손을 집어넣어 비도의 손잡이를 잡았다. 여차하면 펠리스에게 비도를 던질 준비를 하는 것이다.

하지만 그런 그의 모습을 보면서도 펠리스는 비도를 잡을 생각을 하지 않고 고개를 저으며 한숨을 쉬고는 말했다.

"그렇게 비도문의 직전비기를 배우고 싶었는가?"

"흐흐흐, 이곳에서 십여 년을 비기를 배우기 위해 머물고 있었는데, 어찌 그 마음이 없다 할 수 있겠는가."

"하지만 비기를 훔쳐 낸다는 것은 안 되네. 루드그레인, 내가 직전제자가 되는 것을 포기하겠네. 비급을 되돌려놓게."

펠리스는 그를 보며 간절한 목소리로 말했지만 이미 엎질러진 물이라 생각한 루드그레인은 포기할 생각이 없었다.

또 펠리스를 믿지도 않았다. 자신은 이렇게 사문을 배신하면서까지 얻으려 했던 것을 펠리스라고 욕심을 부리지 않을 리가 없다고 생각했기 때문이다.

"크크크, 달콤한 말로 나를 속일 생각을 하지 마라."

"루드그레인!"

"크크크, 어떻게 네 녀석 같은 겁쟁이가 직전제자가 됐는지 모르겠군."

"……."

삐뚤어져만 가는 루드그레인을 보며 한숨만을 내쉴 수밖에 없는 펠리스였다. 하지만 오랜 시간 동안 함께 비도술을 익힌 루드그레인을 이렇게 사문의 배반자로 보낼 수 없었기에 펠리스는 천천히 그에게 걸어가 간절한 목소리로 말했다.

"어떻게 하면 나의 말을 믿겠는가?"

"흐흐흐, 어떻게 하면 믿겠냐고? 흐흐흐, 그럼 나의 앞에서 무릎을 꿇고 절을 해라."

"뭐?!"

무릎을 꿇고 절을 한다는 것은 완전한 복속을 의미하는 것이었기에 펠리스로서도 망설일 수밖에 없었지만, 이렇게 사부를 실망시킬 수는 없다고 생각한 그는 입술을 깨물며 무릎을 꿇으려고 했는데, 그 순간 하나의 섬광이 달빛을 받으며 뻗어 날아와서는 펠리스의 가슴에 꽂혔다.

"큭!"

펠리스의 가슴에 박힌 것은 비도, 바로 루드그레인이 던진 비도였던 것이다.

"루, 루드그레인… 네가……."

"크크크, 다 귀찮다! 네 녀석만 없으면 정당한 계승자는 나. 그렇다면 이 비급은 훔친 것이 아니라 당연히 나의 물건이 되겠지! 크하하하하!!"

웃음소리와 함께 루드그레인은 담장을 넘어 비도문을 도망쳤고, 가슴에 단검을 맞은 펠리스는 그 자리에서 쓰러지고 말았다.

다음날 아침 비급과 함께 루드그레인이 사라지고 또 한 명의 제자인 펠리스는 가슴에 단검을 맞고 쓰러져 있는 것을 본 혈비도 무랑은 가슴이 찢어지는 듯했다.

"허허허……."

비도를 맞아 생사를 넘나드는 펠리스를 앞에 두고 무랑은 헛웃음밖에 나오지 않았다. 비도문의 사상 어찌 이런 일이 있을 수 있단 말인가란 생각을 하면서 말이다.

"으윽……!"

"펠리스야, 정신이 드느냐!"

간신히 신음 소리를 내며 눈을 뜬 펠리스는 사부인 무랑이 머리맡에 앉아 안쓰러운 말을 내뱉자 놀라며 자리에서 일어나려 했지만, 가슴에 느껴지는 고통으로 다시 쓰러지고 말았다.

"자리에 누워 있도록 하거라."

"사부……."

무랑은 펠리스의 이마에 얹어 있는 수건을 들어 다시 물에 적시고는 짜 그의 이마에 올려놓았다.

"죄, 죄송합니다… 사부……."

"아니다. 모든 게 이 사부가 부덕한 탓이니라."

"사부……."

펠리스는 하루 만에 십 년은 더 늙은 듯 초췌한 모습을 보이는 사부를 보며 눈물을 흘렸다. 그리고 그런 감정은 펠리스의 생명의 초를 더욱 불태워가기 시작했다.

"끄으윽!"

"펠리스야!"

누워 있는 상태에서 피를 토하는 펠리스를 보며 무랑은 맥을 잡고 진기를 불어넣어 주었지만, 이미 펠리스가 죽음을 면하지 못한다는 것을 알고 있었다.

"사, 사부, 이 모… 못난 제자를 용서해 주십시오……."

"펠리스야……."

"사부… 의 뜻… 을……."

마지막 말을 잇지 못하고 펠리스는 숨이 끊어지고야 말았고, 무랑은 펠리스의 맥을 잡은 그 손을 놓치 못하며 눈물을 흘렸다.

"그런……."

레그르토가 눈물을 글썽이며 이야기하는 것을 모두 들은 레비나는 놀란 얼굴을 했고, 레그르토는 눈물을 흘리며 말했다.

"그 후로 노사부님은 세월의 허무함을 깨닫고는 대륙을 떠돌아다니시다… 후에 제자에게 아들이 있다는 것을 알게 되어 두 개의 비기를 전수하시고… 숨을 거두셨습니다……. 아직도 노사부의 눈에 흐르는 눈물을 잊지 못하고 있습니다."

"그렇군요."

동병상련의 느낌을 가지는 듯 레비나의 눈에도 눈물이 흘러내렸다.

"간악한 마도사 루드그레인… 그는 어디선가 마법마저 그런 비열한 방법으로 손에 넣었을 것입니다. 그런 자를… 크흑흑흑, 노사부님, 아버님… 이 불효자를 용서하십시오. 크흑흑흑……."

레그르토는 더 이상 참지 못하고 눈물을 흘리며 통곡했고 레비나는 조용히 그의 옆으로 다가와서는 그의 몸을 안아주었다.

"당신의 슬픔 이해합니다."

"레비나 씨!"

레그르토는 눈물을 흘리며 레비나를 안았고, 그녀 역시 레그르토의 품에 아무 말 없이 안겼다.

'크크크, 헤른드 라비에타님의 비전서를 수련한 보람이 있군.'

노사부 펠리스의 이야기, 이건 순 뻥이었다. 물론 어느 정도 사실에 근거는 한 것이다.

실제로 루드그레인은 동방의 먼 대륙에서 흘러 들어온 혈비도 무랑이란 사람에게 '팔연환비도술'과 '섬광비도술'을 전수받은 것은 사실이지만, 비도문이란 문파 자체가 없었고 무랑이란 사람도 루드웨어가 만났을 때는 아직 마흔도 넘지 않았다.

루드웨어는 이 대륙으로 흘러 들어와 영문도 모르는 초년병을 구워삶아 그의 비기인 두 비도술을 빼앗은 것이었다.

거짓이기는 하지만 아버지가 기술을 빼앗은 것은 사실이기에 레그르토는 마음에 가책 같은 것은 없었다.

헤른드 라비에타의 비전서는 헤른드가 2회주의 직위에서 얻은 여러 가지 심득을 적은 것으로 노안의 눈물 작전을 비롯하여, 비굴하게 구걸하기, 고집쟁이 구워삶기 등등 여러 가지 기술이 적혀 있는 책이었다.

그것을 라디안이 칠인회 비고에 감추어두고 있었는데, 아버지의 죽음을 핑계로 칠인회 총회주 자리를 차지하려 할 때 레그르토가 꺼내온 여러 가지 물건 중의 하나였다.

사실 지금까지는 별 쓸 데가 없었기는 했지만, 이 방법으로 레비나의 마음을 얻게 된 레그르토였다.

25장 조금씩 깨어나는 기억

본선 2차전 두 번째 시합인 16강전이 시작되었다.

은빛 기사는 용병 전사 하리우드를 상대로 고전을 했지만, 마지막에 회심의 일격으로 어렵게 승리를 따낼 수 있었다.

8강전에 진출한 은빛 기사는 루드니아와 상대의 대결에서 승리한 자와 겨룰 수 있게 되었다.

"스베안 황태자님, 수고하셨습니다."

베르도 남작은 시합을 마치고 온 황태자에게 수건을 가져다 주었는데, 얼굴에 가득 배여 있는 땀을 닦던 스베안은 고통스러운 표정을 지었다.

"황태자 전하!"

놀란 베르도가 급히 달려와 오른쪽 팔을 살펴보자 스베안의 오른쪽 어깨의 견갑에 피가 홍건히 고여 있는 것을 볼 수 있었다.

"헉! 사제를 불러오겠습니다."

"베르도 남작!"

"예?"

"비밀을 지킬 수 있는 사제를 데리고 와야 하네."

"물론입니다. 아리시아 성교의 고위 사제 중 줄이 닿아 있는 사람이 있으니 그를 불러오도록 하겠습니다."

"부탁하네, 베르도 남작."

"예."

베르도 남작이 신성 치료를 할 수 있는 사제를 부르러 나가자 스베안은 마차 안의 좌석에 앉아 힘겹게 이마에 흐르는 땀을 닦으며 생각했다.

'이제 조금만 있으면 악녀 루드니아를 내 손으로 벨 수 있다. 각오해라, 이 악녀!'

스베안 황태자, 그는 다음 상대인 루드니아에 대한 전의로 불타고 있었다.

한편 드워프 전사와 싸우게 된 루드니아는 짜리몽땅한 그와 싸우면서 약간은 쉽게 경기를 진행시키고 있었다.

길이 3미터가 넘는 멀티엘레먼트스워드를 들고 싸우는 괴력의 여인 루드니아의 상대는 은빛의 배틀엑스를 들고 드워프 족의 엄청난 힘을 바탕으로 강공을 취하고 있었지만, 루드니아는 그런 강공에 당할 상대가 아니었다.

"크큭! 네… 네년은 도대체 뭘 먹고 자라 이렇게 힘이 센 거냐!"

엄청난 크기의 검을 휘두르면서 지치지도 않는 루드니아를 보며 동부 드워프 족 중에서 가장 장사라고 이름이 나 있는 켈벤은 황당함을 느낄 수밖에 없었다.

도대체 근육이라곤 보이지도 않는 계집이 자신의 배틀엑스의 몇 배나 되는 무게를 가질 거대한 검을 땀 한 방울 흘리지 않고 휘두르고 있었기 때문이다.

또 미쓰릴을 특수 가공하여 만든 배틀엑스의 날을 엉망으로 만드는 저 검의 재질도 믿어지지가 않았다.

장인의 종족인 드워프조차도 알 수 없는 재질로 만들어진 거검은 바람의 속성이 있는 자신의 배틀엑스의 모든 기운을 압도하고 있기 때문이었다.

십여 분을 서로에게 병장기를 휘두르며 맞서고 있던 두 사람은 조금씩 지쳐 가고 루드니아의 이마에신 소록소록 땀빙울이 흘러내렸다.

"아! 힘들다! 어이, 드워프 할아범. 이젠 그만 하죠."

"오라, 패배를 인정하는 게냐?"

"……"

이 고집 센 드워프는 자신의 패배가 다가옴에도 죽기 전에는 절대 인정하지 않으려 하는 것을 보며 루드니아는 어쩔 수 없이 비장의 기술을 사용할 수밖에 없었다.

거검을 들고 다섯 걸음 정도 상대에게서 물러선 루드니아는 거검을 켈벤을 향해 겨누고는 마나를 집중하기 시작했다.

"헉!"

켈벤 역시 마나를 다룰 수 있는 실력은 있지만, 루드니아의 검에 모여지는 마나 량은 그가 상상도 못할 엄청난 양이었기에 헛바람이 나올 수밖에 없었다.

"갑니다! 그리……."

"졌다……."

"헉!"

비장의 기술 그리처를 사용하려던 루드니아는 갑자기 자신의 패배를 인정하는 켈벤에 의해 허파에 바람이 들어가고 말았기에 모아두었던 마나가 역류하며 고통스러운 얼굴로 무릎을 꿇고 말았다.

"레… 레드 나이트 소속의 루드니아 승!"

"어이! 상대가 쓰러졌는데, 내 승리가 아닌가?"

"상대가 쓰러지기는 했지만, 켈벤 선수가 패배를 인정한 후이기 때문에 루드니아 선수의 승리입니다."

"헹! 아깝군."

금방 패배를 인정했다가 루드니아가 자신 때문에 마나 역류로 쓰러지자 기회를 틈타던 켈벤은 이의를 신청했다가 기각되자 콧바람을 내쉬고는 시합장 밑으로 내려갔다.

마나 역류로 고통스럽게 꿈틀거리는 루드니아는 괜히 세상의 모든 드워프가 미워졌다. 나중에 힘 좀 생기면 드워프들을 상대로 금품이나 뜯어내야겠다는 결심을 하는데, 그런 생각을 하다가 자신이 옛날에 그런 일을 한 것 같은 생각이 갑자기 들었다.

쓰러져 있는 루드니아에게 다른 드워프인 콜리드가 달려와 마나를 어느 정도 안정시켜 주자 그녀는 가까스로 정신을 차릴 수 있었다.

"아! 콜리드 씨, 덕분에 살았어요."

"다행이군."

루드니아는 짜리몽땅한 콜리드의 부축을 정말 힘겹게 받으며 시합장을 내려섰는데, 대기실에 도착하자마자 켈벤이란 드워프가 다가와서는 손을 내밀었다.

'악수하자는 건가?'

드워프의 손에 루드니아는 무의식적으로 자신의 손을 내밀어 악수를 하려고 했는데, 갑자기 켈벤이 그녀의 손등을 치더니 소리쳤다.

"못생긴 네년의 손은 필요없고, 그 검이나 줘 보라고!"

"……."

못생겼다는 말에 잠시 충격을 먹은 루드니아는 무의식적으로 자신의 멀티엘레멘트스워드를 켈벤에게 넘겼는데, 거검을 받아 든 그는 한참을 요리조리 살피다가는 고개를 끄덕이고는 말했다.

"음… 역시나 드워프의 솜씨였군. 하긴, 내 도끼의 날을 망가뜨릴 정도의 검을 인간이 만들 수 있겠어? 어이, 루드니아라 했나?"

"어? …응."

"검은 고맙게 받도록 하지. 그럼 이만……."

켈벤은 간단하게 자기 생각대로 말하더니 루드니아의 검을 가지고는 뒤로 돌아 걸어갔고, 그녀로서는 황당하지 않을 수 없었다.

"야! 이 도둑 드워프야!!"

"응?"

루드니아의 도둑 드워프라는 말에 켈벤은 인상을 찌푸리며 돌아서서는 말했다.

"무슨 소리냐?"

"무슨 소리냐니! 당신이 내 검을 지금 훔쳐 가고 있잖아!"

"허참! 내가 이 검을 훔쳐 간다고? 무슨 소리! 난 이 검을 돌려받았을 뿐이라고!"

"돌려받다니!"

그 말에 켈벤은 멀티엘레멘트스워드의 손잡이 부분의 문양을 가리키고는 말했다.

"이 표식은 드워프의 장인 가문 중 가장 위대한 가문이라는 하루만가의 장인들의 표식이다! 그것도 특등품! 내 300년을 넘게 살아왔지만 하루만가에서 특등품의 상품을 인간에게 넘겼다는 말은 들은 적이 없었다! 흥! 도둑은 바로 네년이 아닌가! 드워프의 예술품을 훔쳐 내서 이런 수준 낮은 검투 시합에서 사용하다니 말이야!"

자신이 참가했다는 것을 생각도 안 하고 순식간에 성기사 대회를 수준 낮은 대회로 만들어 버린 켈벤은 당당하게 루드니아를 향해 소리쳤다.

아무튼 루드니아는 켈벤의 조리있는 설명을 들으며 잠시 당황하지 않을 수 없었다.

저 검은 레그르토가 어딘가에서 가져온 것이기에 정확한 출처를 모르는 루드니아로선 진짜 레그르토가 하루만가의 장인들에게서 훔쳐 온 것이 아닐까 착각을 하게 되었기 때문이다.

루드니아가 아무 말도 못하자 켈벤은 당당한 미소를 짓고는 몸을 돌려 사라지려고 하는데, 그의 앞에 검은 로브의 마법사가 한 명 나타나서는 그의 앞길을 막았다.

"뭐 하는 짓이냐! 당장 길을 비키지 못할까!"

자존심이 강한 드워프 켈벤은 자신의 앞을 막아서는 로브의 마법사를 향해 소리치며 그가 비켜서기를 기다리고 있었는데 로브의 남자는 가슴에도 닿지 않는 키의 드워프 전사를 보며 음흉한 웃음을 흘렸다.

"흐흐흐……."

"윽!"

켈벤은 그의 웃음소리에 소름이 돋는 느낌을 받았다. 어디서인지는 모르지만 그 웃음소리가 낯설지 않았기 때문이다.

"켈벤, 그동안 겁대가리를 상실했구나."

"무엇이?! 이…… 헉!! 서, 설마……."

"흐흐흐, 아직도 나의 목소리를 기억하지 못한단 말인가?"

"…다, 당신이 왜… 이곳에……."

"저 여인의 검을 다오……."

로브의 마법사가 조용히 손을 내밀자 켈벤은 잠시 망설이는 듯했지만, 잠시 후 떨리는 손으로 그에게 루드니아에게서 뺏은 검을 주었다.

엄청난 무게를 가진 검을 가볍게 받아 든 로브의 마법사는 켈벤에게서 받은 거검을 루드니아의 앞에 던졌다.

쿵!

"까악!"

자신의 발에서 1밀리도 떨어지지 않게 꽂힌 검을 보며 루드니아는 놀라 뒤로 자빠지고 말았는데, 그런 그녀를 보며 로브의 마법사는 음흉한 목소리로 말했다.

"받아라. 지금은 아니지만, 한때는 네가 사랑한 사람이 선물한 검이 아니더냐."

"사, 사랑한 사람?"

"흐흐흐… 가증스러운 탕녀."

로브의 마법사는 그 말과 함께 뒤로 돌아서는 드워프인 켈벤의 뒷덜미를 잡아 들어 올리고는 사라졌다.

"사, 사랑한 사람…아악……!"

로브의 마법사가 말하는 사랑한 사람이 누구인지 곰곰이 생각을 하던 루드니아는 머리에 송곳을 박는 듯한 통증을 느끼며 그 자리에서 쓰러지고 말았다.

"루드니아!"

콜리드는 쓰러진 루드니아를 편안한 자세로 눕히고는 사라져 가는 로브의 마법사를 보며 생각했다.

'루드웨어… 로노와르……. 도대체 이 두 사람 사이에 무슨 일이 있는 거지?'

아직도 상황 파악이 되지 않는 콜리드였다.

한편 검은 로브의 마법사, 즉 루드웨어에게 뒷덜미를 잡혀 들려 가는 켈벤은 발버둥을 치며 자신을 속박하는 그의 손길에서 벗어나려고 했지만 소용없었기에 드워프의 자존심을 모두 상실한 듯 허망한 표정이 되어 어깨를 늘어뜨리고 있었다.

"켈벤, 예나 지금이나 뻔뻔한 것은 여전하군!"

"이 빌어먹을 마법사 놈아! 당장 나를 안 내려놓냐!!"

그 말에 루드웨어는 미소를 지으며 가볍게 켈벤을 떨어뜨렸고, 착지가 미숙한 그는 엉덩방아를 찧고 말았다.

"꾸엑! 이 빌어먹을 인간 자식!"

"아까도 말했지만… 안 보는 사이에 겁대가리를 많이 상실했나 보군, 켈벤."

그 말에 켈벤은 침묵을 지킬 수밖에 없었다. 요즘에야 많이 잠잠해지기는 했지만, 과거의 루드웨어는 한번 깽판치면 드워프 일족의 피해는 정말 두 눈을 뜨고도 못 볼 정도였기 때문이다. 그런 그를 말리려면 드래곤들에게 바치는 재물의 세 배 이상은 바쳐야 하기 때문에, 일족을 위해서 켈벤은 자존심을 죽일 수밖에 없었다.

"음… 그나저나 어떻게 된 거지? 그 검은 분명 자네의 마누라에게 갔던 것이 아닌가?"

"마누라? 흠… 그랬었지. 자네가 만나고 온 루드니아란 여자… 그년이 내 마누라였네……."

"그랬었군… 그런데 마누라였다니? 과거형이 아닌가?"

"뭐, 바람났어……."

"……."

이상했다. 자신이 알고 있는 루드웨어라면 이런 일에 태연히 있을 자가 아니라는 것을 알고 있기 때문이다.

'난리가 나겠군.'

루드웨어의 시합은 루드니아 다음이었기에 장내에는 나타나지 않는 루드웨어를 찾는 방송이 연이어 들렸기에 그는 겔벤과 헤어져 시합장으로 달려갔다.

켈벤은 사라지는 루드웨어를 보며 급히 제국 드워프 장인 연합으로 향했다. 자신의 예감대로라면 분명 제국에 큰 난리가 날 것이기 때문이다.

첫 번째 시합의 살행으로 루드웨어, 즉 드래곤 나이트가 나타나지 않는다고 생각한 심판은 기권패를 선언하려고 했는데, 아쉽게도 그는 기권패 선언 전에 나타났다.

"우우……!"

관중들은 그가 나타나자 일제히 야유를 보냈지만, 드래곤과 칠인회에서 많이 그런 것을 경험해 본 루드웨어는 입가에 미소를 짓고 있었다.

'야유해라! 너희들이 나에게 보내는 야유만큼 피로 보답하겠다!'

점점 악당이 되어가는 루드웨어. 과연 두 사람의 오해는 언제 풀릴 것인지…….

역시나 루드웨어는 간단하게 상대를 비도 하나로 쓰러뜨리고는 음흉한 웃음소리를 내며 경기장에서 사라졌고, 관중들의 야유가 다시 이어지고 있는 그때, 그의 한마디로 두통을 일으키며 쓰러진 루드니아는 콜리드에게 안겨 궁전 내 머물던 방의 침대 옳아 눕고 있었다.

"사제, 루드니아의 상태는?"

루드니아가 쓰러졌다는 소리를 듣고 놀란 드미트리는 게르하인과 함께 고위 사제를 모셔와 그녀의 상세를 살펴보고 있었다.

루드니아의 손목을 잡고 한참 동안 진맥을 하던 사제는 드미트리를 보며 이마에 흐르는 땀을 닦고는 떨리는 목소리로 말했다.

"아무래도… 옷을 벗어……."

"속 보인다, 사제!"

사제는 아리따운 루드니아의 상세를 보며 일단 병을 치료하기 위해서는 옷을 벗어야 한다고 말하려고 했지만, 가차없이 쏟아지는 드미트리의 발길질에 밟혀 쓰러지고 말았다.

"으윽! 무슨 말씀을… 제가 무슨 흑심이라도……."

사제의 떨리는 말에 게르하인은 한숨을 내쉬며 그의 곁으로 가서는 어깨에 손을 얹으며 말했다.

"헤론드 사제, 일단은 그 침이나 닦고 이야기를 하시지요."

"응? 흐읍……."

길게 늘어져 있는 침을 한숨에 들이킨 헤론드 사제는 황제의 무서운 눈초리를 보며 얼빠진 웃음을 흘릴 수밖에 없었다.

"헤헤헤……."

"계절의 신 프라이도스의 최고위 사제라는 녀석이……."

제대로 된 사제라는 것은 절대 등장하지 않는 대륙이었다.

아무튼 한참을 루드니아의 손목을 잡고 진맥을 하던 헤론드 사제는 심각한 얼굴을 하며 드미트리를 향해 말했다.

"아무래도 중추 기억 상실에 의해 대뇌 상호 파장의 불화가 원인이 된 급성 두부 압박 통증인 것 같습니다."

"쉽게."

"쉽게요? 음… 기억 중추인 대뇌의 기억 세포가 이유 모를 충격으로 인해 상실된 데에 의해 심한 통증을 유발한 두통이랄까요?"

"죽어라, 이 자식아!"

참지 못한 드미트리는 다시 전혀 알 수 없는 말을 지껄이고 있는 사제를 발로 짓밟고는 18층 높이의 창문에서 집어던졌다.

안쓰러운 얼굴로 루드니아의 이마에 놓여 있는 수건을 갈아주고 한숨을 쉬던 그는 게르하인에게 말했다.

"저 자식, 정말 프라이도스의 최고위 사제가 맞는가?"

"……."

할 말이 없는 게르하인이었다.

"아……."

어느 정도의 시간이 지나자 루드니아는 작은 신음 소리를 내며 자리에서 일어났다.

"루드니아, 정신이 드는가?"

"아! 여긴……."

"루드니아, 당신이 머무르는 궁전이오."

"드미트리, 머리가……."

아직도 두통에 시달리는 루드니아는 침대의 옆에서 안쓰러운 얼굴로 자신을 보고 있는 드미트리의 품에 힘없이 안긴 채 쓰러졌고, 입가에 침을 줄줄 흘리는 드미트리는 그녀의 머리에 떨어지는 침을 재빨리 닦아내고는 가슴 깊이 루드니아를 안아주었다.

"루드니아, 나의 품에서 편히 쉬구려……."

한편 B조의 경기를 치르는 레그르토는 두 번째 경기를 치르기 위해 대기장으로 나와 있었다.

상대는 소드 오버러 급의 실력을 지녔다고 알려져 있는 다크나이크. 천하의 레그르토로서도 긴장하지 않을 수 없었다.

그의 손에서 치명적인 부상을 입지 않고 경기를 마친 사람은 그 수가 손가락으로 헤아릴 수 있을 정도의 적은 수였기에 거의 대부분이 다크 나이트와의 대전에서는 기권하는 것이 보통이었지만, 사랑하는 레비나가 보는 앞에서 레그르토는 기권을 할 수가 없었다.

"아! 이것이 사랑하는 자의 고뇌란 말인가?"

진의를 알 수 없는 말을 하면서 고뇌에 잠겨 있는 레그르토. 그의 옆에는 다음 시합을 치룰 콜리드가 서 있었다.

"역시나 부전자전이로군."

"저의 정체를 파악하신 것 같군요, 에이션트 오크 콜리드님."

콜리드의 말에 레그르토는 뒤도 돌아보지 않는 건방짐을 발휘하며 조용히 말했다.

"팔연환비도술과 섬광비도술. 이것을 알고 있는 사람은 내가 알기로는 루드웨어 일가밖에는 없으니 자네라는 것을 짐작할 수 있었지."

"그렇습니까?"

천천히 자리에서 일어난 레그르토는 콜리드를 바라보며 미소를 짓
곤 말했다.

"어머니의 상태는 어떻습니까?"

"역시나 루드니아의 정체는 로노와르였었군."

"예."

"무슨 이유인지는 모르지만 루드웨어와 로노와르 사이에 불화가 생
긴 것 같더군. 어떻게 할 텐가?"

"아시지 않습니까? 원래 부부 사이의 일은 제삼자가 끼어서는 안 되
지요."

"그런가? 이미 충분히 끼어든 것 같은데 말이야."

"후후후."

의미 모를, 사실은 의미없는 미소를 지어 보이며 레그르토는 시합장
으로 천천히 걸어갔다. 대기실을 벗어나는 입구에는 비장한 얼굴을 하
고 있는 레비나가 그를 기다리고 있었다.

26장 레그르토의 격전(2)

"레비나……."

"힘내세요, 레그르토님. 반드시 이 시합에서 승리하시기를 바랍니다."

그 말과 함께 레비나는 그에게 다가와서는 목을 껴안고는 진한 프렌치 키스를 했고, 레그르토는 황홀함에 사로잡힐 수밖에 없었다.

"바… 반드시 이 시합에서 승리하겠소."

"레그르토님……."

레비나의 따뜻한 체온이 느껴지는 그는 순식간에 얼굴이 붉어지고 말았다. 아쉬운 표정의 그녀를 뒤로하고 올라선 시합장에는 검은 갑옷의 기사가 서 있었다.

얼굴마저 검은색의 투구로 가린 전번 대회 준우승자 다크 나이트, 그를 이겨야만 진정한 레비나의 사랑을 차지할 수 있다고 생각한 레그르토는 다시 한 번 전의를 불태우며 다크 나이트를 노려보았다.

뎅!

간단한 소개가 끝나고 드디어 시합의 시작을 알리는 징이 울렸다. 레그르토는 첫 번째 시합에서는 전혀 사용하지 않았던 롱 소드를 뽑아 들었다.

중천에 떠오르는 태양의 빛에 반사되어 은빛의 찬란한 섬광을 반사시키는 그의 검은 한눈에도 미스릴로 제작한 견고한 검이라는 것을 말해 주고 있었다.

"차앗!"

서로 간의 기회를 찾고 있던 두 사람은 약 오 분 간의 대치 상태를 지나 드디어 진정한 일전이 시작되었다.

레그르토는 움직이시 않고는 다크 나이트의 허점을 찾아낼 방법이 없다는 것을 파악하고 풀플레이트아머를 입어 움직임이 둔할 것이라 생각되는 다크 나이트에게 빠른 속도로 쇄도해 들어가 일검을 찔렀다.

챙!

하지만 그 정도의 속도는 문제없다는 듯이 다크 나이트는 그의 검을 받아치고는 몸을 회전시켜 그의 허벅지로 검을 휘둘렀고, 레그르토는 간신히 검을 피하고는 뒤로 몸을 날렸다.

백덤블링을 통해 몸을 뒤로 날린 그는 몸이 다시 정면을 향하게 되자 품에서 두 개의 단검을 뽑아서는 다크 나이트의 목과 가슴을 향해 던졌다.

"하앗!"

숙련된 실력을 지니고 있다는 것을 자랑이라도 하는 듯이 다크 나이트는 왼발을 뒤로 돌려 날아오는 단검을 피했지만, 레그르토가 노리는 것이 그것이었다.

다크 나이트가 어느 쪽으로 피하든 빠르게 다시 공격해 들어오는 그의 검을 대처하기에는 자세가 좋지 않을 것이라는 것을 예상한 공격이었는데, 순간 다크 나이트가 검을 왼손으로 던지고는 손바닥을 쇄도해 들어오는 레그르트를 향해 뻗었다.

"다크 바인딩!"

그 순간 엄청난 어둠의 기운이 그의 손에서 뻗어 나와서는 레그르토의 전신을 감싸기 시작했다.

"큭! 마법?"

바인딩이란 속박 마법이 있기는 했지만 레그르토를 속박하고 있는 기운은 마법이 아니었다. 강력한 검사의 마나가 공간을 꽉 채움으로써 움직임을 속박하는 그런 기술이었기 때문이다.

"하앗!"

상대의 몸을 완전히 봉쇄했다고 생각한 다크 나이트는 검에 마나를 넣어서는 고함을 지르며 일검을 내질렀고, 레그르토는 순간 고통스러운 비명을 내질렀다.

"끄아악!"

다크 나이트의 검은 레그르토의 오른쪽 어깨 밑부분에 관통된 것이다.

"크윽!"

다크 바인딩의 속박 때문에 레그르토의 관통된 어깨 부분에는 그리 많은 피가 새어 나오지는 않았지만, 그 부상으로 오른쪽 어깨가 완전히 봉쇄당한 것은 확실했다.

"크크크……."

다크 나이트의 입에서 음흉한 웃음이 흘러나오며 그의 손목은 조금씩 왼쪽으로 비틀어져 갔고, 레그르토의 고통스러운 비명은 점점 커져 갔다.

"끄아악—!"

"레그르토!"

그의 고통스러운 비명을 들으며 더 이상 참지 못한 레비나가 그의 이름을 소리치며 시합장으로 뛰쳐나가려고 했지만, 그녀의 앞은 콜리드에 의해 막혔다.

"날 막지 마요!"

"자넨 레그르토를 믿지 못하는가?"

콜리드의 말에 레비나는 더 이상 움직일 수가 없었다. 무인이 동료에게 믿음을 받지 못하는 것만큼 치욕은 없을 뿐 아니라, 그것이 사랑하는 사람일 경우에는 더욱 큰 치욕으로 다가온다.

"하지만……."

"레그르토의 실력이라면 충분히 저 정도의 난관에서 벗어날 수 있다. 믿어라."

레비나는 그의 고통스러운 비명이 들릴 때마다 가슴이 찢어질 것 같았지만 그를 믿기로 했다.

'레그로토… 제발…….'

하지만 다크 나이트의 검이 비틀어질 때마다 찢어지는 고통을 느끼는 레그르토의 생각은 조금 달랐다.

'젠장! 빌어먹을 오크 자식! 왜 말리는 거야!!'

고통 때문에 졌다는 말조차 내뱉지 못하고 있는 그로서는 레비나가 막아주러 뛰어오자 한순간 희망을 느꼈는데, 그것이 콜리드에게 막히자 엄청난 정신적 데미지를 받았던 것이다. 콜리드가 생각한 만큼 레그르토에게는 무인의 자존심이라는 것이 없었기 때문이다.

"젠장! 끄아악—!!"

다크바인딩의 속박을 이겨내며 간신히 왼손을 움직인 레그르토는 어깻죽지에 박혀 있는 다크 나이트의 검을 맨손으로 잡아 비트는 것을 막을 수 있었다.

"이 빌어먹을 자식!!"

레그르토는 다크 나이트의 검을 잡은 손을 천천히 들어내기 시작했다. 고통 속에서 내고 있는 그의 힘은 엄청났기에 상대는 조금씩 조금씩 검이 밀리는 것을 느낄 수 있었다.

"헉!"

약 30초 정도의 시간이 지나자 어깻죽지를 관통하고 있던 검은 완전히 뽑혔고, 레그르토는 회심의 미소를 지으며 다크 나이트를 보며 말했다.

"이제부터 시작이다! 끄아앗!!"

오른쪽 어깨의 고통을 참아내며 레그르토가 마나를 집중하여 두 손을 들어 올리자 다크 나이트가 만들어낸 어둠의 속박은 엄청난 폭발음과 함께 산산이 부서져 나갔다.

"다크 바인딩이?!"

자신의 속박 기술이 파괴당하자 다크 나이트는 당황한 듯 소리쳤지만, 이내 침착함을 되찾고는 다시 검을 들어 다크 바인딩을 푸느라 온 힘을 사용한 레그르토의 왼쪽 어깨를 향해 검을 내려쳤다.

두 어깨를 모두 상처 입혀 적의 공격을 봉쇄할 생각인 것이다.

"섬광비도술!"

다크 나이트의 검이 그의 왼쪽 어깨를 부서뜨릴 기세로 내리꽂히는 순간 레그르토의 입에서 비기의 이름이 터져 나오며 강한 섬광이 다크 나이트의 헬멧을 향해 뻗어 나갔다.

"당했다!"

설마 레그르토가 온전한 어깨를 내주며 회심의 공격을 할 것이라고는 생각지도 못한 다크 나이트는 오른쪽 발로 레그르토의 몸을 박차고는 그 반동으로 급히 고개를 뒤로 숙였지만, 섬광은 다크 나이트의 헬멧을 관통한 뒤 공기를 째는 듯한 소리와 함께 멀리 사라졌다.

챙그렁—

바닥에 떨어진 것은 섬광비도술에 의해 두 동강이 난 다크 나이트의 헬멧. 다행히 레그르토를 박차는 시간이 늦지는 않았는지 비도는 상대의 헬멧만을 둘로 나누어 버리고는 사라졌기에 다크 나이트는 그리 큰 상처는 입지 않은 듯했다.

"헉!"

성기사 대회 최초로 드러난 다크 나이트의 진면목. 그 얼굴을 확인한 순간 레그르토는 큰 충격을 받을 수밖에 없었다.

엄청나게 흉측한 얼굴? 물론 그 정도로 레그르토는 충격을 받지 않는다. 알고 있는 인물? 그냥 놀라고 말지 헛바람까지 내뱉지는 않는다. 루드웨어와 레그르토가 헛바람까지 내뱉는 인물은 단 한 부류뿐. 바로 혀를 내두를 정도의 미녀에 한해서만이다.

검은 헬멧이 두 동강 나면서 드러난 다크 나이트의 얼굴에선 검은색의 긴 머리카락이 무대 연출용 바람을 휘날리고 있었고, 가늘게 뻗은 아름다운 눈썹 밑에선 큼지막한 눈망울이 초롱초롱 빛나고 있었다.

잘 뻗은 콧날의 선 밑으로 보이는 도톰한 붉은 입술, 그 모든 것이

미인의 충족 요건에 90점 이상을 줄 정도로 잘 조합되어 있었다.

"아!"

자신의 얼굴이 드러나자 다크 나이트는 오른손을 들어 급히 얼굴을 가리고는 고개를 돌렸다.

"나, 나의 얼굴을 보았는가……?"

그 말에 레그르토는 아무 생각도 없이 고개를 끄덕였는데 그 순간 그녀의 온몸에서 엄청난 살기가 뿜어 나오기 시작했다.

"그럼 죽어라!"

"앗!"

그녀의 살기 어린 외침과 함께 온몸에서 뻗어 나오는 검은 안개와 같은 기류. 레비나는 그것을 보며 놀라 소리쳤다.

"레그르토, 다크 나이트의 폭주 기술이에요! 조심해요!!"

"폭주 기술!"

소드 오버러의 경지에 이르면 자기 자신만의 마나를 바탕으로 하는 폭주 상태가 존재한다. 과거에는 이것을 시전자가 스스로 조절할 수 있는 방법이 없었지만, 소드 오버러의 대표 주자 중의 한 사람이었던 블로드스톰에 의해 이 폭주 기술의 제어는 가능하게 되었다.

시전자의 분노나 고통으로 인해 급속하게 확장되는 강한 살기가 포함되어 있는 마나의 기운은 시전자의 신체가 감당하지 못할 만큼 확장되면서 주변에 뭉치게 된다.

블로드스톰은 이 확장된 마나를 무기에 집중시킴으로써 강력한 공격력을 가능하게 만들었는데, 그러한 이론이 많은 검술가들에게 전해져 폭주 기술이 탄생하게 되었다.

블로드스톰의 블러디안페스티벌의 경우에는 그의 검으로 모여든 강력한 마나의 검기가 시전자의 100미터 이내의 모든 사물을 파괴할 정도로 강력한 기술이었는데, 과연 다크 나이트의 폭주 기술은 어떤 위력을 나타낼지 궁금하지 않을 수 없었다.

　그녀의 몸에서 넘치도록 흘러나오던 살기가 섞인 검은 마나는 천천히 그녀의 검에 모여들기 시작했다. 그 시간이 레그르토에게는 엄청나게 길게 느껴졌지만, 실제로는 30초도 되지 않는 짧은 순간이었다.

　검은색의 기운이 모인 검은 그 모양이 완전히 달라져 있었다. 검은색의 거대한 용의 형상이 다크 나이트가 들고 있는 검에 서려 있는 것이다.

　"저것이… 다크 나이트의 폭주 기술인 다크 드래곤 스워드……."

　레비나는 전번 대회에서 다크 나이트와 일전을 겨룬 적이 있었지만, 무슨 이유인지 사신과 상내하게 된 그에게선 전의가 엿보이지 않았고, 몇 번 검을 마주치지도 않고는 그가 일전을 포기했기 때문에 그의 진정한 폭주 기술을 구경한 적이 없었다.

　어느 시합에서도 선보이지 않았던 다크 나이트의 폭주 기술이 드디어 레그르토를 상대로 그 모습을 드러낸 것이다.

　"죽어라!! 다크 드래곤의 비상!!"

　[꾸에엑!]

　그녀가 레그르토를 향해 소리 지르며 검에 서려 있는 다크 드래곤의 형상을 내뻗자 갑자기 엄청난 드래곤의 포효 소리가 시합장을 뒤덮기 시작했다.

　"우악!"

　"엄청난 소리다!!"

　시합을 관전하고 있던 많은 관중들은 고막을 찢을 것 같은 포효에 두 귀를 막고는 괴로워하고 있었는데, 그 순간 포효의 소리와 함께 검은 모양의 형체가 빠른 속도로 경기장의 사방으로 움직이면서 시합장을 파괴하기 시작했다.

"끄아앗! 이게 뭐야!!"

검은 물체, 그것은 다름 아닌 다크 나이트가 검에 만들어낸 다크 드래곤의 형상이었다. 길이가 2미터 정도밖에 되지 않는 드래곤이었지만 그 위력은 장난이 아니었다. 다크 드래곤이 스치고 지나가는 시합장의 바닥은 순식간에 모래가 되어버릴 정도였고, 레그르토가 입고 있던 갑옷은 어디 하나 성한 데가 없을 정도로 부서져 있었다.

"하압!"

빠른 속도로 자신의 주위를 비행하며 공격하는 다크 드래곤의 공격을 막기 위해 레그르토는 수십 개의 단검을 던져 다크 드래곤을 떨어뜨리려고 했지만, 드래곤의 몸에 맞은 단검들은 순식간에 가루가 되어 사라지는지라 공격할 방법도 떠오르지 않았다.

"젠장! 막을 방법이 없단 말인가!"

다크 드래곤의 공격을 간신히 피하며 대처 방법을 생각하던 레그르토는 우연히 자신의 앞에 있는 다크 나이트를 볼 수 있었다. 두 눈을 감으며 무엇인가에 온 정신을 집중하는 듯한 것을 보는 순간 레그르토는 한 가지 생각이 떠올랐다.

"젠장, 모르겠다! 그리처!!"

손에 들고 있던 롱 소드에 마나를 집중한 레그르토는 사방에서 빠른 속도로 쇄도해 들어오는 다크 드래곤의 공격을 무시하곤 눈을 감고 있는 다크 나이트를 향해 그리처를 사용했다.

그의 검에서 뻗어 나가는 푸른색의 섬광은 엄청난 폭풍우를 사방에서 일으키며 다크 나이트를 향해 뻗어갔다.

"합!"

그리처의 공격을 뒤늦게 알아챈 다크 나이트는 마나로 만들어낸 다크 드래곤을 되돌려 그리처의 정면을 향해 돌진하게 만들었고, 그 순간 시합장은 지축을 흔드는 듯한 굉음과 함께 진도 4.5의 강진을 일으켰다.

쿠구구궁!

"경기장이 무너진다!!"

"우와악!"

엄청난 강진으로 인해 시공자가 떼어먹은 부실 공사 부분의 경기장이 무너지기 시작했고, 일대는 순식간에 아수라장이 되어버렸다.

나행히 조금만 떼어먹었는지 십여 분 정도가 지나자 더 이상 무너지는 부분은 없었지만, 그 여파로 인해 황도 경기장의 삼 분의 일의 벽이 허물어져 흉측한 모습을 드러냈다.

경기장 한가운데의 시합장은 사방이 부서지면서 흩날리는 먼지로 인해 한 치 앞도 보이지 않을 정도였는데, 약 십여 분의 시간이 지나자 조금씩 먼지가 가라앉으면서 세 명의 모습이 드러나기 시작했다.

다크 나이트와 레그르토…… 그리고 끝까지 자리를 벗어나지 않는 불굴의 직업 정신을 가지고 있는 심판이었다.

"레, 레그르토 선수 승리!"

엄청난 폭발음. 두 개의 거대한 기운은 경기장 전체를 엉망으로 만들어 버릴 정도였는데, 간신히 시합장 한 켠에 서 있는 레그르토의 전신은 피로 물들어져 있어, 누가 봐도 그가 승리했다고 보아줄 수는 없었다. 하지만.

"내… 내가 장외패……."

두 기운의 폭발로 인해 시합장은 크게 허물어졌는데, 다행히 레그르토가 사용한 그리처의 기술이 더 빨랐기 때문에 폭발의 여파를 더 많이 받은 쪽은 다크 나이트였다.

물론 강력한 마나장으로 몸을 보호하고 있는 다크 나이트에게 부상은 없었지만, 아쉽게 그녀가 서 있던 시합장은 여파를 이기지 못하고 산산이 부서져 있어 그녀의 몸은 시합장을 벗어난 바닥에 위치하게 된 모양이 되어버린 것이다.

자신의 승리가 확정되자 레그르토는 더 이상 몸을 지탱하지 못하고 무릎을 꿇었고, 그것을 보며 레비나는 눈물을 흘리며 뛰어나와 쓰러지려는 그의 몸을 안았다.

"레그르토님!"

"레, 레비나……."

온몸의 부상으로 정신을 차리지 못하는 와중에도 그는 바람둥이의 기본 자세를 잊지 않고는 피투성이가 된 얼굴로 미소를 지으며 레비나의 이름을 간신히 불렀다.

"레그르토님……."

"제… 제가 이겼습니까……?"

"예……."

"다, 다행이군요… 당신의 기대를 저버리지 않아서……."

그 말과 함께 레그르토는 기절했고, 레비나는 큰 소리로 울음을 터뜨리며 레그르토의 몸을 가슴에 안았다.

'크크크… 그나저나… 정말 무시무시했군.'

암암리에 리커버리를 사용하여 몸의 상처를 치료한 레그르토였기에 기절한 것은 특출난 그의 연출에 지나지 않았다.

레비나의 따뜻한 가슴을 만끽하며 다크 나이트란 여자의 무시무시한 기술에 안도의 한숨을 내쉬는 레그르토였다.

기절한 척 쓰러져 있는 레그르토는 레비나에게 안겨 편하게 대기실로 향하고 있었는데, 갑자기 두 사람의 앞길을 막는 이가 있었다.

"다크 나이트?"

두 사람의 앞을 막은 이는 다름 아닌 다크 나이트였다. 장외패를 당했을 뿐 별다른 상처가 없던 그녀는 치료하겠다고 달려온 사제들을 물리치고는 대기실로 돌아가고 있는 두 사람 앞에 나타난 것이다.

"무슨 짓이냐!"

그녀가 자신들의 앞을 막아서자 레비나는 얼굴을 일그러뜨리며 고함을 실렀다.

"당신에겐 볼일이 없군요, 레비나 씨."

"시합은 이미 끝났다."

"아니, 난 아직 끝나지 않았어요."

그렇게 말한 다크나이크는 안겨 있는 레그르토에게 다가와서는 그의 머리를 두 손으로 잡았다.

'젠장! 뭐 하려는 거지? 무서워. 레비나… 날 지켜줘!'

간신히 장외패로 그녀를 이기기는 했지만, 다시 한 번 싸우라고 하면 절대 못할 레그르토였기에 그녀의 손끝이 머리에 닿자 온몸에서 소름이 돋을 지경이었다.

레비나의 품에 안겨 덜덜 떨고 있는 레그르토를 본 그녀는 입가에 음침한 미소를 지으며 조금씩 조금씩 그의 얼굴에 다가와서는…… 진한 키스를 남겼다.

"흡!"

갑작스러운 입의 봉쇄로 인한 산소 부족으로 레그르토는 잠시 헛바람을 내뱉고는 크게 눈을 뜨고 말했는데, 눈앞에는 다크 나이트의 무시무시한 검은 눈동자가 정면에 도사리고 있었기에 아무 말도 할 수가 없었다.

"내 사랑……."

"엥?"

내 사랑. 이것은 대륙의 연인들이 주로 쓰는 단어로 서로 간의 사랑을 확인할 때 쌍방이 노골적으로 사용하는 대사인 것이다.

다크 나이트, 그녀는 왜 레그르토에게 키스를 하며 이 대사를 내뱉은 것인가!

쿵!

이 어이없는 대사에 놀란 레비나는 안고 있던 레그르토를 떨어뜨렸고, 그는 약 1g의 중력에 반응하여 1미터의 높은 고도에서 자유 낙하, 땅으로 추락하고 말았다.

"끄억……!"

허리가 부러지는 충격과 함께 고통스러운 신음을 내뱉은 레그르토는 황급히 뒤로 물러서서는 레비나의 뒤로 몸을 숨기고는 소리쳤다.

"왜 그러세요!"

연약한 남자의 반항 어린 목소리, 그의 목소리를 들으며 다크 나이트는 음흉한 여깡패의 웃음소리로 다가와서는 그의 목을 오른팔로 휘감으며 말했다.

"홍홍홍, 당신은 이제 나의 남편이랍니다."

"말도 안 돼!"

그녀의 말에 레그르토는 절규를 내뱉었지만 다크 나이트에겐 소용이 없었다.

"저의 가문인 소비에르의 오르샤크 공작가는 전형적인 모계 혈통을 따르고 있답니다. 성년이 된 오르샤크 가의 여인은 반드시 자신보다 강한 남자를 남편으로 모셔와 혈통을 잇게 하는 전통이 있지요."

"그런……."

"당신은 장외패라고는 하지만 절 이기셨으니 이제 오르샤크 공작가의 사위랍니다."

"말도 안 돼!!"

"홍홍홍, 도망가려 하셔도 소용없답니다."

레그르토의 두려움이 가득한 얼굴을 보며 그녀는 살짝 손바닥을 마주쳤는네, 그 순간 수십 명의 검은 갑옷의 기사들이 연기처럼 모습을 드러내고는 세 사람의 주위를 감싸기 시작했다.

"이건……."

"저의 친위 기사단이랍니다. 오르샤크 공작가의 혈통을 이을 단 한 사람의 남자를 놓칠 순 없기 때문에 미리 준비시켜 둔 것이지요."

"헉!!"

꼼짝없이 데릴사위로 소비에르 제국으로 끌려가게 되는 레그르토였다. 하지만 그런 그를 도와주는 백마 탄 여기사가 있었으니 그 이름은 레비나 아디스.

"홍!! 웃기지 마! 레그르토의 부인이 될 사람은 나라구!!"

"엥?"

레비나의 외침에 레그르토는 잠시 혼란 상태에 빠질 수밖에 없었다.

"아니, 그게 무슨 말이지?"

"우린 서로 간의 사랑을 이미 확인한 상태야! 레비나의 몸은 이제 레그르토님의 것이 되어버렸는걸!"

"……."

정말… 정말 레그르토는 죄가 없다. 그가 한 것이라곤 몇 번 안은 것과 키스 두 번 정도밖에 없었다. 레비나를 책임질 일은 절.대. 하지 않았다.

"음, 그랬군요. 어쩐지 두 사람의 사이가 너무 가깝다고 생각했더니만……."

어쨌든 이런 식으로 다크 나이트가 물러설 것 같았기에 레그르토는 용기를 내며 앞에 있는 레비나의 허리를 안으며 말했다.

"자, 들었지? 난 이미 부인이 될 사람이 있으니 이만 물러가 주라고."

"무슨 소리에요. 레비나님이 첫째 부인, 제가 둘째 부인 하면 되는 거잖아요?"

"……!"

그제야 레그르토는 소비에르 제국의 현재 상황이 생각났다.

대륙의 북쪽에 위치한 대제국 소비에르는 국토의 대부분이 작물이 살 수 없는 불모의 대지로 이루어져 있기에 거의 대부분의 주민은 사냥과 어획으로 살아가고 있다.

이러한 대지 위에 사람보다 더 번성을 누리는 것은 추위에 강한 마물들이었기에 소비에르 제국의 남성의 비율은 여성에 비해 현저히 낮았기 때문에, 소비에르 제국은 오성신을 믿고 있는 대륙의 모든 나라 중에서 유일하게 일부다처제가 허용되고 있는 나라였다.

만약 일부다처제가 아니라면 수많은 여인들은 달밤에 허벅지를 바늘로 찌르며 살아갈 수밖에 없는 신세가 되어야 하기 때문이다.

"다, 다크 나이트… 여긴 로아냐드 제국이라고! 제국은 일부일처제가 신성법률에 명시되어 있다는 것을 모르는 거야?"

"괜찮아요. 어차피 당신은 저와 함께 소비에르 제국으로 갈 거니까요. 그리고 저의 이름은 다크 나이트가 아니라 밀리아나 도른 폰 오르샤크랍니다."

"미, 밀리아나… 그건……."

"뭐 하는 게냐, 레그르토님을 빨리 편하게 모시지 않고!"

"예."

밀리아나의 명령이 떨어지자 검은 갑옷의 기사들은 이미 준비라도 해두었다는 듯이 화려한 문양이 새겨진 나무 가마를 가져와서는 레비나의 허리에 꼭 붙어서 떨어시지 않으려고 발버둥치는 레그르토를 강제로 끌고 가 가마에 앉히고는 대기실 쪽으로 걸어가기 시작했다.

"아앙~! 레비나, 살려줘!"

레그르토는 절규에 가까운 외침을 흘리며 레비나를 향해 소리쳤지만, 이미 레비나는 밀리아나의 포섭에 들어간 후였다.

준비라도 해둔 것처럼 참나무로 만든 보석함을 꺼내어 살짝 뚜껑을 열어 보이던 밀리아나는 작은 미소를 지으며 뚜껑을 닫고는 그것을 레비나의 품에 넣어주고는 간드러진 목소리로 말했다.

"호호호, 오늘부터 저의 언니가 되시네요, 레비나님."

여자란 무엇인가? 남자의 짧은 잣대로는 그들의 모든 것을 알 수 없을 것이다. 레비나 역시 한때는 첨렴결백한 무인으로서 부친 블로드스톰의 진전을 이어받은 사람이었지만, 밀리아나가 살짝 내비치며 건네준 보석들 앞에선 허무하게 그 의지를 무너뜨리게 되니 황금 보기를 돌같이 하라는 유명한 명장의 말은 이미 그 뜻이 사라진 지가 오래였다.

"호호호, 뭐 이런 것을 다… 자, 우리 함께 레그르토님을 모셔요, 밀리아나님."

"님이시라뇨. 밀리아나라고만 불러주세요, 언니."

"호호호, 그럼 저도 레비나 언니라고만 해주세요, 동생."

"예."

서로 잘 맞는 두 부인(?)을 바라보며 레그르토는 눈물을 흘리며 끌려갈 수밖에 없었다. 그의 부친인 루드웨어가 여자를 밝히기는 하지만 성공한 적이 드물어 눈물을 흘린 반면, 그는 너무나 높은 성공률에 눈물을 흘리고 있었다.

여난에 의해 잡혀가는 레그르토의 모습을 보며 시합을 치르기 위해 시합장에 오르는 콜리드는 두 미녀를 독차지한 그를 보며 아쉬움의 침을 흘리고 있었다.

'부전자전인가?'

하지만 아쉽게도 그 부전은 지금 큰 난항을 겪고 있었다.

27장 성기사 대회의 스타들의 결전

대기실의 화장실에서 마도 로노와르 제국의 황제의 역할을 하고 있는 시크라와 마법 통신을 하고 있던 루드웨어는 그에게서 급한 소식을 듣게 되었다.

"뭐야?! 5만의 병사가 출진했다고?"

"응. 이번에 연합에 가입한 가이스 국이 제국의 루브라샤 백작의 과도한 요구에 반발한 모양이더라구. 마도제국의 로아냐드 제국과의 전쟁안이 있고 하니 이번 기회에 선봉으로 나서 공을 세울 작정인가 봐."

"음......."

로아냐드 제국의 백작 직위를 지녔다고 하면 지금까지는 120개 중소 국가의 왕보다 더 높은 직위로 인식되어 왔던 것이 사실이었기에 변경에 위치한 귀족들은 노골적으로 중소 국가의 왕에게 돈을 요구하는 일이 다반사였다.

일개 백작이 한 국가에게 돈을 요구한다는 것이 국가의 입장에서는 조금 분이 날 장면이기는 했지만, 지금까지는 제국의 권세에 눌려 잘 버티고 있었지만 마도제국이 탄생한 후 그 입지는 달라진 것이다.

만약 이대로 전쟁이 일어난다면 분명 가이스 국은 마도제국의 깃발을 앞으로 내세울 것이 뻔한 일, 전면전은 시간문제였다.

"젠장! 아직은 아니야! 가이스 국의 진군을 늦출 수는 없어?"

"어떻게든 해보면 일주일 정도는 늦출 수 있겠지만, 주변에 다른 중소 국가들도 가이스 국의 이번 일에 호응하는 입장이라서 그 이상은 불가능할 것 같아."

"음… 일주일이라… 알았어. 그때까지 이곳의 일을 어떻게든 처리해 보도록 하지."

"부탁한다. 제국 황제 노릇이 이렇게 힘들지는 생각도 못했다고!"

"알았어!! 좀만 참으라고!!"

"빨리 와, 루드웨어!"

시크라의 힘 빠진 한마디를 뒤로하고 통신을 끊은 루드웨어는 생각에 잠겼다. 어차피 제국과의 전쟁이 불가피했던 것이라고는 하지만, 그 시간은 적어도 한 달 정도의 후로 생각하고 있었다.

"일주일… 그 시간 안에 바람난 마누라에게 본때를 보여줘야겠군."

어떻게든 루드니아를 일주일 안에 처리하기 위해 고심하는 루드웨어였다. 그의 옆에서 보좌하고 있는 라디안의 수제자 멘드로는 일일이 루드웨어의 행동을 라디안에게 보고하고 있었다.

[음, 그런가. 무슨 다른 사연이 있을 법도 한데… 그것을 한번 조사해 보거라.]

"예."

보고를 끝낸 멘드로는 생각에 잠겼다. 루드웨어가 시합에서 보여주던 살행, 그것은 괴짜라고 소문난 그리고는 하지만 이유없는 살행을 보인 적 없는 총회주에게선 이례적인 일이라고 할 수 있었다.

'이런 식으로 가게 된다면 마도제국과 신성제국의 결전에서 수십만, 아니, 수백만의 인명이 희생될 것은 뻔한 일이다. 어떻게든 총회주님의 이런 미친 것 같은 질주를 막아야 하는데……'

그런 멘드로에게 생각나는 방법은 단 하나밖에 없었다. 총회주의 부인인 로노와르의 마음을 되돌려 다시 총회주의 품으로 돌아가게 하는 것뿐인 것이다.

하지만 지금까지 총회주가 부인에게 보여준 행동은 모두 난폭하기 그지없는 행동이었기에 그런 것으로는 멀어진 로노와르의 마음을 되돌릴 수 없다고 생각한 멘드로는 지금까지의 루드웨어의 이미지를 바꾸어야 한다는 생각이 들었다.

"무슨 생각을 그렇게 하는가?"

어느샌가 루드웨어가 자신의 뒤로 와서는 묻자 아무 일도 아니라는 듯이 손을 내저은 멘드로는 이상하다는 표정을 지으며 말했다.

"그나저나 언제까지 그런 칙칙한 색깔의 로브를 계속 입으실 겁니까?"

"응? 이 색이 어때서?"

"요즘 유행하는 마도사의 로브 색과는 너무 다르다고요. 뭐랄까, 촌스럽다고나 할까?"

"뭣이!"

루드웨어는 멘드로의 말에 반발하려고 했지만, 사실 색깔이 칙칙한 것은 사실이었기에 화를 누를 수밖에 없었다.

"그래서 말입니다만… 조금 유행에 맞추는 것이 좋지 않을까 생각됩니다."

"유행?"

"예. 멋진 남자의 기본은 바로 옷차림입니다. 기본이 출중하신 총회 주님이라면 옷차림 하나만으로 수많은 여자들이 반하게 하시리라 생각되기 때문에 말씀드리는 거죠. 어떻습니까? 옷차림을 바꿔서 여인들의 우상이 되시는 것은……?"

"음… 괜찮겠군."

"하하하, 잘됐습니다. 그럼 전문 코디인 이 멘드로에게 모든 것을 맡기십시오."

"……."

멘드로의 머리 속에는 루드웨어를 교육시켜 다시 로노와르의 마음을 되돌리게 만들 작전이 떠오르고 있었지만, 루드웨어는 그와는 정반대의 생각을 가지고 있었다.

'로노와르, 네가 나의 멋진 모습을 보고 반해서 다시 합치자고 부탁해도 거절해 주지. 푸하하하!'

괜한 헛된 상상에 빠진 루드웨어였다.

대회 본선 2차전 삼 일째 대회는 8강전에 들어서면서 한층 더 열기가 고조되고 있었다. A조와 B조 모두 상당한 강자가 8강에 올라 서로의 실력을 보이고 있었으니, 그 사람들을 잠시 열거하면 A조에는 첫 번째, 뭇 처녀들의 가슴을 설레게 하는 은빛 갑옷의 비밀스러운 기사. 그의 나이는 많아봤자 열다섯 살을 넘지는 않을 듯 보였기에 어린 소녀들에게서 가장 많은 사랑을 받고 있는 기사였다.

그가 얼굴을 가리고 있는 투구를 벗을 때를 기다리며 거의 대회장을 벗어나지 않는 소녀들이 수백을 넘어서니 가히 그의 인기를 실감할 수 있는 자리였다.

두 번째, 대회장을 찾아서는 수많은 젊은 청년의 반 이상이 이 사람을 만나기 위해 모여들었다. 바로 로아냐드 제국 레드 나이트 소속의 젊은 여기사 루드니아.

그녀의 성스러울 정도의 아름다움은 거대한 거검을 손쉽게 휘두르는 거력의 여인이란 이미지를 눌러 버릴 정도였다.

이미 세 개의 루드니아 팬 친위대가 만들어졌을 정도로 강렬하게 젊은 기사 층에서 인기를 구가하고 있는 루드니아였지만, 거의 대부분의 도박사들은 그녀가 은빛의 기사를 쓰러뜨린다 해도 4강에서 패할 것을 확신하고 있었다.

바로 세 번째의 8강 진출자 때문이었는데 그는 바로 로브로 온몸을 가리고 있는 정체 불명의 전사 드래곤 나이트 때문이었다. 나이트라는 이름과는 달리 전혀 기사 같지 않은 이 인물은 시합 내내 상대를 모두 죽이고 있었기에 최악의 인기도를 구가하고 있었지만, 일부 하드배틀을 선호하는 인물들에게 만 통의 폭탄 메일을 받았다는 근거없는 소문도 있다. 도박사들은 그가 이번 대회에 전국적으로 이름을 떨치기 위해 온 어쌔신의 한 명이라는 심증을 굳히고 있었기에 루드니아보다 드래곤 나이트를 결승 진출자로 점찍고 있다.

네 번째, A조 마지막 8강의 진출자는 로아냐드의 지방 도시에서 온 촌놈이었다. 한 자루의 롱 소드를 들고 낡은 철 체인메일을 입고 싸우는 그는 전통 검술만으로 8강에 진출한 기적 같은 인물이었다. 로크라고 불리는 이 전사는 루드니아 덕분에 약한 상대와 싸워 올라왔기 때문이다. 하지만 본선 2차전에 진출한 자 중 약한 자는 극히 소수였기에 허접해 보이긴 해도 그도 꽤 실력있는 전사일 확률이 높았다.

도박사들에게 가장 낮은 우승 확률을 보이고 있는 남자이다.

B조의 경우에는 쟁쟁한 우승 후보들이 모여 있는 호랑이 굴과 같은 곳이었다.

첫 번째, 로드아이언. 전번 대회에서 삼 위의 자리에 오른 그는 전쟁의 여신 하루안을 섬기는 성기사, 초반에는 상대를 경시하여 실수를 보이기는 했지만, 그의 실력을 의심하는 이들이 거의 없다고 할 수 있었다.

과연 그가 전번 대회에 이어 얼마나 더 발전했을까가 관건이었다.

두 번째, 모든 이의 예상을 뒤엎고 단번에 우승 후보에 오른 자파니스 국의 닌자 핫도리 한조, 물론 그는 다 알고 있듯이 레그르토이다.

우승 후보라고 알려져 있는 다크 나이트를 운 좋게 장외패시키긴 했지만 전번 대회 1, 2등과 3, 4등의 실력 차는 엄청났기 때문에 그것만 보더라도 대회 4강의 자격은 충분했다. 도박사들은 로드아이언과 핫도리 한조의 실력을 비등하게 보며, 이 싸움이 대회에서 가장 치열한 접전이 될 것이라 짐작하고 있다.

세 번째, 드워프 전사 콜리드. 그의 실력에 대해선 도박사들 사이에서도 의견이 엇갈리고 있었다. 8강에 진출하기까지 그는 어려운 시합도 쉬운 시합도 했지만, 그때마다 보이는 실력이 천차만별이었기에 그가 컨디션을 조정하기 힘든 타입이 아닐까 조심스럽게 추측하고 있다. 컨디션이 좋을 때의 그는 상당한 실력의 소유자로 우승 후보의 일인으로 봐도 손색이 없다고 하는 도박사들도 있다.

네 번째, 전번 대회 우승자이자 가장 유력한 우승 후보인 레비나 아디스. 그녀의 실력은 시간이 가면 갈수록 늘고 있었다. 3번을 성기사 대회에 출전하여 첫 번째는 8강, 두 번째는 4강, 세 번째는 우승의 좌에 올랐기 때문이다.

과연 그녀가 그때보다 실력이 향상되어 대회 2연패를 거둘지는 미지수였지만, 지금 상태에선 그녀의 실력이 출전자 중 가장 상위라는 것은 의심할 수 없는 사실이었다.

이렇게 여덟 명의 8강 진출자들이 성기사 대회의 우승을 향하여 도약을 시작했으니, 과연 대회의 우승자는 누가 될 것인가가 사람들로 하여금 대회장을 떠나지 못하게 하고 있었다.

8강 대회의 첫 시합, 소녀 팬들의 가슴에 한줄기 꽃을 던져 주는 행위를 서슴지 않는 소년 기사인 은빛 기사 대 젊은 청년 기사들의 가슴을 울리는 레드 나이트의 괴력 여인 루드니아의 대결, 시합이 있기 한 시간 전부터 오른쪽과 왼쪽의 관중석을 가득 메운 젊은 처녀, 총각들은 각종 플래카드와 함께 열렬한 응원의 준비를 하고 있었다.

상대 응원석을 바라보며 전의를 불태우는 응원석에서는 서로 연인 사이인 남녀도 수없이 끼어 있으니 두 선수가 얼마나 많은 커플을 파탄으로 몰아넣었는지 짐작하게 할 수 있었다.

마차 안에서 베르도 남작과 함께 시합을 준비하고 있는 스베안은 긴장감에 무릎이 떨리고 있는 자신을 느낄 수 있었다.

'내가 긴장하고 있는 것일까……?'

그동안 아버지의 이목을 어둡게 하여 제국을 조금씩 흐트러뜨린 악녀 루드니아를 벨 수 있는 기회가 왔다는 것을 알고 있는 스베안은 자신도 모르게 긴장하고 있는 것이다.

그 모습을 보며 베르도 남작은 황태자의 무릎에 손을 얹고는 조용히 말했다.

"황태자 폐하의 손으로 모든 악을 종식시킬 수 있는 기회이니 떨리는 것은 당연합니다. 폐하께서는 그 긴장을 받아들이시어 주의를 흩뜨리는 일이 없도록 하십시오."

연륜이란 것이 있는 만큼 베르도 남작은 스베안의 황태자의 상황을 정확하게 파악하고 조언까지 하고 있었고, 그 말을 들은 스베안은 고개를 끄덕이며 말했다.

"알겠습니다."

이제 시간이 됐다고 생각한 스베안은 자리에서 일어나서는 천천히 마차의 문을 열고 밖으로 걸어나왔다.

베르도 남작은 당당하게 가슴을 내밀며 걸어나가는 스베안 황태자를 보며 눈을 감고는 아리시아님에게 기도를 올렸다.

"대륙에 빛을 주시는 아리시아님이시여, 부디 어린 스베안 황태자를 보호하시어 그가 이루고자 하는 길에 빛을 내려주소서."

간절함이 깃든 베르도 남작의 기도였다.

대기실에선 또 한 명의 선수가 자신의 거대한 검을 천으로 닦으며 시합의 시작을 기다리고 있었으니, 바로 루드니아였다.

검을 선물한 사람을 생각하다가 심한 두통과 함께 쓰러졌던 그녀는 간신히 몸을 추스르고 시합에 나섰기에 현재 그녀의 컨디션은 80%에도 미치지 못하고 있었다.

"괜찮은가?"

콜리드가 좋지 않은 얼굴색의 루드니아를 보며 묻자 그녀는 가만히 고개를 끄덕였다. 평소의 방정맞은 그녀를 생각한다면 너무나 조용했기에 콜리드로선 그녀가 엄청 아프다는 것을 짐작할 수 있었다.

"제3시합 첫 번째 경기가 있겠습니다. 선수들은 시합장으로 나와주십시오."

장내의 안내 방송이 울리자 루드니아는 검을 닦던 것을 멈추고 자리에서 일어나 자신의 검을 꼭 부여잡고는 한참을 서 있었다.

"루드니아……."

"조금씩 생각이 나요. 이 검을 준 그의 눈동자는 따뜻했는데… 콜리드, 난 누구일까요?"

"……."

그녀의 정체에 대해 말해 주고 싶었지만, 시합 전에 그 말을 했다가는 혼란스러운 마음에 제대로 된 시합을 하지 못할 것이라 생각한 콜리드는 침묵을 지킬 수밖에 없었다.

"꺄아아악! 은빛 기사 오빠!"

먼저 모습을 보인 것은 소녀들을 울리는 은빛의 기사, 그는 시합장에 오르자마자 자신의 소녀 팬들을 향해 손을 들어 환호에 답해 주는 키스를 날렸다.

"꺄아악!"

멋진 스타십에 소녀들은 자지러지기 시작했는데, 그때 갑자기 우렁찬 함성이 소녀 팬들의 환호성을 뒤덮기 시작했다.

"우아악! 루드니아 누나, 사랑해요!!"

어린 여자들의 음성이 톤이 높다고는 하지만 관중석에는 젊은 기사들과 병사들이 많았기에 그들의 함성은 마치 전쟁을 시작하기 전의 병사들의 힘찬 함성과도 같았다.

루드니아는 대기실에서 천천히 걸어나와 시합장의 한쪽에 서서는 젊은 청년들과 간혹 가다가 80이 넘는 노인들이 보이는 관중석을 향해 거검을 들어 올렸고, 함성은 더욱 고조되었다.

루드니아의 팬들에게 자신이 눌렸다고 생각한 소녀와 아줌마들이 다시 고음의 환호성을 내지르기 시작하니 시합장은 순식간에 대대적인 남녀의 응원전이 벌어지고 있었다.

"와아! 루드니아 파이팅!!"

"폐하! 체통을 지키십시오."

"엉? 으흠… 알았다…….."

귀빈석에서 청년 응원단의 편이 되어 소리 지르던 황제는 옆에 서 있는 게르하인에 의해 환호성을 멈추며 주위를 돌아보았는데, 오성신의 교황은 철딱서니없이 노는 황제를 보며 혀를 차고 있었기에 잠시 헛기침을 하고는 침착함을 되찾았다.

"그나저나 황태자의 모습이 또 보이지 않는군."

"예. 지금까지 경기 초반에 모습을 보이신 적이 없으시니 아마 조금 늦게 도착하시리라 생각됩니다."

"그런가? 참, 그 녀석도 이 시합을 봐야 하는데 말이야. 녀석, 나이 또래의 소년 기사가 저렇게나 잘 싸우는데… 쯧쯧……."

"황태자 폐하의 실력은 레드 나이트를 포함한 황궁 기사단의 모든 기사들이 감탄하고 있을 정도의 실력입니다. 아마 저 은빛 기사 정도의 실력은 된다고 생각하니 너무 심려치 마십시오."

"그런가?"

드미트리와 게르하인은 설마 은빛의 기사가 황태자일 것이라고는 생각하지도 못하고 있었다. 성기사 대회에서 황족이 선수로서 참여한 것은 극히 드문 일이었기 때문이다. 대륙의 정점에 있는 그들이 만약 성기사 대회에 나가 예선도 통과하지 못한다면 얼마나 쪽팔리겠는가.

루드니아와 스베안 황태자는 심판관의 손짓에 따라 가운데로 모여 주의 사항을 듣고 있었다.

"자, 여기까지입니다. 8강까지 진출하신 분들이니 충분히 규칙을 지키실 수 있으리라 생각됩니다. 서로 선의의 경쟁이 있기를. 그럼……."

심판관이 손짓하자 두 사람은 아무 말도 않고 자신의 자리로 돌아갔다. 원래는 선수 간의 악수가 있지만, 스베안은 루드니아를 없애기 위해 전의를 불태우고 있었고, 루드니아는 루드웨어의 말에 고심하며 정신이 딴 데 가 있는 상태였기에 악수할 생각도 하지 않는 것이었다.

"자, 그럼 본선 2차전 제3시합 첫 번째 경기가 있겠습니다."

심판관의 준비 신호를 받은 두 사람은 서로에게 검을 겨누며 일전의 시삭을 예고했고, 그것은 징 소리와 함께 시작되었다.

징!

'저 거검… 눈에 거슬리는군.'

스베안 황태자가 지금까지 작은 몸으로 뭇 강자들을 물리치고 온 방법은 거대한 카이트실드로 적의 공격을 막으며 버티다가 기회를 보아 비기를 사용하여 물리치는 방법이었다. 하지만 루드니아의 거검의 경우에는 단 한 번만 받아도 카이트실드가 파괴될 것은 자명한 일이었기에, 지금까지의 방법으로는 적을 쓰러뜨릴 수 없다고 판단한 스베안은 쉽게 그녀에게 접근할 수가 없었다.

이런 스베안의 생각과는 달리 루드니아는 검만을 들고 있을 뿐 경계의 빛이 없었다. 마치 아무 생각 없이 서 있는 것 같은 그런 모습이었기에 스베안은 루드니아에 대한 두려움이 더욱 커졌다.

"날 도발한단 말인가!"

루드니아에게는 그런 생각이 없었지만 스베안에게는 넌 이 거검 한 방이면 끝이니 올 테면 오라는 도발로 느껴지고 있었다.

그렇게 오 분여를 아무런 공격도 없이 대치하고 있은 후 스베안은 젊은 혈기에 더 이상 참을 수가 없었다.

"이 음탕한 계집, 죽여 버리겠다!!"

분위기와는 달리 듣기 거북한 말을 소리치며 달려든 스베안은 공중으로 몸을 날려 그녀의 머리를 향해 검을 휘둘렀다.

하지만 그 순간 루드니아의 거검이 뒤로 넘어가더니, 빠른 속도로 공중에 몸을 날린 스베안의 허리를 양단시킬 기세로 밀어닥쳤으니 스베안으로선 놀라지 않을 수 없었다.

마나를 실드와 검 두 개 모두에 집중시킨 스베안은 허리를 베어버릴 기세로 밀려오는 루드니아의 거검을 검과 실드를 사용하여 막았다.

카가가가강!

엄청난 힘과 함께 밀려 들어오는 검, 날카로운 쇳소리가 경기장을 울렸다. 루드니아의 검을 자신의 검과 방패로 막은 스베안은 큰 타격을 받지 않을 수 있었지만 검의 날은 완전히 날아가고 방패는 흉측할 정도로 찌그러져 튕겨져 버렸다.

"어… 어… 이얏! 큭!"

경기장 끝까지 밀려난 스베안은 장외패의 상황은 면했지만, 간신히 몸의 중심을 잡는 정도에서 곧 패할 위기에 처해 있었는데, 그 순간 그를 응원하는 귀족 미소녀가 그에게 도움을 주었다.

"은빛의 기사님, 힘내세요!"

귀족 소녀는 장외패를 당하려는 은빛의 기사를 돕기 위해 그의 등으로 장미 꽃다발을 던졌던 것이다. 미쓰릴 갑옷으로 무장하고 있는 스베안에게 꽃다발은 타격을 줄 수 없었지만 무너지는 중심을 조금 안정시키는 역할을 했다.

간신히 장외패를 면하고 몸을 안쪽으로 끌어들인 스베안은 뒤로 돌아 자신에게 꽃다발을 던져 준 귀족 미소녀의 얼굴을 바라보았다.

"당신의 이름은……?"

"아멜리아라고 합니다. 레던 왕국의 세 번째 공주랍니다."

"당신의 손수건을 나에게 던져 주지 않겠소?"

그 순간 장내는 환호성에 휩싸이기 시작했다. 기사가 여인에게 손수건을 받는 것은 원래 그녀의 기사가 된다는 뜻이었지만, 성기사 대회에서의 그런 모습은 여인을 위한 승리의 언약이었다. 즉 스베안은 아멜리아를 위해 꼭 이 시합에서 승리하겠다는 뜻을 포함하고 있는 것이다.

은빛의 기사의 말에 아멜리아의 얼굴은 홍조를 그리며 자신의 손수건을 그에게 던져 주었고, 그는 받은 손수건을 자신의 손목에 묶었다.

다시 전의를 불태우게 된 스베안은 멀리서 멍하니 서 있는 루드니아를 향해 검을 들이대며 소리쳤다.

"아멜리아를 위해 당신을 꼭 꺾고야 말겠소! 하압!!"

또다시 시작되는 일전. 스베안은 빠른 속도로 루드니아를 향해 쇄도해 들어갔다.

캉! 캉!

아까와는 달리 스베안은 빠른 속도로 검을 휘두르며 루드니아를 공격하기 시작했다. 일격을 노리던 아까와는 달리 스피드를 중심으로 검을 휘둘렀기에 루드니아로서는 그가 휘두르는 검을 갖다 대는 듯이 막고 있었다.

워낙 검이 크다 보니 방패의 역할까지 겸하고 있는 것이다.

"차앗!"

스베안의 공세에 뒤로 물러선 루드니아는 검을 높이 들고는 수직으로 스베안을 양단할 정도로 강하게 휘둘렀지만, 이미 검의 스피드를 어느 정도 짐작한 그는 가볍게 검을 피한 후 다시 루드니아를 공격해 가기 시작했다.

검의 길이가 너무 차이가 나기 때문에 스베안으로선 가까이 붙어 접근전을 벌이는 것이 자신에게 더 유리하다는 것을 깨달았기 때문에 그녀에게서 두 발자국 이상으로 벗어나지 않고 있었다.

은빛의 기사가 접근전을 발휘하여 빠른 속도로 검을 휘두르자 루드니아로서는 반격할 기회가 생기지 않았다. 물론 이런 식으로 간다고 하면 은빛의 기사의 체력이 먼저 줄어들 것은 뻔한 일이었기에 시간만 끈다면 승리는 루드니아가 손쉽게 승리를 얻을 수 있겠지만, 문제는 루드니아에게 그런 인내심이 없다는 것이다.

어느 정도 정신을 차리게 된 루드니아는 거검으로 은빛의 기사의 검을 막으며 한 발자국씩 앞으로 걸어나가기 시작했다.

그녀의 작은 몸은 검에 거의 감추어져 있는 형국인지라 공격할 틈을 찾을 수 없는 스베안으로선 뒤로 물러날 수밖에 없었다.

검등으로 방어하며 전진하는 루드니아와 빠른 속도로 검을 휘두르면서 뒤로 물러서는 스베안은 서로에게서 어떤 틈도 찾아내지 못하고 있었다. 그러면서도 스베안은 조금씩 팔이 무거워지는 것을 느낄 수 있었다.

'역시 스승님에게 배운 그리처를 써야 한단 말인가?'

본선 2차전 첫 번째 시합에서 이미 한 번 사용한 그리처를 사용하기로 결심한 스베안은 빠른 속도로 뒤로 물러섰다.

루드니아는 스베안이 거검을 휘두를 수 있을 정도의 거리로 물러서자 조금은 안심을 할 수 있었지만, 뒤로 물러선 은빛의 기사의 폼이 조금 이상하다는 것을 느꼈다.

강력한 마나가 검에 응집되고 있었기 때문이다.

'무슨 기술을 사용할 모양인데……'

콜리드와 이야기를 나누느라고 은빛의 기사가 첫 번째 시합에서 그리처를 사용하는 것을 보지 못한 루드니아는 낌새가 이상하다는 것을 느끼기는 했지만 무엇을 하려고 하는지는 알지 못했다.

은빛 기사 스베안은 그리처를 사용할 수 있는 마나가 응집되자 루드니아를 노려보기 시작했다.

"각오해라!"

"각오는 무슨 삭오!"

루드니아는 은빛의 기사의 기세가 심상치 않다는 것을 느끼고는 자신도 레그르토에게 배운 그리처를 사용하기 위해 준비하고 있었다.

과연 두 사람의 기술 중 누가 우위를 가질 것인가?

검의 기술 면에서는 어리기는 했지만 체계적인 기술을 가진 스베안이 한 수 위였고, 마나의 면에서는 루드니아가 한 수 위의 실력을 지니고 있으니 두 사람은 거의 비등한 실력을 지니고 있다고 할 수 있었다.

대륙 최고의 검술가로 마지막을 장식한 루덴스의 비기가 이제 성기사 대회에서 두 사람에 의해 진면목을 보이는 순간이었다.

"그리처!"

"그리처!"

두 사람의 입에서 동시에 같은 기술의 이름이 터져 나왔고, 엄청난 빛이 시합장에서 폭발하기 시작했다.

신성력이 없는 스베안의 마나가 푸른색의 맑은 그리처라면 루드니아의 마나는 오색 빛깔이 영롱한 아름다운 그리처였다. 이 두 빛의 만남은 그곳에 있는 관중들이 눈을 뜨지 못하게 하기에 충분했다.

사방의 벽이 부서지고 바닥이 갈라지며 자욱한 흙먼지가 시합장 안을 한 치 앞도 바라볼 수 없게 만들고 있었지만, 간간이 불어오는 바람에 의해 먼지는 조금씩 사라지기 시작했다.

그리고 두 사람의 모습이 드러났을 때, 관중석에 있던 소녀 팬들의 입에서 비명 소리가 터져 나오기 시작했다.

"꺄아악!!"

"은빛 기사 오빠!"

당당하게 서 있기는 했지만, 은빛의 기사는 산산이 부서져 있는 카이트실드로 몸을 가리고 있었다. 하지만 그의 몰골은 장난이 아니었는데, 손잡이만 남은 카이트실드의 뒤로 보이는 은빛의 기사의 갑옷은 그 찬란했던 빛이 사라지고 여기저기 금이 가 있는 낡은 갑옷이 되어 있었던 것이다.

반대쪽에는 루드니아가 겸허하게 서 있었는데, 3미터가 넘는 거검을 들고 있는 그녀의 몰골 역시 흙먼지를 뒤집어쓴 지저분한 모습이었다.

하지만 그녀의 옷에는 아무런 상처도 없었다. 마나에서 앞서고 있는 루드니아의 그리처가 스베안의 그리처를 제압했던 것일까?

하지만 그것은 아니었다. 얼마 지나지 않아 천천히 루드니아가 무릎을 꿇고 쓰러져 갔다.

"루드니아 누나!!"

"으악!! 지면 안 돼요!!"

하지만 거검을 잡은 손을 떨어뜨리지 않고 있던 루드니아는 거검의 끝이 둔탁한 소리와 함께 땅에 꽂히면서 간신히 신형을 유지할 수 있게 되었다.

그런 그녀의 머리에서 한줄기의 피가 흘러내리고 있었다.

어느 쪽이 승리한 것인지 몰라 어리벙벙하고 있는 심판관은 그래도 갑옷이 심각하게 부서지기는 했지만 검에 기대지 않고 서 있는 은빛의 기사의 손을 들어주려고 했는데, 그 순간 스베안이 입고 있던 갑옷이 산산이 부서져 나가기 시작했다.

"헉!"

심판관은 부서지는 갑옷을 보며 승리의 선언을 하려던 것을 멈추고 말았다. 이 정도로 갑옷이 부서질 정도의 타격을 입었다면 몸 역시 성하지 않을 것은 분명했기 때문이다.

하지만 그는 갑옷이 부서지며 드러나는 그의 모습에 자지러질 뻔했는데, 그것은 관중들은 물론이요, 귀빈석에서 경기를 보고 있던 황제나 오성신의 교황들도 모두 마찬가지였다.

은빛의 투구마저 부서지듯 떨어져 내리면서 은빛의 기사의 진면목이 드러났기 때문이다.

"스베안?!"

"황태자마마께서!!"

드미트리는 귀빈석에서 루드니아의 모습을 보며 은빛의 기사를 욕하고 있다가 그의 투구가 부서지며 드러난 모습에 크게 놀라 소리친 것이다.

설마 루드니아의 상대인 은빛의 기사가 자신의 아들인 스베안일 것은 생각하지 못한 것이다.

"까아악!!"

장내는 이미 난리도 아니었다. 제국 최고의 인기 절정 미소년 스타 스베안 황태자가 은빛의 기사였다는 것은 상당히 놀라운 일이었기 때문이다.

명한 얼굴에 눈에 초점도 없이 서 있는 스베안을 보며 응원단은 난리가 났다. 장내의 소녀들은 물론이요, 아줌마, 할머니들까지 시합장으로 난입하기 시작했다.

간혹 가다가 나이 지긋한 중년 남자들도 가세하는 것은 무슨 이유인지 몰랐지만 어쨌든 수많은 사람들이 황태자의 안위를 걱정하며 시합장으로 난입하자 장내의 기사와 병사들은 그들을 막기 위해 바리케이드를 치고 있었다.

황태자의 부상을 보며 고위 사제들은 놀라 시합장으로 들어서려고 했는데 그 순간 초점없던 스베안의 입에서 일갈이 터져 나왔다.

"사제들은 멈춰라!"

어느 사이에 정신을 차린 스베안이 자신을 치료하기 위해 달려드는 사제들을 보며 소리친 것이다.

"황태자마마! 상처가……!!"

"아직 시합은 끝나지 않았다!!"

사제들은 황태자의 상처를 보며 빨리 치료를 해야 한다고 말하려고 했지만 시합에 대한 스베안의 의지는 꺾이지 않은 상태였다.

"끄아아악!!"

자신의 앞에서 거검에 기대어 서 있는 루드니아를 보며 스베안은 발걸음을 옮겨 걸어가려고 했지만, 이미 마비된 몸은 움직이지 않고 있었고 이내 둔탁한 소리와 함께 쓰러지고 말았다.

하지만 멈추지 않는 의지로 스베안은 고통을 참으며 괴성과 함께 몸을 일으켰다.

이 모습에 장내에 난입하려 했던 사람들의 행동이 멈춰졌다. 심각한 부상에도 승리를 위해 몸을 움직이는 스베안의 모습에 놀랐기 때문이다.

왕족이나 귀족의 아이들은 귀하게 자란 나머지 참을성이 약하다는 것은 대륙의 거의 모든 사람들이 인정했다. 황태자 스베안이라면 다른 자들보다 더 고귀하게 자랐을 것은 분명할 터. 그런 그가 고통을 참으며 상대를 향해 가려고 하는 것은 놀라운 일이었기 때문이다.

들고 있던 검을 지팡이 삼아 일어서려 한 스베안이었지만, 검은 야속하게도 스베안의 몸을 지탱한 순간 부러져 버렸다.

"끄악!"

부러진 검의 파편이 다시금 몸이 무너진 스베안의 어깨에 박혔고, 그 사이로 검붉은 피가 흘러내리기 시작했다.

"황태자마마!"

사제들은 더 이상 참지 못하고 장내로 뛰어들어 신성력을 발휘하려 했지만, 스베안은 어깨에 박혀 있던 검의 파편을 피투성이가 된 손으로 뽑아버리더니 사제들에게 집어 던지며 소리쳤다.

"꺼져라!! 시합이 끝나기 전에 나의 몸에 치료를 하려는 사제들은 죽임을 당하게 될 것이다!!"

그 말에 사제들은 아무 말도 못하고 그 자리에 서 있을 수밖에 없었다. 피투성이가 된 몸으로 안간힘을 쓰던 스베안은 간신히 몸을 일으킬 수 있었다.

"끄으윽!"

검이 부러졌을 때의 파편이 어깨 외에도 허벅지에 서너 개가 박혀 있었던 모양인지 갑옷이 파괴된 스베안의 다리에서 피가 흘러내렸다.

"뭐 하는 게냐! 사제들은 빨리 황태자를 치유하라!!"

드미트리는 아들의 모습에 분노를 터뜨리며 소리쳤고, 사제들은 크게 놀라 황태자에게 뛰어갔다.

"꺼져… 꺼지란 말이야!!"

휘청거리며 서 있던 스베안은 허리에 매여 있던 단검을 빼 들고는 다가오는 사제들을 향하여 힘없이 휘둘러 보았지만, 이내 몸을 가누지 못하고 다시 쓰러지고 말았다.

"기사들은 황태자의 몸을 못 움직이게 하라!!"

황제 드미트리의 명령이 떨어지자 네 명의 기사가 달려와 황태자의 몸을 잡았고, 이어 사제들이 다가와 신성력을 사용하여 그의 몸을 치료하기 시작했다.

"놔!! 놓으란 말이다!! 아악―!!"

움직이지도 못하던 몸에서 괴력이 터져 나오며 몸을 잡고 있던 기사들을 떨쳐 내더니 스베안은 치료하던 사제들을 발로 박차고는 자리에서 일어났다.

"네 이놈!! 지금 그게 무슨 짓이냐!!"

드미트리는 황태자의 행동에 분노를 터뜨리며 귀빈석에서 일어나 소리쳤다. 스베안은 자신을 잡고 있던 기사의 검을 뽑아 땅에 박아 넣고는 당당한 목소리로 소리쳤다.

"신성 로아냐드 제국의 번영을 위해!!"

그 말과 함께 스베안 황태자는 한쪽에서 거검으로 간신히 몸을 지탱하고 있는 루드니아를 향해 뛰어가기 시작했다.

"막아라!! 황태자를 막아라!!"

드미트리가 외치자 기사들은 루드니아를 공격하는 스베안을 막기 위해 앞으로 나섰지만 차마 황태자에게 칼을 들이대지 못하는지라 방패를 들이대며 뛰어들었다.

쿵!

제대로 검조차 휘두르지 못하는 스베안은 기사들의 방패에 튕겨 날아가 땅에 처박히고 말았다.

"까아악!!"

쓰러지는 황태자의 모습을 보며 소녀들은 놀라 비명을 지르기 시작했다. 기사들은 다시 쓰러진 스베안에게 다가가 그의 양팔과 다리를 잡고 움직이지 못하게 막았다.

"아아악! 놓으란 말이다!! 제국의 번영을 위해선 저 악녀를 죽여야 한단 말이다!!"

그 순간 스베안의 절규와 같은 외침을 듣고 드미트리는 크게 놀라지 않을 수 없었다.

"저, 저게 무슨 말인가?"

영문을 모르는 드미트리가 옆에 서 있던 게르하인에게 떨리는 목소리로 말했는데, 게르하인으로서도 황태자가 저런 소리를 하는 이유를 알 수가 없었다.

귀빈석에 있던 두 사람이 이유를 몰라 하고 있을 때 경기장 안으로 노년의 한 귀족이 천천히 걸어와서는 스베안을 잡고 있는 기사들을 보며 말했다.

"황태자마마를 속박하고 있는 손을 놓아라."

"하지만……."

"난 베르도 남작이다."

"아!"

전 황제에 이어 드미트리 황제에게도 총애를 받고 있는 베르도 남작이라는 것을 안 기사들은 모두 스베안 황태자를 속박하고 있던 손을 놓았고, 스베안은 다시 자리에서 일어나 루드니아에게 달려가려고 했다. 그 순간 베르도가 그의 앞을 막으며 말했다.

"마마, 이제 모든 것은 끝났습니다."

"무슨 말인가! 지금이라도 저년의 목을 베면 되지 않는가!"

그 말에 베르도는 고개를 저으며 말했다.

"만약 시합 중이라면 가능했겠지만 지금은 아닙니다. 황족은 절대 백성들이 보는 앞에서 비겁한 짓을 해서는 아니 되는 것입니다."

"그런……."

베르도의 말을 이해했는지 스베안은 들고 있던 검을 떨어뜨리고는 망연자실한 표정으로 서 있을 수밖에 없었다.

"크크큭……."

스베안의 눈에선 눈물이 흘러내렸다. 존경했던 스승의 원수를 갚을 수 있는 절호의 기회를 이제 완전히 놓쳤기 때문이다.

얼마 지나지 않아 장내의 소란은 진정되었고, 심판진은 레드 나이트 루드니아에게 승리를 선언했다. 일단은 스베안이 먼저 정신을 차리고 일어서기는 했지만, 그 당시 루드니아 역시 어느 정도는 정신을 차리고 있었고, 신성 사제의 난입으로 약간의 치료가 이루어졌기 때문에 반칙으로 간주되었던 것이다.

후에 루드니아도 신성 사제에 의해 치료를 받게 되었는데, 스베안이 사용한 그리처에 의해 머리에 상처를 입은 루드니아는 잠깐 눈을 떴다가 다시 정신을 잃고 말았다.

경기장의 치료실에서 고위 사제들에게 어느 정도 치료를 받고 누워 있는 루드니아의 옆에는 몇 명의 시녀와 게르하인만이 있었다.

원래는 드미트리 황제도 이곳으로 오려고 했지만 황태자의 부상도 있었기에 황태자 다음차례로 올 수밖에 없었던 것이다.

"은빛 기사가 스베안 황태자이셨을 줄은……. 그런데 왜 황태자마마께서 루드니아를 끝까지 죽이려고 하셨던 거지? 이해할 수 없군."

두 사람의 대결에서 있었던 일을 한참을 생각해 본 게르하인이었지만 도무지 알 도리가 없었다. 막연히 루드니아를 싫어하는 베르도가 황태자를 설득하거나 속인 것이 아닐까 의심이 되기는 했지만, 공명정대하기로 소문이 난 베르도 남작이 황태자에게 거짓말을 할 리가 없었기에 무엇인가 큰 오해를 하고 있다는 생각이 들었다.

그들이 이런저런 생각을 하고 있는 방 안으로 엷은 푸른색의 안개가 조용히 스며늘기 시작했다. 불온 생각에 잠겨 있던 게르하인은 이것을 눈치 채지 못했고, 시녀들 또한 능력이 안 되기 때문에 이런 기운을 알 도리가 없었다.

"도… 대……."

무언가 말하려던 게르하인은 푸른색 안개의 영향으로 견디지 못하고 땅에 쓰러졌고, 이윽고 시녀들 또한 차례차례 쓰러지기 시작했다.

그리고 한 명의 로브의 남자가 치료실 안으로 들어섰다.

그는 조용히 루드니아의 앞으로 가서는 그녀의 얼굴을 쳐다보았다.

28장 기억을 되찾은 로노와르

머리에 붕대를 매고 있는 루드니아는 아무런 표정 없이 잠을 자고 있었다.

"그 따위 꼬마애에게도 당하다니… 너도 많이 약해졌구나……."

침대에 걸터앉은 그는 루드니아의 상처를 조용히 쓰다듬어 주었다. 그 순간 푸른색의 빛이 그녀의 상처에서 흘러나오다니 어느샌가 조용히 사그라들었다.

치료 마법 중 고급에 속해 있는 하이 리커버리의 빛이었다.

로브를 입고 있는 남자는 다름 아닌 루드니아, 즉 로노와르의 남편인 루드웨어였다. 루드니아가 크게 다쳤다는 이야기를 듣고 고소해할 것 같은 루드웨어였지만 실제로는 크게 걱정이 되어 참지 못하고 이곳으로 온 것이다.

한참을 루드니아의 얼굴을 보고 있던 루드웨어는 그녀가 아직 갑옷을 입고 있다는 것을 알 수 있었다.

"뭐야? 이 시녀들은 부상자에게 아직 갑옷도 벗겨주지 않았단 말인가?"

왜 갑옷을 벗길 수 없었는지 그 이유를 알 수 없었던 루드웨어는 조용히 루드니아를 갑갑하게 하는 미쓰릴 갑옷을 하나씩 벗겨주었는데, 그 순간 알 수 없는 악취가 흐르는 것을 느낄 수 있었다.

"크… 쿵쿵! 우엑! 이거 무슨 냄새야?"

정말 참을 수 없는 냄새에 루드웨어는 구역질이 나는 것을 느꼈다. 아무래도 그 냄새는 루드니아의 몸에서 나는 것 같았기에 조용히 루드니아의 몸에 코를 갖다 대는 루드웨어였는데 그 순간 강한 검기가 뒤에서 날아오는 것을 느꼈다.

"합!"

놀란 루드웨어는 순식간에 실드를 만들어내서는 그 검기를 막았다.

"누구냐!"

검기를 막은 루드웨어가 소리치자 검기를 사용한 당사자는 크게 노한 목소리로 소리쳤다.

"감히 짐의 여인을 농락하려 하다니! 대체 네놈이 누구냐!!"

"뭐?!"

자신의 여인이란 말에 루드웨어도 화가 나 일그러진 얼굴로 상대방을 쳐다보았는데, 그는 다름 아닌 제국의 황제인 드미트리였다.

그 순간 루드니아의 외도가 생각난 루드웨어는 다시 분노가 치솟아 올랐다.

"이… 바람난 여편네의 정부 자식이!!"

"뭐야?!"

영문을 알 수 없는 모욕에 드미트리 역시 분노를 터뜨리며 소리쳤다.

일촉즉발의 상황이 전개되고 있는 치료실. 신성제국의 황제의 직위에 올라 있는 드미트리라고는 하지만 그 역시 상당한 검술을 겸비하고 있는 자였고, 루드웨어는 타의 추종을 불허하는 능력을 가진 이였다.

드미트리가 언뜻 보기에는 이상한 남자가 루드웨어의 옷을 벗기려고 하는 듯이 보였고, 루드웨어가 보기에는 남의 여편네를 꼬신 뻔뻔스러운 남자로 보였기 때문에 이 둘 중 누구 하나 물러설 기미를 보이지 않았는데 그때 뒤쪽에서 작은 신음 소리가 들렸다.

"으음……."

"루드니아?"

"로노와르?"

같은 사람을 부르는 이름이었지만, 둘 다 이름이 달랐기 때문에 또 다시 서로를 노려보기 시작했는데, 간신히 눈을 뜬 로노와르는 고개를 돌려 자신을 부른 두 사람을 쳐다보았다.

"앗! 루드웨어다!!"

그녀는 자신의 앞에 있는 루드웨어를 보며 소리치고는 재빨리 침대 밑으로 몸을 날려서는 몸을 숨겼다.

"로노와르! 당장 이쪽으로 안 나올 거야!"

"싫어!"

"이게……!"

루드웨어는 반항하는 로노와르를 보며 성질이 났다. 소문으로만 듣던 폭력 남편의 전형적인 모습을 보이며 그는 참지 못하고 루드웨어가 숨어 있는 침대를 언령으로 날려 버렸다.

[파(破)!!]

그 순간 침대는 산산조각으로 부서지며 날아갔고, 옆에 숨어 있던 로노와르는 침대가 부서지는 여파에 날려 비명 소리와 함께 벽에 부딪치고 말았다.

"까아악!!"

그 순간 드미트리는 루드웨어가 루드니아를 공격하는 것을 참지 못하고 소리쳤다.

"너, 이 자식! 감히 루드니아를!!"

챙!

드미트리가 분노를 터뜨리며 휘두른 검은 루드웨어의 단검에 의해 막혀 날카로운 쇳소리를 내며 푸른색의 불꽃을 자아냈다.

두 사람이 들고 있는 검 모두가 마법검이었기 때문에 마법검의 마나력이 충돌하면서 나는 불꽃이었다.

"루드웨어! 미워!"

루드웨어의 언령으로 벽에 부딪친 로노와르는 원망에 가득 찬 목소리로 소리쳤는데, 그 말을 들은 그는 더 화가 난다는 듯이 소리쳤다.

"뭐? 니가 그런 소리 할 입장이냐!! 이 바람난 여편네야!!"

"엥? 바람난 여편네? 그건 또 무슨 소리야?"

"흥! 지금에 와서야 시치미를 뗀다고 내가 속을 것 같아? 두고 보자, 로노와르! 오늘은 이만 물러가 주도록 하지!!"

그 순간 루드웨어의 몸은 검은 연기로 휩싸이더니 사라져 갔고, 검을 맞대고 있던 드미트리는 갑자기 힘을 주던 상대가 사라지자 앞으로 고꾸라져 버렸다.

"꾸억!"

황제의 위엄을 정말 많이 손상시키는·비명으로 고꾸라진 드미트리는 잠시 상황 판단을 하지 못하고 있었지만, 역시 연륜이 있기 때문에 금세 황제의 위엄을 찾고는 자리에서 일어났다.

"루드니아, 괜찮소?"

"루드니아? 그건 누굴 말하는 거야?"

"루드니아! 대체……?"

드미트리는 갑자기 루드니아가 이상한 소리를 하자 상처 때문에 머리를 심각하게 다쳤다는 생각을 하며 놀라서 그녀에게 다가갔는데, 갑자기 모르는 남자가 자신을 덮쳐 온다고 생각한 루드니아는 그를 잽싸게 밀쳐 내고는 소리쳤다.

"당신, 도대체 누구야!!"

"루드니아! 왜 그러시오. 다, 당신의 연인인 드미트리란 말이오."

"드미트리?"

로노와르는 갑자기 드미트리를 전혀 못 알아보는 듯했다.

"설마……."

로노와르의 이런 모습을 보며 드미트리는 무엇인가가 떠오르기 시작했다. 처음 그녀를 만났을 때 그녀는 자신의 일을 잘 기억하지 못하고 있었다. 루드니아란 이름도 문뜩 무엇인가를 연상하면서 만들어낸 이름 같았다.

기억 상실증. 드미트리는 그녀가 지금 그 기억을 다시 찾아냈다는 것을 알 수 있었다.

"제 이름은 루드니아가 아니라 로노와르예요."

"로노와르……."

후진 이름이었다. 루드니아란 이름이 백배는 나았다.

차라리 영원히 기억 상실증에서 벗어나지 않았으면 좋았으련만. 이런 생각을 하며 드미트리는 좌절에 빠질 수밖에 없었다.

그녀의 말을 들어보면 기억 상실증 이후에 자신과 있었던 모든 일을 다 잊어먹은 듯했다.

그렇다면 자신에 대한 사랑도 모두 사라졌을 것이 아닌가란 생각에 모든 힘이 빠져 버린 것이다.

그때 루드니아는 자신의 몸에서 역겨운 냄새가 나는 것을 느꼈다.

"뭐야, 이 냄새는…… 우엑!! 한 몇십 년은 목욕을 하지 않은 냄새가……."

아직 루드웨어가 갑옷을 벗기다 말았기에 냄새는 그리 지독하지는 않았지만, 그 정도로도 로노와르는 토할 지경이었다.

[욕(浴)!]

로노와르는 용언을 사용하여 자신의 몸을 씻어냈는데, 이상하게도 용언 후에도 그 냄새는 사라지지 않았다.

'설마…….'

용언의 힘은 분명히 작용했음에도 자신의 몸에서 나는 냄새가 빠질 생각을 하지 않자 로노와르는 당황하지 않을 수 없었다.

자신의 몸에 풍기고 있는 냄새, 그것은 어쩌면 저주일 확률이 높았다.

드래곤에게 저주를 걸 수 있는 능력을 가진 자. 그것을 한참 곰곰이 생각해 본 로노와르는 드디어 한 사람을 생각할 수 있었다.

"루… 루드웨어, 이 자식이!!"

자신이 알고 있는 한 최고의 마법사인 루드웨어, 그라면 충분히 자신의 몸에 악취의 저주를 걸 수 있다고 생각하며 로노와르는 치를 떨

수밖에 없었다.

아무리 화가 나서 바람피운다고 나갔다 하더라도 어떻게 이런 치졸한 저주를 자신에게 걸 수 있단 말인가란 생각에 로노와르의 분노는 하늘을 찌를 듯했다.

'흥! 네 녀석이 그런다면 정말 바람을 피워주지!!'

그렇게 생각한 로노와르는 문득 자신의 앞에서 무릎을 꿇고 처절한 모습이 되어 있는 한 남자가 눈에 들어왔다.

'오라……!'

마음을 굳힌 로노와르, 그녀는 천천히 그의 앞으로 걸어가서는 말했다.

"드, 드미트리……."

"루드니아!"

"머리가 아파요. 대체 무슨 일이 있었던 거죠?"

정말 연극도 잘하는 로노와르였다. 아까의 상황을 살펴보면 루드웨어는 자신이 이 드미트리란 남자와 바람을 피웠다고 생각하는 것 같았기에 로노와르는 그를 이용하기로 결심을 한 것이다.

그 다음의 일은 조용히 잘 진행되었다. 루드니아가 자신을 기억해 냈다고 생각한 드미트리는 기쁨에 눈물을 흘렸고, 이윽고 게르하인과 시녀들도 차례대로 깨어난 것이다.

로노와르는 자신이 입고 있던 미쓰릴 갑옷이 악취를 막아주는 것이라는 것을 알아채고는 잽싸게 갑옷을 챙겨 입고는 악취를 막을 수 있었다.

'루드웨어 이 자식, 두고 보자!!'

인간계 최고 마법사답지 않게 치졸한 마법을 쓰는 루드웨어를 생각하며 복수를 다짐하는 로노와르였다.

성기사 대회는 계속 진행되고 있었다. 이슈로 떠오르고 있던 드래곤 나이트라는 자는 예상을 뒤엎고 모습을 드러내지 않음으로써 촌동네 전사 로크는 다시 한 번 기적을 일으키며 기권승으로 준결승에 올라가게 됨으로써 황태자 스베안의 반칙승으로 준결승에 오른 루드니아와 결승 진출을 놓고 겨루게 되었다.

A조가 이상하게 진출자가 가려진 반면 B조는 4명의 강자들이 드디어 치열한 각축전을 벌이게 되었다.

첫 번째 시합은 성기사 로드아이언과 자파니스 왕국의 핫도리 한조의 대결이었다. 도박사들은 로드아이언에게 점수를 주고 있었지만, 세간에서는 다크 나이트를 물리친 핫도리 한조를 내회의 다크호스라 칭하며 상당한 점수를 주고 있었다.

성기사 로드아이언은 첫 번째 대회의 일도 있었던지라 승부를 함에 적이 누구라도 얕보지 않고 최선을 다함으로써 성기사 대회의 모범상 후보로 지목되어 있었고, 자파니스의 핫도리 한조는 신인상의 유력한 후보였다.

현재 신인상 후보에는 루드니아와 로크, 핫도리 한조, 이렇게 세 사람으로 압축되어 있었지만 조금은 널널한 쪽인 A조의 두 사람보다 B조의 핫도리 한조가 점수를 더 획득하고 있었다.

시합장에 들어선 두 사람은 서로를 바라보며 악수를 하고 있었다.

"이거 의외군요. 다크 나이트가 저의 상대가 될 줄 알았는데 말입니다."

그 말에 핫도리 한조, 즉 레그르토는 조금 화날 만도 하지만 솔직히 다크 나이트 밀리아나를 쓰러뜨린 것은 운에 가까웠다.

레그르토의 기술이 일 초라도 늦었다면 큰 부상을 입은 그보다 멀쩡한 밀리아나가 이기는 것은 당연했기 때문이다.

"글쎄 말입니다. 아무래도 운이 저를 잘 따라주는 것 같군요."

로드아이언은 레그르토의 말에 미소를 지어주었다. 사실 그가 그런 말을 건넨 것은 잠시 상대를 떠본 것에 불과했다.

운이라고 해도 다크 나이트를 쓰러뜨렸다는 것은 상당한 실력을 가지고 있다는 뜻이었기에 그의 수양을 한번 알아보고 싶은 마음에 작은 도발을 한 것이었는데, 그것을 레그르토가 부드럽게 받아넘기자 그에 대한 평가가 올라간 것이다.

"그럼 시작해 보도록 할까요?"

"그러지요."

둘다 예의 바른 모범 기사라는 티를 팍팍 내는 듯이 정중하게 인사를 하고는 서로의 자리로 돌아가 병장기를 뽑아 들었다.

로드아이언은 자신의 성검을 들어 레그르토를 겨누었고, 레그르토 역시 품에 손을 집어 넣어 네 개의 수리검을 손에 끼웠다.

서로는 응시하며 기회를 기다리고 있기를 십여 분, 먼저 움직인 것은 레그르토였다.

레그르토는 로드아이언의 실력이 한 수 위라고 판단했다. 부동심, 테크닉, 집중력 등은 자신보다 한 수 위였기 때문이다. 하지만 마나, 스피드 면에서는 자신이 그보다 나을 것이라 생각하고는 그에게 휩쓸리지 않기로 결심하며 수리검을 통한 스피드 공격에 나선 것이다.

로드아이언의 주위를 뱅글뱅글 돌던 레그르토는 그를 향해 십여 개의 수리검을 던졌다.

"합!"

정적인 모습으로 부동 자세를 버리지 않은 로드아이언은 스텝을 바꾸지 않고 그 자세로 사방에서 날아오는 수리검들을 검을 사용하여 모두 가볍게 쳐냈다.

하지만 일단은 검을 움직였다는 것에서 그의 부동은 움직였다고 생각한 레그르토는 허리에 차 있는 쇼트 스워드를 뽑아서는 빠른 속도로 그에게 돌진해 들어가며 검을 찔러갔다.

워낙 빠른 속도였는지라 수십 개의 검을 찔러오는 듯한 속도였지만, 로드아이언은 물러서며 그 공격을 받아넘기면서 천천히 신성력을 검에 집중시키기 시작했다.

검에 신성력이 집중되자 순백의 빛이 사방으로 뻗어 나갔고, 레그르토는 자신의 시야가 빛에 의해 막히는 것을 깨닫고는 재빠르게 뒤로 물러서 멀리 떨어지려 했다. 하지만 그것은 로드아이언이 봐주지 않았다.

"하압!"

성검의 신성력이 수많은 검기가 되어 자신을 향해 날아오자 레그르토는 피할 수 없다고 판단하고는 품에 손을 넣어 작은 쇠 구슬에 마나를 집어 넣고는 사방에 뿌렸다.

레그르토가 뿌린 쇠 구슬은 큰 모래 정도의 작은 크기였지만, 마나가 포함되어 있는지라 사방에 뿌려지자 하나의 막을 형성시켰기에 로드아이언이 쏜 검기를 막아갔다.

물론 완전히 막아진 것이 아니기 때문에 두세 개의 검기가 레그르토에게 날아왔지만, 그 정도는 충분히 그의 실력으로도 막을 수 있었기에 쇼트 소드로 검기를 쳐낸 후 다시 빠른 속도로 로드아이언의 주위를 맴돌아갔다.

이 공격과 방어의 순간은 30초도 되지 않는 짧은 순간이었기에 사람들의 입에선 탄성이 터져 나왔다.

지금까지는 로드아이언과 레그르토가 비등하게 싸운 것처럼 보였기 때문이다. 하지만 실제로는 레그르토가 상당히 불리한 입장에 놓여 있었다. 계속 공격하는 것처럼 보이지만 그의 공격은 단 한 번도 성공하지 못했고, 정적인 로드아이언에 비해 많은 마나를 써버린 터라 회심의 공격을 하지 못하는 한 그가 이길 확률은 낮다고 할 수 있었다.

'비기를 사용해야 한단 말인가…….'

보통의 공격으로는 로드아이언의 몸에 상처 하나 입힐 수 없다고 생각한 그는 자신이 가지고 있는 비기를 사용하기로 결심했다.

레그르토가 가지고 있는 비기는 모두 세 개, 팔연환비도술과 섬광비도술, 그리고 그리쳐였다. 품에서 여덟 개의 비도를 꺼내 든 레그르토는 손에 비도를 들고 팔을 엑스 자로 만들고는 로드아이언 주위를 맴돌았다.

이미 지금까지의 시합을 통하여 레그르토가 가진 세 가지 기술을 모두 알고 있는 로드아이언은 그의 손에 여덟 개의 비도가 들려 있자 그가 무엇을 하려는지 알 수 있었다. 팔방에서 밀려오는 비도의 공격, 그건 수리검의 공격과는 달리 부동의 자세로는 막을 수 없다고 생각하고는 로드아이언도 움직일 때가 되었다는 것을 직감할 수 있었다.

"팔연환비도술!"

드디어 레그르토의 손에서 비도가 날아오자 로드아이언은 망설이지 않고 레그르토가 있는 쪽으로 쇄도해 들어가기 시작했다.

팔방에서 비도가 밀려온다고 해도 한 방향으로 날아오는 것은 비도

하나뿐이었기에 그로서는 막아서기가 쉬운 것이다.

"헉!"

하지만 로드아이언은 정면으로 쇄도하던 중 비도의 방향이 다르다는 것을 깨달을 수 있었다. 팔방에서 밀려온다고 예상했던 비도가 그의 정면 쪽에서 날아왔기 때문이다.

"하압!"

여덟 개의 비도를 검으로 모두 쳐낼 수 없다고 생각한 그는 신성 방어벽을 발동하여 비도를 막아갔다.

비도는 로드아이언의 신성 방어벽에 부딪쳐 모두 떨어졌지만, 레그르토의 공격은 계속 이어졌다.

"섬광비도술!"

발연환비도술과 섬광비노술은 연속 공격이라는 것을 알고 있던 로드아이언이었지만, 빛의 속도로 뻗어오는 비도를 쉽게 피할 수는 없었기에 검에 마나를 집중한 그는 그대로 검기를 쏘아버렸다.

쿵!

로드아이언이 쏜 검기와 섬광비도가 부딪치자 큰 소리와 함께 시합장은 폭발했고, 사방은 바닥이 부서진 먼지로 자욱하게 변했다.

먼지가 가라앉자 로드아이언의 모습이 드러났는데, 다행히 검기로 섬광비도의 방향을 틀었는지 비도는 그의 오른쪽 바닥에 꽂혀 있었다.

"없다?"

섬광비도를 막기는 했지만 먼지를 틈타 레그르토의 모습이 사라지자 로드아이언은 당황할 수밖에 없었다.

"하압!"

어디선가 기합 소리와 함께 빛이 뻗어 나왔고, 그 순간 로드아이언은 정강이 쪽에 통증을 느끼며 자리에 쓰러지고 말았다.

"찻!"

정강이를 다친 순간 레그르토의 기술이 무엇이라는 것을 파악한 그는 검을 들어 자신의 그림자에 검을 박았고, 그 순간 새빨간 피가 사방으로 튀면서 사람의 모습이 드러났다.

레그르토가 사용한 것은 루드니아와 자파니스 왕국의 닌자 갈포드가 싸울 때 갈포드가 사용한 그림자 살법이었던 것이다.

로드아이언은 정강이를 베이자 그 수법을 빠르게 판단하고는 그림자에 검을 꽂았던 것이다. 확실한 일격을 노린 것은 아니지만 어느 정도 로드아이언의 행동 폭을 줄일 수 있다고 판단하여 사용한 그림자 살법이었지만, 피하는 시기를 놓쳐 로드아이언의 검에 상처를 입은 레그르토는 급하게 뒤쪽으로 몸을 피했다.

로드아이언의 검에 맞은 곳은 오른쪽 팔뚝으로 치명상은 아니지만 그의 공격력이 상당히 줄어들 것은 자명한 일이었다.

"우와아―!"

상당한 공방전이 계속 벌어지자 관중들은 큰 소리로 소리를 지르며 선수들을 응원하기 시작했다.

정강이에 부상을 입기는 했지만, 어차피 그림자 살법이 큰 상처를 주지는 못하기에 로드아이언은 고통을 참고 빠른 속도로 레그르토를 향해 공격해 들어갔다.

"우아악!"

빠른 속도로 자신을 향해 돌진하는 로드아이언을 보며 레그르토는 급하게 숨을 들이마시더니 그를 향해 엄청나게 큰 소리로 고함을 내뱉었고, 그 순간 장내는 엄청난 음파의 파장과 함께 부서져 나가기 시작했다.

"그레이트 에코?"

권왕의 후예인 맬란드 노인이 다크 나이트를 상대로 사용한 음파 공격이란 것을 깨달은 로드아이언은 공격하는 것을 멈추고는 급히 신성방어벽을 펼쳤지만, 레그르토가 공격한 것은 그가 아니라 바로 시합장의 바닥이었다.

순식간에 시합장은 큰 소리로 폭발하기 시작했고, 로드아이언은 발밑이 부서지며 중심을 잃게 되었다.

"기권술!"

이어진 레그르토의 공격. 권왕의 다른 기술 중 하나인 기권술이 펼쳐지자 그의 주먹이 엄청나게 커지는 듯하더니 중심을 잃고 있는 로드아이인을 공격해 들어갔다.

"합!"

이미 기권술은 다크 나이트에 의해 운행기점을 파괴하면 부서진다는 것을 알고 있는 로드아이언이었기에 운행기점을 향해 검기를 날렸다.

레그르토가 사용한 기권술은 검기에 맞아 운행기점이 파괴되며 사라졌지만, 의외로 운행기점이 파괴되었음에도 레그르토는 큰 상처를 입지 않은 듯 몸을 날리고 있었다. 기권술이 파괴될 것이라는 것을 예상하고는 잽싸게 기를 풀고는 몸을 피한 것이다.

연속되는 공격을 당하면서 로드아이언은 정신을 차릴 수가 없었다. 레그르토, 그는 타인의 기술을 완전히 복사할 수 있는 능력을 가지고 있었기 때문이다.

그림자 살법의 경우에는 같은 문파이기 때문에 당연하다고 생각했지만, 그레이트 에코와 기권술까지 복사하여 공격하자 놀라지 않을 수 없었던 것이다.

하지만 이런 복사의 기술은 원본에 비하면 그 위력이 거의 십 분의 일 수준의 능력이었기에 로드아이언으로선 그리 타격을 입지는 않았다.

어쨌든 연속 공격에 의해 다시 시합장 바닥은 엉망이 되니 훗날 들리는 소문에 의하면 성기사 대회의 시합장 바닥을 담당하는 상인은 떼돈을 벌었다는 야화가 전해진다.

아무튼 서로 접전을 거듭하던 두 사람은 모두 탈진의 상태에 가까워져 있었다. 익숙하지 않은 기술을 많이 사용한 레그르토는 조용히 로드아이언을 바라보며 검을 고쳐 잡고 있었고, 로드아이언 역시 검에 마나를 집어넣고 마지막의 일격을 노리고 있는 듯했다.

"차앗!"

"하압!"

잠깐의 시간 후 두 사람은 서로를 향해 빠른 속도로 쇄도해 들어갔고, 엄청난 불꽃을 뿜으며 두 사람의 검이 마주쳤다.

관중들에게는 보이지도 않을 만큼 검을 휘두르고 있는 그들의 주위에는 수십 개의 불꽃이 터져 나오고 있는지라 좌중에선 침 넘어가는 소리조차 들리지 않고 있었다.

서로 간에 근접전으로 검을 휘두르기를 오 분여. 두 사람은 조금 지쳤는지 동시에 물러나서는 서로를 바라보며 거친 숨을 몰아쉬었다.

"어떤가, 마지막으로 숨겨놓은 비기를 사용하는 것이?"

"좋겠지."

로드아이언은 그가 가진 기술 중 아직 다크 나이트를 장외패시켰을 때의 기술이 나오지 않았다는 것을 알고는 말했다.

둘 다 탈진에 가까운 상태에서 마지막 비기를 사용하여 승패를 가르지는 뜻이었다.

또 로드아이언이 그 기술을 보고자 하는 이유가 하나가 더 있었는데, 그것은 레그르토의 기술이 자신이 생각한 것이 맞는가 하는 이유에서였다. 만약 그가 사용한 기술이 자신이 생각하는 것이라면 로드아이언으로선 져도 좋으니 그 기술을 직접 맛보고 싶었던 것이다.

로드아이언의 말에 대답을 한 레그르토는 남아 있는 모든 마나를 검에 집중시키며 그리처를 사용할 준비를 했고, 로드아이언 역시 폭주 기술을 사용하기 위해 온몸에 신성력과 마나를 집중시켰다.

이 분여 정도의 시간이 지난 후 먼저 움직인 것은 레그르토였다. 그리처는 상당한 마나를 소비시키는 기술이었기에 지금의 상태에서는 근접이 아니라면 그리처의 범위에 미치지 못하기 때문이었다.

그런 이유로 먼저 비기를 사용한 것은 로드아이언이었다.

온몸에 신성력과 마나를 집중시킨다. 그것은 어찌 보면 불가능한 것이었다. 신성력과 마나는 서로 간에 반발하는 성질을 가지고 있었기 때문이다. 그 때문에 사제 중에서는 마법을 쓰는 이가 없었고 마법을 쓰는 이 중에선 신성력을 쓰는 이가 없는 것이다. 물론 루드웨어의 경우는 별종이니 제외가 된다.

하지만 이 불가능한 것이 가능한 부류가 있었는데 그것이 바로 성기사들이었다. 물론 성기사들이 모두 그런 것은 아니다. 성기사들 중에도 마나만을 가진 자가 있고, 신성력만을 가진 이들이 있다. 이 두 가지를 모든 가지고 있는 이들은 전체 성기사의 0.1%도 되지 않을 정도로 극소수이다.

하지만 왜 사제들도 마법사들도 불가능한 것을 이들은 가지고 있는 것일까? 이것은 신의 권능 때문이었다.

오대신성교단에선 실력있는 성기사들을 뽑아 신의 기사라는 제를 치르게 하는데 이 제에서 신에게 신탁을 받은 성기사들은 가지고 있는 마나와 함께 신성력을 얻을 수 있게 됨으로써 두 가지의 능력을 가지게 되는 것이다.

물론 이 방법 외에도 전설의 성기사 유한센이 가지고 있는 방법과 몇 가지 다른 방법이 있다고는 하지만 현재까지 성기사들에게 두 가지의 기운을 모두 가지게 하는 방법은 신의 기사가 가장 잘 알려져 있다.

성기사 로드아이언도 신의 기사의 제를 통하여 신성력을 얻게 된 인물이다. 하지만 궁극적으로 두 기운이 반발하는 것을 막을 수는 없는지라 그의 왼편에는 신성력이, 오른편에는 마나의 기운이 양극으로 존재하고 있었다.

로드아이언의 비기는 바로 이 두 가지 기운의 반발력을 이용한 것이다. 서로 반대되는 성질을 가진 것을 강제로 합쳐지게 하면 그 와중에 반발력에 의한 에너지가 발생하게 되는데, 그 폭발력은 하나의 힘을 사용할 때의 에너지보다 5배 이상의 힘을 발휘하게 되는 것이다.

물론 이것을 합치기 위해선 상당한 에너지와 함께 몸의 충격을 감수해야 하기 때문에 로드아이언은 이것을 폭주 기술로 분류해 두고 있었다.

레그르토가 빠른 속도로 자신을 향해 몸을 날려 돌진해 오는 것을 보며 자신의 성검을 바닥에 꽂은 그는 왼손엔 신성력을, 오른손엔 마나를 집중하기 시작하며 그가 사정거리 안으로 들어오기만을 기다렸다.

"하아압!"

드디어 사정거리 안으로 다가옴에 따라 레그르토는 그리처를 사용하기 위해 검을 로드아이언에게 들이댔는데, 그 순간 로드아이언은 자신의 두 손을 합쳐 쇄도해 오는 레그르토에게 손바닥을 향했고 그의 손에선 엄청난 에너지가 모이기 시작했다.

"신마합 대폭발!"

에너지가 완성됐다고 생각한 로드아이언은 두 손을 앞으로 뻗으며 생성된 에너지를 쇄도해 들어오는 레그르토를 향해 발산시키며 소리쳤다.

"끄아악!!"

엄청난 고에너지가 갑작스럽게 방출되면서 로드아이언의 앞쪽은 상상하시도 못한 열기와 함께 엄청난 폭풍이 시합장의 모든 물체를 날리고 있었다.

다행히 레그르토가 공중으로 몸을 날려 공격해 왔기에 각도가 하늘 쪽으로 향했기에 다행이었지, 그가 땅으로 뛰어왔다면 그 앞에 있는 관중들은 모두 황천행 마차를 탈 뻔한 기술이었다.

경기장을 모두 날려 버릴 뻔한 폭풍이 사라지자 두 사람의 모습이 드러났다. 관중들은 사방으로 날린 쓰레기에 묻혀 이 상황을 제대로 지켜보고 있지 못했고, 심판관들은 모두 폭풍에 휘말려 멀리 날아가 버린 터라 결과는 십 분 후에 땀을 뻘뻘 흘리며 뛰어온 부심판에 의해 간신히 내려졌다.

공중에서 정면으로 신마합 대폭발의 기술을 받았던 레그르토는 우연히도 폭발에 휩쓸려 날아가다 바닥에 검을 꽂고는 신형을 유지시킬 수 있었기에 장외패는 면했는데, 그의 몸은 엄청난 열기에 의해 엉망진

창으로 화상을 입고 있었다.

부심판은 로드아이언의 승리를 선언하려고 그의 얼굴을 쳐다보았는데, 그 순간 입을 다물 수가 없게 되어버렸다.

로드아이언은 서 있는 채로 기절을 했는데, 그의 배에는 보기 흉할 정도로 큰 구멍이 뚫렸기 때문이다.

"고, 고위 사제를 불러라!!"

그리처에 맞은 듯한 로드아이언의 뚫려진 상처는 극심했다. 어떻게 이런 상처에서 피가 나오지 않는지 궁금해하던 부심판이 그의 상처를 보았을 때 성기사의 신성력이 무의식적으로 피를 멈추게 하고 있는 것이 보였다.

뚫려진 상처의 주변에는 작지만 순백의 기운이 계속 치료를 하고 있었기에 피가 새어 나오지 않는 것이었다.

얼마 지나지 않아 고위 사제들이 몰려와 그의 몸에 신성력을 주입하기 시작했고, 로드아이언의 상처는 아물어가기 시작했지만, 내장의 일부분이 완전히 날아가 버렸기에 살아나기는 불가능할 듯했다.

"크… 큭……!"

고통스러운 신음을 뱉으며 정신을 차린 로드아이언은 자신을 치료하고 있는 고위 사제를 보며 말했다.

"…하, 핫도리… 한조를 불러주겠소……."

핫도리 한조, 즉 레그르토 역시 큰 부상으로 치료를 받고 있었다. 온몸에 3도 화상을 입고 있는 그 역시 큰 부상을 입고 있었지만, 내장이 상한 로드아이언에 비해 화상은 신성력으로 빠른 치료가 가능했기에 어느 정도 거동이 가능했다.

레그르토가 자신의 앞으로 오자 로드아이언은 그의 손을 잡으며 말했다.

"그, 그 기술은… 호, 혹시 유, 유한센님의… 화, 화이트 그리처가…
아닙니까……?"

로드아이언의 말에 레그르토는 고개를 끄덕이며 말했다.

"그렇소. 성기사 유한센님의 화이트 그리처를 신성력이 없이 마나만
으로 사용한 기술이오."

"그… 그렇군요……."

자신의 몸을 상하게 한 기술이 위대한 성기사인 유한센의 화이트 그
리처라는 것을 알게 된 로드아이언은 만족한 얼굴을 하며 숨을 거두었
다.

성기사 로드아이언이 숨을 거두자 시합장에 있던 고위 사제들의 얼
굴에신 침울함이 가득했고, 레그르도 역시 이 성기사의 죽음에 아무 밀
도 할 수가 없었다.

성기사 대회가 대륙의 유명한 강자들이 힘을 겨루는 대회라고는 하
지만 그동안 사망자는 그리 많지 않았는데 이번 대회에서 벌써 4명의
사망자가 나온 것이다.

물론 그중 세 명은 루드웨어란 자에 의해 벌어진 것이라 의도적이라
치부할 수 있었지만, 이번 경우에는 정당한 시합 중에 나온 것이라 고
위 사제들의 충격은 컸다. 또 그 사람이 인망있는 성기사라는 것은 관
중들에게도 큰 충격으로 다가왔다.

오성신의 교황 중 전쟁의 여신 히루안의 교황인 엘리안나 베켄 2세
는 망연자실한 표정으로 서 있다가 로드아이언의 죽음을 확인하고는
자리에 주저앉은 채 오열을 터뜨렸다.

로드아이언은 엘리안나 교황이 어렸을 때부터 키우다시피 한 아이

였기 때문이다. 고아로 자라난 로드아이언은 전쟁의 여신 히루안의 고아원에 들어간 후 그 당시 고아원의 원장이었던 엘리안나의 귀여움을 독차지했었다.

그 후 뛰어난 신성력을 인정받아 엘리안나가 교황의 자리에 오르자 그는 성기사로서 훈련을 받고 신성 히루안 성교를 대표하는 성기사가 되었는데, 그런 그의 인생이 이번 성기사 대회에서 끝나고 만 것이다.

관중들은 성기사 대회에서 살행을 한 레그르토를 비난하지 못했는데, 그 역시 죽을 뻔한 상처를 입었기 때문이다.

얼마 후 로드아이언의 시체는 히루안의 사제들에 의해 실려 갔고, 레그르토 역시 사제들의 부축을 받으며 치료실로 향했다.

29장 앞을 알 수 없는 성기사 대회

로드아이언과 레그르토의 치열한 격전이 끝난 후 성기사의 죽음으로 장내는 숙연해졌고, 히루안 성교의 교황 엘리안나 베켄 2세는 성기사의 죽음에 대한 기도를 올린 후 장내를 빠져나갔고, 그의 뒤를 이어 나머지 4명의 교황도 차례대로 빠져나갔다.

황제조차 무슨 이유인지 모르게 참석하지 않은 상태였기 때문에 장내에는 제국을 대표하는 여섯 사람이 모두 불참한 채 나머지 한 경기가 펼쳐졌다.

드워프 전사 콜리드 대 전번 대회 우승자인 레비나 아디스의 대결. 진짜 실력에 대한 여러 가지 논의가 있는 콜리드와 대회 우승 1순위의 레비나의 대결은 상당한 관심을 끄는 일전이라고 할 수 있었다.

콜리드는 언제나 들고 있던 도끼 대신 한 자루의 롱 소드를 들고 나와 대회에 있는 모든 사람들을 놀라게 했는데, 드워프란 종족이 신체

구조상 힘은 강했지만, 스피드는 다소 처질 수밖에 없기 때문에 거의 대부분이 중병을 들고 싸우는 것이 보통이었다.

지금의 콜리드처럼 롱 소드를 들고 나오는 것은 강한 힘을 죽이는 효과밖에 나오지 않기 때문에 상당한 의외로 평가하고 있었다.

레비나는 평소와 마찬가지로 한 자루의 브로드 소드를 들고 나왔는데, 그녀가 덩치에 맞지 않게 브로드 소드를 들고 다닌 것은 처음 양부인 블로드스톰에게서 배울 때부터 브로드 소드를 사용했기 때문이다.

물론 그 덕에 스피드 면에선 상당히 장애를 받기는 했지만, 지금까지 그녀가 스피드 때문에 경기를 어렵게 푼 적은 없었기 때문에 별문제가 되지 않았다.

마치 서로 반대의 무기를 들고 있는 것 같은 두 사람은 경기장에 들어서서는 서로를 보며 악수를 나누었다.

징!

잠시 후 장내에 커다란 징 소리가 울리며 드디어 준준결승의 마지막 시합이 시작되었다.

"하압!"

중병을 들고 있던 레비나는 징이 울리자마자 앞으로 쇄도해서는 수직으로 콜리드를 향해 검을 휘둘렀다.

일단은 스피드가 느리다고 생각한 콜리드를 중병으로 밀어붙이기 위한 것이었는데, 피하지 못하리라 생각된 스피드였지만 콜리드는 그 검을 빠른 속도로 왼쪽으로 피해서는 그녀의 옆구리를 향해 롱 소드를 휘둘렀다.

챙!

레비나는 재빨리 그의 검을 막아선 후 급하게 뒤로 물러섰다. 스피드가 예측한 것보다 확연히 다른 이때에 중병으로 밀어붙이는 공격은 위험하다고 판단했기 때문이다.

하지만 콜리드는 이 기회를 놓치지 않겠다는 듯이 앞으로 쇄도해 들어와서는 빠른 속도로 공격을 이어갔기에 그녀는 초반에 상당히 핀치에 몰리는 상황이 되어버렸다.

'역시!'

레비나는 콜리드가 만만치 않은 상대라는 것은 짐작하고 있었지만, 드워프의 몸으로 이 정도의 스피드를 낼 수 있는 상대라고는 생각하지 못했기에 그의 공격을 받으면서 조금씩 마음을 안정시켜 나가기 시작했다.

초반에 적을 잘못 판단한 것이 핀치로 몰리게는 했지만, 이 정도의 핀치를 빠져나가지 못할 정도의 레비나는 아니었기에 차분히 그의 공격에 틈이 생기기를 기다리는 것이다.

하지만 노련한 콜리드는 레비나에게 한 치의 기회도 주지 않기 위해 검을 몰아치고 있었기 때문에 어느 순간 레비나는 시합장 끝까지 밀려 콜리드의 강공 한 번이면 장외패를 당할 위기에 처하고 말았다.

"차압!"

역시나 콜리드는 그 기회를 놓치지 않고 검을 강하게 휘두르며 방어하고 있는 레비나를 경기장 밖으로 날려 버리려고 했는데, 레비나는 그 순간을 놓치지 않았다.

강공을 위해 검을 많이 젖혔던 것이 작은 틈을 만들어냈던 것이다.

"하압!"

그녀는 검을 들어 위에서 아래로 대각선 모양으로 빠르게 검을 찔러 갔고, 콜리드는 강공을 취하기에는 시간이 모자르다는 것을 느끼고 검을 들어 그녀의 검을 튕겨내려 했다.

하지만 그녀가 노리는 것은 그것이 아니었다.

대각선 찌른 검은 콜리드의 앞부분이 꽂히는 순간 엄청난 검기가 터져 나온 것이다.

"아뿔사!"

그제야 레비나가 노리는 것이 무엇인지 파악한 콜리드였지만 이미 빠져나가기에는 너무나 늦은 상태였다.

검을 땅에 꽂은 후 그 반동으로 검을 놓아버린 채 몸을 날린 레비나는 몸을 날려 키가 작은 콜리드를 뛰어넘어 반대쪽으로 뒹굴었고, 마나가 담겼던 레비나의 검은 시합장을 파괴하며 무너져 내렸다.

시합장은 사각형의 경기대로 지상과는 약 1미터 정도가 차이가 나는 높이였다. 레비나가 마나를 사용하여 시합장을 파괴하자 콜리드가 서 있던 앞부분은 여지없이 무너져 내렸고, 그 갑작스런 상황을 피하지 못한 콜리드는 중심은 잃지 않았지만 시합장의 무너짐과 함께 장외로 몸이 떨어지고 만 것이다.

"시합 끝! 승자는 레비나 아디스!!"

너무나 어이없이 끝난 시합에 장외로 떨어진 콜리드는 어안이 벙벙할 지경이었다. 아무리 레비나가 뛰어난 검술을 지녔다고 해도 이미 그랜드 소드 마스터에 해당하는 그를 이길 수는 없었을 것이다.

하지만 실전과 시합은 어느 정도 차이가 있기 때문에 콜리드는 레비나를 가볍게 상대하며 많은 마나의 사용은 자제하고 있다가 어이없이 레비나의 술수에 걸려든 것이다.

"하하하! 멍청한 자식, 그렇게 잘난 체하더니 꼴이 뭐냐!"

관중석에서는 준호와 일행들이 이 시합을 관전하고 있었는데, 그와만 년 이상을 같이 지낸 실버 드래곤 콜리드의 어이없는 패배를 보며 큰 소리로 웃고는 약 올리기 시작했다.

언제나 같이 지내기는 하지만 서로 앙숙의 관계이기도 한 실레이드의 약 올림을 받자 콜리드는 화가 머리끝까지 올라오고 있었다.

그는 일만 년 정도를 살아오면서 이렇게 어이없이 패한 적이 없었던지라 가뜩이나 열불이 나 있었는데, 그런 그를 얄미운 실레이드가 놀리니 얼마나 열받겠는가?

"크아아악!!"

열받은 콜리드는 더 이상 참을 수 없다는 듯이 온몸의 마나는 물론 그랜드 소드 마스터의 능력대로 주위에 흩어져 있는 마나를 온몸에 집중하여 한꺼번에 발산했는데, 그 순간 엄청난 진동이 시합장 전체를 울리면서 한순간에 시합장은 진공 상태로 변해 사람들의 몸이 떠오르기 시작했다.

강력한 마나장에 의해 일대의 대지를 모두 뒤흔들고 있는 것이었는데, 이 상황에 관중은 물론이요, 시합장에 있는 모든 사람들은 놀라움을 금치 못하고 있었다.

물론 여기서 실레이드는 모든 사실을 알고 있었기에 제외된다.

어느 정도 마나를 발산하자 마음이 안정됐는지 쳇! 하는 소리와 함께 자신의 검을 검집에 넣은 후 콜리드는 대기실로 천천히 걸어갔고, 좌중은 그제야 어느 정도 마음이 안정되는 것을 느꼈다.

물론 이중 가장 놀란 사람은 바로 레비나였다. 조금 치사한 수를 써서 손쉽게 이기기는 했지만 실제로 싸워도 콜리드를 이길 수 있다고 생각했는데, 그가 방금 보여준 신위를 보며 자신의 생각이 얼마나 헛된 것인지를 상기하게 된 것이다.

"그, 그랜드 소드 마스터였다……."

대륙에 그 존재마저 의심받는, 검을 가진 이의 최고 위치라고 할 수 있는 그랜드 소드 마스터. 레비나와 같은 소드 오버러들은 평생을 그 경지를 위해 노력하지만 단 한 명도 그 경지에 다다른 적이 없다는 그랜드 소드 마스터는 인간이 오를 수 없는 경지라고 알려져 있었다.

그랜드 소드 마스터라는 것은 현재에 와서는 학계에 따라선 부정되는 곳도 있는 존재였는데, 그녀는 그런 존재를 직접 만나보며 비열한 수를 써서 떨어뜨렸기 때문에 조금 섬뜩함을 느낄 수밖에 없었다.

관중들로선 소드 오버러와 그랜드 소드 마스터의 세기의 대결을 볼 수 있는 절호의 기회를 어이없는 시합으로 놓쳐 버리게 되었지만, 실제로 콜리드를 그랜드 소드 마스터라 생각하는 이는 없었다. 일부의 뛰어난 기사나 시합에 나온 검사들 외에는 소드 오버러 정도의 경지로 생각할 뿐이었다.

얼떨떨한 기분으로 시합장을 내려온 레비나는 승리는 했지만, 축 늘어진 어깨를 하며 대기실로 걸어왔다.

"헉!"

대기실에서는 씩씩거리는 콜리드가 자리에 앉아 레그르토와 이야기를 나누고 있었기 때문이다.

"저야, 뭐… 레비나가 승리를 해서 좋기는 한데… 참, 어이없이 지셨군요."

"니 죽고 잡냐?"

가뜩이나 열받는 판에 레그르토가 한 말은 콜리드의 화를 돋우기 충분했다. 하지만 레그르토는 그다지 무서워하는 기색도 없이 미소를 지으며 손에 들고 있던 술잔을 건네주며 말했다.

"거참, 나이도 드신 분이 한 번 졌다고 그렇게 삐치셔야 되겠습니까? 제가 콜리드님을 위해 블로디 티어를 공수해 왔으니 이걸로 화를 푸세요."

"블로디 티어?"

블로디 티어는 알렌하비스트에서도 극히 일부에서만 자라는 메트리란 포도로 만든 레드와인을 말하는 것인데, 근 100년 전에 메트리란 포도가 기후의 변화로 인해 완전히 멸종해 버렸다. 이후로 대륙에선 단 한 잔의 블로디 티어의 가격이 천 골드를 호가할 정도였지만, 없어서 못 구하고 있는 최고급 와인이었다.

현재 구할 수 있는 블로디 티어는 모두 백 년이 넘는 물건이었기에 만 년 동안 대륙을 돌아다녔던 콜리드로선 블로디 티어를 마시지 못하게 된 것을 천추의 한으로 생각하고 있었다.

어이없는 패배로 열이 받아 내려온 콜리드를 보며 레그르토는 레비나에게 무슨 여파가 있지 않을까 걱정하면서 어머니의 레어 안에 있던─루드웨어가 구해놓은─블로디 티어를 긴급 공수해 와서는 콜리드에게 뇌물을 먹이고 있는 것이다.

최고급 와인을 손에 든 콜리드는 자기가 언제 화냈냐는 듯이 만면에 웃음이 가득했기에 그것을 보고 있던 레그르토는 축 늘어진 어깨로 들어오는 레비나를 향해 윙크를 한번 해주고는 손짓을 했다.

그런 레그르토의 모습을 보며 레비나는 가슴을 쓸어내리고는 자신을 위해 힘을 써주는 레그르토에 대한 사랑이 더욱 깊어갈 수밖에 없었다.

＊　　　＊　　　＊

궁전 내부의 어두운 공간에선 두 사람이 조용히 이야기를 나누고 있었다.

그중 한 사람은 제국의 3대 권력가 중 한 명인 제국 재상 레이아드 공작이었다. 그의 앞에 있는 사람은 은발의 머리칼을 가진 맨피드란 사내였다.

"마도제국 군대의 움직임이 심상치 않은 것 같더군요."

"이상하군요. 지금의 상태라면 신성제국과의 대결은 불리할 텐데 말입니다."

"그렇습니다. 그래서 회의에서는 마도제국에 힘을 보탤 것을 생각 중입니다."

"힘이라면… 혹시……."

"예, 바로 그것입니다."

맨피드란 청년의 말에 레이아드 공작은 무엇인가 곰곰이 생각하고 있다가 천천히 힘을 열었다.

"조금 성급한 결정이 아닐까 생각됩니다. 천천히 사태의 추이를 보고 가담하시는 것이 어떻습니까?"

하지만 레이아드의 말에 맨피드는 고개를 저으며 말했다.

"아닙니다. 백 년 전에도 우린 사태의 추이를 보고 가담하려 했기 때문에 또다시 어둠의 세계로 돌아가야 했습니다. 이젠 승부수를 던져야 한다고 생각합니다."

"승부수라……."

"어차피 신성제국에선 우리 회가 양지로 나갈 방법은 없습니다. 지금 전력이 약한 마도제국에 힘을 보태준다면, 고대 마도제국에 버금갈 정도로 우리 네크로멘서 연합회가 대륙의 패권을 차지할 수 있는 기회가 생깁니다."

네크로멘서. 이 존재는 마도와 신성, 두 부류 모두에게 배척을 받고 있는 존재들이다. 죽은 자를 조종하는 사악한 술법을 가진 존재들로 수백년, 아니, 수천 년을 어둠에서만 살고 있었던 그 존재들. 그들이 세상에 얼굴을 드러내는 순간이었다.

"하지만 마도 역시 회를 배척했던 것은 마찬가지 아니었습니까? 그들을 도와준다고 해도… 또다시 배신을……."

"후후후, 공작, 똑같은 실수를 반복하지는 않습니다."

"그럼?"

"그들이 저희를 배신하기 전에 저희가 먼저 그들을 배신해야겠지요."

레이아드 공작의 입가에는 작은 미소가 떠올랐다.

*   *   *

마도제국의 수도인 그로인 왕국의 왕도에 도착한 루드웨어는 시크라에게 지금까지의 상황을 물어보았다.

"뭐, 대충은 잘 정리했지. 아! 할렘도 하나 만들었는데 가볼래?"

"죽고 잡냐, 시크라……."

"히히, 농담이다, 농담. 하지만 지금의 군대로는 신성제국과의 전쟁에서 승리할 가망은 없어. 무슨 생각이라도 있는 거야?"

그 말에 루드웨어는 고개를 저었다. 일단은 열받아 그로인 왕국으로 돌아왔기 때문에 별다른 방책도 없었고, 성기사 대회에서 귀족들을 끌어들이는 것도 실패한 것이 되었기 때문이다.

"쳇! 그럼 한 것 없이 놀러 다닌 것이나 마찬가지잖아."

"뭐, 그렇게 됐다. 120개 중소 국가 중 연합의 세력에 들어온 세력은 어느 정도나 되지?"

"지금은 많이 늘어서 54개 국가이지만, 그중 7개 나라는 전쟁이 일어나면 중립의 입장에 서리라 생각되니 실제로 가세한 국가는 47개 국가라고 할 수 있지. 최대 동원 병력은 70만 정도라고 볼 수 있지만 전쟁 가능한 인원은 거기서 잔류 병력을 빼면 약 50만 정도야. 이 정도로는 신성제국의 백만의 대군의 반 정도밖에 안 된다고."

"백만이라고 해도 리트아니아와 소비에르의 국경선 방어병을 빼면 70만 정도에 불과하다."

"물론 너의 말이 맞긴 하지만, 승리를 해서 신성제국으로 침공해 들어간다면 그 수는 무의미해지고 제국이 무너지는 것을 바라지 않는 소비에르와 리트아니아에서 원군을 보낼 것은 자명한 일이다. 그렇기 때문에 70만이 아니라 130만이라고 보아도 틀린 말은 아니라고."

시크라의 분석은 정확한 것이기에 루드웨어로서는 뭐라고 반박할 수가 없었다. 애초부터 신조된 제국이 수백 년의 역사를 가진 신성제국과 맞서는 것부터가 문제가 있는 것이었다.

과연 대륙은 어떻게 돌아가게 되는 것일까?

30장 *성기사 대회의 준결승*

성기사 대회의 준결승전. 이제 남은 사람은 모두 4명이었다. 루드니아, 로크, 핫도리 한조, 레비나. 유력한 우승 후보들이 대거 탈락한 가운데 성기사 대회는 전번 대회 우승자인 레비나를 제외하고는 4강의 나머지 사람들로 모두 새로운 인물이 갈아치워진 것으로 이러한 일들은 상당히 이례적인 일이라고 할 수 있었다.

성기사 대회 역사상 처음 출전한 인물들이 4강에 대거 진출한 예는 없었기 때문이다.

도박가들은 가장 유력한 우승 후보를 레비나로 뽑는 것은 주저하지 않았지만, 예측 불허의 상황이 계속 일어나고 있는 이번 대회에서는 확실하게 레비나를 우승자로 확정 짓는 것은 성급한 것이라는 의견도 있었다.

"성기사 대회 준결승전을 시작하겠습니다. 장내에 계신 신사 숙녀 여러분은 정숙해 주십시오."

안내 방송이 시작되자 대기실은 바빠지기 시작했다.

첫 번째 시합은 루드니아와 로크. 둘 다 처음 출전한 성기사 대회지만 파란을 일으키고 준결승에까지 진출한 자들이었다.

루드니아는 드미트리가 준비한 시녀들에게 시중을 받으며 시합에 나갈 준비를 하고 있었다.

'뭐야?'

자신을 시중하는 많은 시녀들에 루드니아는 어안이 벙벙할 지경이었다. 이제 완전히 기억을 되찾은 로노와르였기에 일단은 자신에게 이상한 저주를 건 루드웨어가 미워 계속 장단을 맞춰주고는 있었지만 이런 시중을 받아본 적이 없었던 그녀는 어색하기 그지없었다.

이야기를 들어보면 성기사 대회에 출전해서 준결승전을 치른다고 하는데, 이제 완전히 기억을 되찾은 루드니아로선 인간들의 시합은 우스울 따름이었다.

간단히 힘만 약간 개방해도 그녀의 일검을 막을 수 있는 존재는 이 대륙에서 몇 명 존재하지 않기 때문이었다.

게다가 이야기를 들어보면 상대 선수라는 로크는 운이 좋아서 준결승전에 진출한 선수였기에 결승 진출은 따놓은 당상이라고 생각되었다.

"루드니아님, 출전 시간입니다."

레드 나이트의 게르하인이란 사나이는 기억을 잃었을 때 자신과 꽤 친한 사이였다고 들었기에 루드니아는 미소를 지으며 고개를 끄덕이고는 자리에서 일어났다.

게르하인은 이런 그녀를 보며 고개를 갸우뚱거리고 있었는데, 평상

시의 그녀와는 다르게 너무나 얌전했기 때문이다.

"어디 아프신 데라도?"

"없어."

간단하게 말한 루드니아는 언제 갖고 왔는지도 모르는 자신의 애검 멀티엘레멘트 소드를 잡았다.

분명 자신이 가출할 때는 이 검을 갖고 온 적이 없었는데, 어떻게 이것이 자신의 손에 들어왔는지 궁금한 루드니아였다.

대기실에서 시합장의 복도를 지나던 루드니아는 복면을 쓰고 있는 남자를 볼 수 있었는데, 게리하인은 조용히 루드니아에게 그에 대해 말해 주었다.

"이번 시합에 준결승까지 진출한 핫도리 한조라는 사내입니다. 준준 결승에서 성기사 로드아이언을 꺾은 남자이지요."

알았다는 듯이 고개를 끄덕이고 루드니아는 그의 곁을 지나쳤는데, 그 순간 어디서 많이 느껴봤던 기운이 느껴졌다.

고개를 갸우뚱하며 루드니아는 한참을 생각해 보았지만, 좀처럼 생각이 나지 않는지라 그를 보며 조용히 물었다.

"어이!"

루드니아의 목소리에 핫도리 한조는 흠칫하는 듯한 모습을 보이더니 뒤로 돌아서서는 낮은 저음의 목소리로 말했다.

"왜 그러시오."

"혹시 당신 언젠가 나 본 적이 없어?"

"글쎄요. 시합장 이외에선 본 적이 없군요."

"그래? 그럼 내가 잘못 봤나 보지."

그녀는 핫도리 한조의 말에 자신이 잘못 느꼈다고 생각하고는 고개를 돌리고 다시 시합장으로 걸어갔는데 그 순간 뒤에서 휴~ 하는 한숨 소리가 들려왔다.

'저놈 봐라? 날 알긴 아나 본데?'

오랜 세월 동안 이제 연륜도 생겼는지 핫도리 한조의 한숨을 잽싸게 판단한 루드니아였다. 하지만 확실히 그가 누구인지 모르기에 모르는 척하고 지나갈 수밖에 없었다.

한편 핫도리 한조, 아니, 레그르토는 어머니의 말에 가슴이 섬뜩하지 않을 수 없었다.

'휴! 들키는 줄 알았네. 그나저나 이상하군. 어머니의 기도가 조금 달라진 것 같은데… 그것도 아주 섬뜩하게 말이야. 혹시……'

레그르토는 혹시 어머니가 기억을 되찾은 것이 아닐까 하는 생각이 들었다. 만약 그것이 사실이라면 준결승에서 레비나와 싸우는 것은 절대로 해서는 안 되는 일이었다.

소드 오버러의 레비나와 싸우면서 어머니도 알고 있는 세 가지 기술을 썼다가는 자신의 정체가 들킬 것은 당연한 일이었기 때문이다.

시합장으로 루드니아가 들어서자 그녀의 친위대가 움직이기 시작했다. 거의 대부분이 젊은 기사들로 이루어진 이들은 총원 300명으로 성기사 대회의 여신을 향하여 각자가 차고 있던 검을 뽑아서는 그녀를 위하여 검을 하늘로 들어 올렸고, 루드니아 역시 그들을 보며 자신의 검을 들어 올려 답을 해주었다.

루드니아 친위대는 이제 그녀의 한마디면 죽음을 무릅쓰고 용암 속이라도 뛰어들 완벽한 그녀의 부하로 자리를 잡은 것이다.

"성기사 대회의 여신 루드니아님, 만세! 만세!"

"만세! 만세!"

각지에서 몰려든 젊은 전사나 기사들도 친위대의 행동을 보며 자신의 병장기를 하늘로 치솟아올리니 이제 성기사 대회는 루드니아의 독무대로 바뀌고 말았다.

그들에게 대적할 유일한 상대인 은빛 기사 소녀 친위대는 은빛 기사 스베안 황태자가 루드니아에게 패배하여 의기소침할 수밖에 없었는데, 그때 한 소녀의 귀를 째는 듯한 비명이 경기장에 울려 퍼졌다.

"까아악!!"

소녀의 비명에 놀란 사람들은 모두 소리가 난 쪽을 지켜보았는데, 그녀는 덜덜 떨리는 몸을 겨우 가누며 환상에 잠긴 어린 소녀가 되어 한쪽을 손가락으로 가리키고 있었다.

모든 사람들은 다시 그녀가 손가락으로 가리키는 곳을 바라보았는데, 황세는 물론 오싱신의 교황마저 경기를 외면한 곳에서 한 소년이 십여 명의 기사를 대동한 채 귀빈석으로 걸어가고 있는 모습이 보인 것이다.

그 순간 다른 소녀 친위대 역시 장내를 무너뜨릴 듯한 기세로 비명을 질렀으니 이 비명의 원인을 제공한 소년은 바로 제국의 황태자 스베안이었다.

순식간에 루드니아 친위대의 기세를 눌러 버리고 좌중의 시선을 차지한 스베안은 의미심장한 미소를 지으며 사람들을 향하여 손을 흔들어주었고, 그 비명 소리는 더욱더 커져 갔다.

"저 녀석은 뭐야!"

자신의 친위대가 소년에 의해 기가 죽자 열받은 루드니아는 노기가 가득한 눈으로 그를 쳐다보았는데, 소년 역시 귀빈석에서 날카로운 눈으로 루드니아를 노려보고 있었으니 둘의 눈싸움은 심판관이 아니었으면 평생 동안 이어졌을지도 모르는 일이었다.

"시합을 시작하겠습니다."

심판관의 말이 떨어지자 스베안은 조용히 시선을 외면하고는 귀빈석의 상좌에 앉았고, 경기장을 소란스럽게 했던 소녀 친위대들도 정숙을 지키며 자리에 앉았다. 요즘에 생긴 강녕 중 하나로 소녀 친위대는 스베안 황태자를 사모하는 모든 나라의 소녀들로 이루지며, 반드시 시합의 질서를 지켜 황태자를 사모하는 소녀들이 결코 극성 팬이 아님을 보여주자라는 것으로 완벽한 질서를 지키며 정숙을 하니, 이제 기사의 기사도로 승부를 거는 루드니아 친위대와 막상막하의 경지에까지 이르게 되었다.

"쳇!"

루드니아는 소녀들의 이러한 모습을 보며 조금 기분이 나빠지긴 했지만, 일단은 시합을 치러야 하기 때문에 마음을 안정시키고 자신의 상대를 쳐다보았다.

로크라는 전사는 한눈에 봐도 초라하기 그지없었다. 낡은 가죽 메일에 더 낡은 검을 지니며 조금 긴장한 얼굴로 서 있는 그의 모습은 한눈에 봐도 촌티가 줄줄 흐르고 있었으니… 세련된 스베안과 루드니아에 비해선 한참 모자른 자라고 할 수 있었다.

징!

드디어 시합이 시작되고 두 선수는 각자의 위치에서 병장기를 고쳐 잡았다.

하지만 두 사람의 모습은 조금 차이가 났는데, 귀찮은 듯 여유를 부리며 검을 잡는 루드니아에 비해서 로크는 진지한 표정으로 자세를 취하고 있었기 때문이다.

그런 그를 보며 루드니아는 도발하는 듯이 손가락을 들어서는 그에게 덤비라는 표시를 취했다.

"음……."

그 모습에 조금 약이 오른 로크였지만 결코 서두르지 않았다. 루드니아라는 여자가 강자라는 것을 알고 있었기 때문이다.

천천히 발걸음을 옮기며 루드니아에게 다가선 로크는 그녀와의 거리가 열 발자국 정도로 가까워지자 갑자기 스피드를 올려서 그녀의 복부에 검을 찔러갔다.

"흥!"

루드니아는 그의 쇄도하는 모습을 보며 우습다는 듯이 콧방귀를 뀌고는 살짝 왼발을 뒤로 돌려서 한 손으로 그를 향하여 거검을 수직으로 휘둘렀다.

"찻!"

역시 준결승에 오른 만큼 그 정도의 검은 충분히 피할 수 있었던 로크는 살짝 옆으로 거검의 강타를 피하고는 검에 마나를 주입하기 시작했다.

"오호~ 꼴에 마나도 쓸 줄 아는군."

그의 모습을 보며 루드니아는 자신도 다원소의 마나를 검에 집중시켰고, 검에서는 무지갯빛의 검광이 일기 시작했다.

"헉!"

대기실 쪽에서 그 모습을 지켜보고 있던 레그르토는 가슴이 철렁함을 느꼈다. 루드니아가 보여준 다원소의 마나는 이전이 보여준 것과는 달리 완벽하게 변해 있었기 때문이다.

"역시 기억을 되찾았단 말인가… 젠장!"

위기감에 빠져들 수밖에 없는 레그르토였다.

한편 시합장은 루드니아가 검에 집중한 무지갯빛의 검기가 가득 차 환상적인 나이트의 모습으로 변해 있었으니 음악만 있었으면 춤추는 사람도 있었을지 몰랐다.

하지만 애석하게도 음악이 없어 댄스걸의 모습을 볼 수 없었기에 시합은 계속 진행되었다. 검에 마나를 집중한 로크는 그녀를 향하여 검기를 날리기 시작했다. 푸른색의 검기는 빠르게 루드니아의 다리와 복부 3군데를 향해 날아갔고, 그것을 보며 루드니아는 가볍게 자신의 거검을 방패 삼아 검기를 막으려고 했는데, 그때 로크의 입가에 살짝 미소가 보였다.

'뭐지?'

그 순간 안 좋은 기분이 든 루드니아는 그가 날린 검기에 시선을 집중했는데, 그녀의 거검에 막히는 코스로 날아오던 그의 검기는 갑자기 엉뚱하게 방향이 바뀌더니 검을 피해 그녀의 어깨와 머리를 향해 날아온 것이다.

"깍!"

검기란 것은 일단 검에 마나를 집중하여 그것을 발산시키는 것이기 때문에 중간에 방향을 바꿀 수 없는 것이 보통인데 로크의 검기는 방향을 바꾸어 예측하지 못한 방향으로 루드니아를 공격했고, 갑작스런 변화에 머리로 날아로는 검기는 막았지만, 양 어깨로 날아오는 검기는 막지 못하고 강타당하여 비명 소리와 함께 루드니아는 땅으로 자빠지고 말았다.

"루드니아님!!"

루드니아 친위대는 그녀가 비명을 지르며 쓰러지자 놀라 그녀의 이름을 절규와 비슷하게 울부짖기 시작했다.

"하하하하!"

로크는 자신의 검기가 정확히 루드니아의 어깨에 맞았기 때문에 검을 잡을 수 없다 생각하며 승리의 웃음을 흘렸는데, 그때 천천히 루드니아가 자리에서 일어났다.

"아니!"

로크는 양 어깨에 엄청난 피를 흘리며 일어서는 루드니아를 보며 놀라지 않을 수 없었다. 보통 저 정도의 상처를 입으면 팔에 힘조차 없을 텐데 그녀는 검을 놓지 않고 있었기 때문이다.

"이 자식, 죽여 버리겠어!!"

자리에서 일어난 루드니아의 얼굴에는 분노가 가득 차 있었고, 로크를 향하여 분노의 외침을 한 순간 엄청난 마나력이 분출되면서 시합장에 마나의 돌풍을 만들어 버렸다.

"어, 엄청난 마나다!!"

로크는 루드니아가 뿜는 엄청난 마나에 넋이 나갈 지경이었다. 도저히 인간의 힘이라고는 생각지도 못한 힘이었기 때문이다.

루드니아는 로크의 예측을 불허하는 검기에 맞아 흥분해 있는 상태였기에 다원소 드래곤의 마나를 분출하고 있는 것이다. 물론 그것은 아직 십 분의 일도 방출하지 않은 기운이었지만, 전 드래곤에서도 타의 추종을 불허하는 다원소 드래곤의 마나를 인간이 감당한다는 것은 거의 불가능한 것이었다.

로크는 기가 죽을 수밖에 없었는데, 그런 그를 향하여 루드니아는 살기가 가득 찬 눈을 하며 천천히 다가왔다.

"네 녀석을 오늘 죽여주마!"

분노에 찬 목소리. 이런 광경을 보며 로크로선 단 한 가지 방법밖에 없다는 것을 깨닫고는 조용히 검을 아래로 향하게 하고선 그녀를 보며 말했다.

"항복⋯⋯."

"뭐?!"

"항복이오!"

"그 딴 게 어딨어! 난 맞았다구⋯⋯!!"

하지만 그녀의 외침은 로크의 말을 들은 심판관에 의해서 완전히 무시되고 말았으니.

"로크 선수의 항복으로 루드니아 선수 승!"

심판관의 선언이 떨어지자 로크는 잽싸게 시합장을 내려와서는 루드니아에게 손을 흔들고는 말했다.

"당신이 우승하리라 믿어 의심치 않습니다. 그럼."

"이 자식이!! 어딜 도망가!!"

열받은 루드니아는 로크를 잡기 위해 뛰었지만, 역시 도망가는 입장은 좀 달랐다. 죽일 듯한 기세로 달려오는 루드니아를 보며 잡혔다간 뼈도 남지 않겠다는 생각을 하며 로크는 필사적으로 달렸고, 그녀는 그에게 무지막지한 검기를 날렸다.

"우아악!! 사람 살려!!"

로크는 주위의 벽과 바닥을 산산조각 내며 날아오는 검기를 보면서 비명을 지르며 도망 다니기 바빴다.

한참을 쫓고 쫓기는 것을 반복하던 두 사람 중 하나인 로크는 더 이상 도망 갈 수 없었는지, 뒤로 돌아서서는 자신을 쫓는 루드니아를 날카로운 눈으로 노려보기 시작했다.

"뭐야!"

갑작스러운 로크의 행동에 당황한 것은 오히려 루드니아였다. 도망다니기 바쁜 그가 갑자기 무슨 결심을 한 듯 돌아서니 조금 두려워진 것이었다.

로크는 자신의 검을 뽑고는 루드니아를 노려보더니 하늘을 향해 올리고는 갑자기 큰 소리로 소리치기 시작했다.

"성기사 대회의 여신 루드니아님, 만세! 만세!"

"뭐야, 이 자식아!"

그의 갑작스런 외침에 한동안 멍한 얼굴로 있던 루드니아는 달려와서 그를 밟기 시작했고, 두 손을 올려 머리를 보호하며 고통스러워하던 그는 절규에 가득 찬 목소리로 소리치기 시작했다.

"잘못했어요!! 살려줘요!!"

"그걸로 되냐! 이 고귀한 몸에 상처를 입힌 놈이!!"

"크흐흐흑! 지가 잘못했음더!! 앞으로 루드니아님의 영원한 종이 될 테니 살려줘요!!"

"종?"

"예!"

그 말에 루드니아는 조금 화가 풀렸는지 발로 짓밟는 것을 멈추고는 회심의 미소를 지으며 말했다.

"좋다. 이제부터 넌 이 루드니아 친위대의 일원이다."

"예, 루드니아님."

이렇게 해서 또 한 명의 부하가 생긴 루드니아였다. 아무튼 이 일련의 소동으로 인해 잠시 성기사 대회는 멈출 수밖에 없었다. 황제는 물론 오성신의 교황이 없는 가운데 생긴 일이니 다행이지, 안 그랬으면 신성 모독으로 잡혀갈 뻔한 일이었다.

스베안은 이 사태를 지켜보며 새삼 루드니아의 악녀 기질을 다시 확인할 수 있었다.

"준결승 제2시합을 시작하겠습니다. 선수들은 시합장으로 나와주십시오."

소동이 있은 지 삼십 분 후 드디어 준결승 제2시합이 시작되었다. 모든 사람들은 이 시합에 상당한 기대를 하고 있었는데, 핫도리 한조는 성기사 로드아이언을 죽이기는 했지만 그 치열한 격전에서 누구 하나 죽지 않은 것이 이상할 정도였기에 사람들은 어느 정도 그를 용서해주고 있었다.

하지만 일부에선 핫도리 한조가 나타나자 주위에 있던 물품을 집어던지며 야유를 보내고 있었다.

"당장 멈추지 못하겠습니까?"

레그르토는 관중들이 던지는 물품의 세례를 받으며 어깨를 늘어뜨리고 시합장 위로 올라서고 있었는데, 그 모습에 레비나는 화를 내며 관중들을 향해 마나를 돋우어 소리쳤다.

"검을 든 자의 정당한 결투였습니다! 당신들이 핫도리 한조 씨에게 이런 행동을 한다는 것은 성기사 로드아이언님의 죽음을 모독한다는 것을 왜 모르십니까!"

레비나의 말에 핫도리 한조에게 야유를 보내던 사람들은 침묵을 지켰다.

'레비나, 고맙다.'

레그르토는 레비나에 의해 자신에게 쏟아지던 야유가 조금 진정되자 그녀에게 고마움을 느낄 수밖에 없었다.

"레비나 양의 말은 당연하다. 뛰어난 기사들의 접전에선 다치거나 죽는 것은 다반사. 다만 성기사 대회는 오성신의 사제들에 의해 뛰어난 전사들의 죽음이 극히 적었기에 희생자가 나오지 않았던 것뿐이다. 만약 이것이 보통의 검투 대결이며 거기서 사망자가 나왔어도 당신들은 그러했겠는가!"

스베안이었다. 사람들이 핫도리 한조를 너무 몰아세우자 정작 성기사 대회를 장난처럼 만든 루드니아란 여자에게는 아무 말도 안 하면서, 정당한 대결 중 불상사가 조금 있는 그를 몰아붙이자 열이 받은 것이다.

역시 예쁘면 모든 것이 용서되는 것일까? 복면으로 얼굴을 가린 레그르토만이 불쌍한 따름이었다. 그도 복면을 벗으면 꽤 멋있는데 말이다.

아무튼 두 사람에 의해 소란은 진정되고 성기사 대회의 시합은 다시 재개되었다. 서로를 바라보던 두 사람은 가운데로 모여 서로에게 정당한 경기를 위한 악수를 나누고는 각자의 자리로 돌아가 병장기를 뽑아 들었다.

레비나는 자신의 트레이드마크인 브로드 소드를 들었고, 레그르토는 롱 소드를 뽑고는 그녀를 보며 자세를 취했다.

검술 실력 면에선 레비나가 그보다 한 수 위였기 때문에 조심스럽게 그녀에게 접근해 가는 레그르토였다.

"차압!"

선공을 먼저 가한 것은 레그르토였다. 일단은 닌자의 복장을 한 그답게 빠른 속도로 그녀의 주위를 돌며 기회를 포착했지만, 역시 그녀에겐 한 치의 허점도 보이지 않고 있었다.

허점은 스스로 만들어내야 한다는 생각을 하며 마음을 굳힌 그는 그녀를 향해 빠른 속도로 검을 휘두르기 시작했고, 드디어 첫 번째 근접전이 시작되었다.

실력 면에서 한 수 위인 레비나는 브로드 소드라는 조금 큰 검을 들고 있었기에 레그르토와 거의 호각의 스피드를 보이며 그와 검을 나누었는데, 단 한 순간의 실수라도 상대방에게 치명적인 상처를 입힐 정도로 두 사람의 격전은 그것을 보고 있는 관중들의 눈을 어지럽게 하고 있었다.

"차압!"

먼저 기술을 사용한 것은 레비나였다. 이런 근접전이 계속된다면 체력에서 밀리는 자신이 불리하다는 것을 깨달은 그녀는 마나를 내뿜어 주위에 플라워 에이리어를 만들어갔다.

"화향?"

꽃 향기가 일대에 자욱하게 퍼져 나가자 레그르토는 정신이 흐트러지는 것을 느꼈다. 소드 오버러의 에이리어는 각자의 독특한 마나를 공간에 깔아 상대의 정신을 흐트러뜨리는 힘이 있다는 것을 알고 있는 그는 자신의 마나를 뿜어 플라워 에이리어에서 벗어났다.

레비나를 중심으로 반경 5미터가 붉은색의 옅은 안개와 함께 꽃 향기로 가득했지만, 그가 마나를 내뿜자 푸른색의 마나의 구가 형성되면서 꽃 향기를 밀어내기 시작했다.

하지만 얼마 지나지 않아 플라워 에이리어의 압박을 더욱 올린 레비나에 의해 그를 중심으로 만들어져 있는 마나의 구는 조금씩 작아지기 시작했다. 이대로는 밀린다고 생각한 레그르토는 온몸에 마나를 집중하여 그녀를 향해 소리 질렀다.

"끄아악!!"

순간 엄청난 음파가 그의 입을 통해 밀려오면서 그녀가 형성한 플라워 에이리어를 한순간에 날려 버렸다. 레그르토가 이 상황을 빠져나가기 위해 사용한 기술은 그레이트 에코, 플라워 에이리어의 고유 진동수와 맞춘 그레이트 에코는 순식간에 그녀의 에이리어를 날려 버린 것이다.

"진동검!!"

그녀는 자신의 브로드 소드에 마나를 집중하여 브로드 소드에 진동을 가했고, 그 순간 그녀의 검과 닿아 있던 레그르토의 검은 조금씩 금이 가기 시작했다.

진동검은 그녀의 양부인 브로드 소드가 가르쳐 준 것으로 일종의 소드 브레이커 기술(검을 파괴하는 기술)이었다.

소드 브레이커 기술에 의해 자신의 검이 파괴되려 하자 급히 자신의 검을 수습한 레그르토는 뒤쪽으로 공중 회전을 하며 급하게 물러섰다.

"플라워 애로우!!"

레그르토가 뒤로 물러서자 레비나는 놓치지 않고 그가 자세를 바로잡기 전에 원거리 기술인 플라워 애로우를 난사했고, 레그르토의 착지점 쪽으로 빠른 속도로 쇄도해 들어가기 시작했다.

"끄아압!!"

또다시 터진 그레이트 에코는 이미 그녀의 화향의 마나에 고유 진동수가 맞추어져 있었기에 그를 향해 날아온 플라워 애로우는 산산조각이 나며 사방으로 흩어졌고, 그는 안전하게 땅으로 착지할 수 있었다.

"헉헉!!"

일단은 위기를 모면하기는 했지만 그레이트 에코는 생각보다 많은 마나를 잡아먹는 기술이었기에 지칠 수밖에 없었다.

상당한 마나의 소비에 의해 지친 레그르토에 비해 레비나는 땀 한 방울 흘리지 않는 멀쩡한 모습을 보이고 있었기에 둘의 실력 차를 어느 정도 말해 주고 있었다. 지금까지 버틸 수 있었던 것도 기술의 복제 능력이 있는 레그르토가 다양한 기술로 그녀의 공격을 막았기에 가능한 일인 것이다.

그로서는 자신의 세 가지 기술을 쓰고 싶은 마음이 굴뚝같았지만 자신의 어머니가 기억을 되찾았다면 목숨이 위태로울 수도 있었기에 감히 쓰지 못하고 있었다. 그런 그를 보며 레비나가 도발해 오기 시작했다.

"핫도리 한조! 당신이 가지고 있는 기술을 쓰지! 복제 기술로는 나를 쓰러뜨리지 못한다는 것을 당신도 잘 알고 있을 텐데?"

알기야 하지만 차라리 지고 말지 어머니에게 잡히고는 싫지 않은 레그르토였다.

"에잇! 끈적끈적 공격이다! 바인딩!!"

다크 나이트가 사용한 다크 바인딩을 복제한 기술인 바인딩이었다. 그녀와 같이 검은색의 기류는 만들어낼 수 없었지만, 일단은 어느 정도 레비나의 움직임을 봉쇄할 수 있을 것이라 생각되어 사용한 기술이었다.

레그르토의 바인딩에 걸리자 레비나는 그 순간 온몸이 무엇인가에 잡힌 것과 같이 움직임이 힘들어졌다.

"하아압!"

레그르토는 그녀의 움직임이 봉쇄됐다고 생각하며 빠른 속도로 그녀를 향해 검을 찔러 들어갔는데, 순간 레비나의 입가에 미소가 맺히는 것을 볼 수 있었다.

"당했다!!"

그제야 레비나가 자신의 기술에 당해주었다는 것을 안 레그르토는 신형을 돌리려고 했지만 너무 늦어 있었다.

"끼야압!"

화향의 에이리어를 사용하여 순식간에 바인딩을 밀어내 버린 레비나는 빠르게 쇄도해 들어오는 레그르토를 향해 검을 들이대며 일격필살의 기술을 사용했다.

"플라워 스톰!"

빠른 속도로 회전을 하며 레비나는 레그르토를 향해 검을 찔렀고, 마나는 엄청난 소용돌이를 만들며 날아갔다. 원추 모양의 끝은 엄청난 돌풍을 일으키며 레그르토의 미간을 향해 찔러왔기에 몸을 피하지 못한 레그르토는 검에 마나를 집중하고는 그녀의 플라워 스톰을 막았다.

쿠구구구궁!

엄청난 마나의 폭발이 일어나며 플라워 스톰이 일으킨 돌풍이 사방의 기물을 날려 버리기 시작했다.

"끄아악!!"

간신히 머리를 향해 날아오던 날카로운 예기를 막을 수 있었지만, 돌풍에 휘말린 레그르토의 몸은 하늘로 높이 치솟아 올라갔고, 그것을 보며 레비나는 자신의 몸을 날려 중심을 잡지 못하고 발버둥치는 레그르토를 공격해 갔다.

"마지막이다, 핫도리 한조!!"

그녀는 검에 마나를 집중하여 마나 소드를 형성해서는 레그르토를 향해 찔러갔으니 그 순간 레그르토는 그녀가 과연 자신을 좋아하고 있는지 의심이 갈 정도였다.

'으헉! 죽이려고 작정을 했구나!! 젠장!! 살고 보자! 실드!!'

레비나가 찔러오는 검기에 맞았다간 뼈도 못 추리겠다고 생각한 레그르토는 급하게 마법을 사용하여 그녀의 검을 막았다.

챙!

레비나는 레그르토를 찔러가던 검이 투명한 막을 깨고는 속도가 늦추어지는 것을 느끼며 놀라지 않을 수 없었다.

이 순간을 레그르토는 놓치지 않고, 자세를 바로잡고는 몸을 날려 땅으로 안전하게 낙법을 하며 떨어져 내릴 수 있었다.

하지만 방금 전에 있었던 일전이 섬뜩하지 않을 수 없었다. 그녀는 자신의 등을 향해 일검을 찔러오고 있었는데, 분명 엄청난 살기가 느껴졌던 것이다.

'왜… 왜지?

레그르토로서는 그녀가 왜 자신을 죽이려고 하는지 알 수 없었다. 분명 같은 원한을 가지고 있다 생각하며 그녀의 사랑을 이끌어냈다고 생각했는데, 그녀는 왜 자신을 죽이려고 하는 것일까?

이런 생각이 들자 그는 이 시합이 싫어지기 시작했다.

시합장을 어지럽히던 돌풍이 사라지고 레비나는 레그르토와 다시 대치했지만, 아까의 그것이 무엇인지 알고 있었기에 말하지 않을 수 없었다.

"핫도리 한조…….."

"알아, 안다고."

레그르토는 자신이 마법을 썼다는 것을 시인하고는 조용히 시합장에서 내려왔다. 심판관은 돌풍 때문에 시야가 막혀 레그르토가 마법을 사용한 것을 보지 못했기 때문에 영문을 몰랐지만, 일단 핫도리 한조가 시합장을 내려가자 손을 올려 레비나의 승리를 외쳤다.

"레비나 승!"

이렇게 해서 A조를 통과한 루드니아는 드디어 B조의 승리자인 레비나와 우승을 가리는 결승을 치르게 된 것이다.

한편 조용히 시합장을 내려와 대기실로 향한 레그르토에게 레비나가 달려와서는 그의 어깨를 잡고 말했다.

"그거 마법이지요?"

"그래……."

"당신이 어떻게 마법을?"

"처음 저를 식당에서 보았을 때 마법사의 복장이란 것을 보셨지 않습니까? 그나저나 물어보고 싶은 것이 있습니다."

"뭘요……."

"당신은 정말 저를 사랑하십니까?"

"예?"

"당신의 검에선 살기가 엿보였습니다."

"그건……."

레그르토는 조용히 자신의 어깨를 잡은 그녀의 손을 치우고는 냉정하게 말했다.

"무슨 이유인지는 모르지만, 이제 당신과의 시간은 여기서 끝내고 싶군요. 복수를 하기 전에는 죽고 싶은 마음이 없으니까 말입니다."

"레, 레그르토… 그게 아니에요."

하지만 레그르토는 그녀의 변명을 듣지 않고 냉정하게 돌아서서 나갔고, 그런 그의 모습을 보며 레비나는 자리에 주저앉아 눈물을 흘리기 시작했다.

그녀의 눈물에선 거짓이 없었다. 그럼 왜 그녀는 시합 도중 레그르토에게 살기를 드러낸 것일까?

자신도 살기를 드러낸 것을 알지 못하는 레비나는 왜 그런 일이 벌어졌는지 이해할 수 없었다. 하지만 그 모습을 보며 웃고 있는 사람이 있었다. 대기실의 한쪽 구석에서 두 사람의 헤어짐을 보며 미소를 짓고 있는 사람은 초록색의 탐스러운 긴 머리칼을 가지고 있는 아름다운 여인 바로 루드니아였다.

'흐흐흐, 아들아! 네가 그런 짓을 하고 조용히 넘어갈 수 있다고 생각했느냐.'

어느새 루드니아는 핫도리 한조가 자신의 아들이라는 것을 알아채고는 암암리에 암수를 펼친 것이었다.

레비나에게 살심을 강하게 만든다는 금지 마법 중의 하나인 슬라우터 마인드(살육의 마음)를 암암리에 걸어 레그르토에게 살기를 뽑게 만든 것이다.

일단은 그것이 과거에 독약을 먹이고 드래곤 사회에서 쪽팔리게 만든 복수의 일부였기에 다행이지, 제국의 황궁에서 있었던 무자비한 구타의 기억이 났다면 그냥 죽을 뻔한 레그르토였다.

아무튼 나쁜 엄마 루드니아는 사랑하는 두 연인의 사이를 벌어지게 만들었으니, 역시 아들의 장가는 엄마 마음먹기에 달려 있다고 할 수 있었다.

〈6권으로 이어집니다〉